古典文學研究輯刊

五　編

曾永義 主編

第5冊

李維楨文學思想研究

謝旻琪 著

國家圖書館出版品預行編目資料

李維楨文學思想研究／謝旻琪 著 -- 初版 -- 新北市：花木蘭文化出版社，2012〔民 101〕

目 2+172 面；19×26 公分

(古典文學研究輯刊 五編；第 5 冊)

ISBN：978-986-254-926-1（精裝）

1.（明）李維楨 2. 明代文學 3. 文學評論

820.8 101014711

古典文學研究輯刊

五 編 第 五 冊 ISBN：978-986-254-926-1

李維楨文學思想研究

作 者 謝旻琪

主 編 曾永義

總 編 輯 杜潔祥

出 版 花木蘭文化出版社

發 行 所 花木蘭文化出版社

發 行 人 高小娟

聯絡地址 新北市永和區中正路五九五號七樓

電話：02-2923-1455／傳眞：02-2923-1452

網 址 http://www.huamulan.tw 信箱 sut81518@gmail.com

印 刷 普羅文化出版廣告事業

初 版 2012 年 9 月

定 價 五編 20 冊（精裝）新台幣 33,000 元

李維楨文學思想研究

謝旻琪　著

作者簡介

謝旻琪，臺灣苗栗人，出生於台北市。淡江大學中文系畢業，東吳大學中文系碩士，於 2010 年獲得淡江大學中文系博士學位。主要研究領域為明代文學史、文學批評。曾任開南大學通識中心講師，現為淡江大學中文系、元智大學中語系、文化大學中文系兼任助理教授。

提　　要

李維楨（1547-1626）是晚明王世貞所選定的「末五子」之一。李維楨並不是個一流的理論家，他對於晚明文學研究的學者來說，也是相對比較陌生的人物。但是他的生存年代，以及他的文壇地位，都有其特殊性。

關於晚明文壇的研究，有兩個可再思考的問題；第一，論述常常陷入一種過度簡單二分的框架當中——亦即「復古」與「反復古」的對局——，其立場多半是將復古派認定為落後、保守的一端，而反復古則是創新、進步，代表人物除了公安三袁之外，再推至李贄、徐渭、湯顯祖等；第二，文學史的論述，久而久之，累積出所謂「重要的」作家。如此雖無可厚非，但是學術上的「重點」一旦確立、強化，細部很容易就被掩蓋了。若對此重新思考，那麼，李維楨這種具有鮮明的折衷色彩、處於流派過度之間，在當時具有文名，卻在後世較少為人所注意的論者，似乎有再重新衡定的必要。他的論點儘管未必多強悍偉大，但是他參與了晚明文壇的轉變，他既指出晚明文人的時代議題，也代表復古派後期文學觀念的轉向。

關於李維楨的文學思想，本論文分為三個部分來探討：第一部分是李維楨的文學歷史意識。復古派文人非常重視對傳統的省察，李維楨認為文學創作具有歷史責任，他延續復古派「格以代降」的說法而有所修正，提出「一代之才即有一代之詩」，並從文學發展的規律，說明明代在文學史上的極盛地位。第二個部分是李維楨的創作論，他提出的情感與性靈論述，以及才、學、識三個創作條件，調和了「師古」與「師心」兩個路向。第三個部分是李維楨的批評論，他論析復古派所要求的「兼長」理想，同時他也承認人有才性的侷限，「兼長」未必能達成，故他提出「適」的觀念，轉而欣賞「偏至」。他並分析各文體的藝術樣貌、時代風格，以便掌握創作之法。

本論文所拈出的議題，都不是單純的拆解李維楨的寫作文本，而是期望以此作為考察晚明文壇的切入點之一，並提供晚明文學研究的參照與輔助。

目次

第一章　緒　論

復古派前後七子，在明代文壇的活動時間，跨度將近百年。其後，復古派的活動並未停歇，在王世貞晚年時，曾將與之從遊者，分別選爲「後五子」、「廣五子」、「續五子」、「末五子」等，本論題所要探討的李維楨，就是末五子中的一員。

李維楨，字本寧，號翼軒，湖北京山人，生於嘉靖二十六年（1547 年），卒於天啓六年（1626 年）。李維楨對於許多晚明文壇的研究者來說，是相對地較爲陌生的，但是，他的地位具有其特殊性。

首先，是他「末五子」的身分，與復古派的關係密切，王世貞曾指李維楨與汪道昆、吳國倫爲「操千古觚翰黜陟者」。〔註 1〕

其次，就是他的詩文在當時聲價隆盛，如錢謙益即在《列朝詩集小傳》中指出「謁文者如市」的盛況，〔註 2〕《明史・文苑傳》亦云其「文章弘肆有才氣，海內請求者無虛日」，「負重名垂四十年」。〔註 3〕朱彝尊則云：「元美即世之後，與汪伯玉、李本寧狎主齊盟。」〔註 4〕由此，多少可以看出李維楨在晚明文壇的聲望頗高。

再次，李維楨活躍於文壇的時間很值得注意——他生於七子之末，與王

〔註 1〕王世貞：〈李本寧〉，《弇州山人續稿》（臺北：文海出版社，1970 年），卷一九六，頁 8867。

〔註 2〕錢謙益：〈南京禮部尚書贈太子少保李公墓誌銘〉，《牧齋初學集》（上海：上海古籍出版社，1985 年 9 月），卷五十一，頁 1296。

〔註 3〕張廷玉等：《明史・文苑傳》（臺北：鼎文書局，1975 年），卷二八八，頁 7386。

〔註 4〕朱彝尊：《靜志居詩話》（北京：人民文學出版社，1990 年 10 月第一版，2006 年 6 月第三刷），卷十三，頁 390。

世貞、世懋兄弟往來密切；與公安三袁同爲湖北人，伯修、小修皆與他曾見過面，與中郎有過書信往來；又和竟陵的鍾惺、譚元春頗爲友好。他比王世貞小二十一歲，比胡應麟大四歲，卒年在公安三袁之後。也就是說，他一生八十年的歲月，正好見證了晚明文學思想轉變的過程。

從這些初步的史料看來，確實可見李維楨頗有值得探討之處。至於本論題的選定、開展方式、論述立場，則來自我對於文學史的一些思考。以下即說明之，以便掌握其後章節的開展。

第一節　對晚明文學史論述的反思

一、復古與反復古的二分脈絡

有關晚明文學的研究，向來都建立在一種特殊的視野當中，以致於造成一種固定的論述方式，亦即將晚明文壇分爲復古和反復古二支，對於復古派多爲貶抑，而反復古者，則有較高的評價。

我們熟讀的文學史著作，如劉大杰的《中國文學發展史》〔註5〕，即稱前後七子的復古運動爲「擬古主義」，公安派是「浪漫主義」，對擬古思潮展開激烈的反抗。他認爲：「唐宋派對於擬古主義的反抗，雖作出了貢獻，但在當時影響還不很大。到了晚明，反擬古主義的力量擴大了，形成一個新的文學運動，領導這一運動的，主要是公安派。晚明的反擬古主義，能形成一文學運動，一面是由於擬古主義詩文一般庸俗、虛響直接反感，同時也受了當代進步學術思想的影響。」〔註6〕他贊同公安派的文學發展進化論，認爲：「歷代文學的變遷，各有其時代的特性，創作或是批評，都要明瞭這種時代的特性，才不違反文學進化的原理。拜古賤今，一字一句，都要去擬古，這是戕害文學的生命，而喪失作者的個性。」〔註7〕他也批判七子的作品：「擬古主義的作品，華而不實，重文不重質，故只能悅俗，而不能傳遠。」〔註8〕

至於影響劉大杰的胡雲翼，則在之前即指出：「在這樣一個復古逆潮之下，要望文學的進展自是難乎其難。明代詩文之所以毫無成績可言，應該說

〔註5〕劉大杰：《中國文學發展史》（臺北：華正書局，1999年8月）。
〔註6〕同上註，頁949。
〔註7〕同上註，頁858～859。
〔註8〕同上註，頁959。

完全是復古潮爲之阻礙。」又說：「唐宋的文人也曾以復古相號召，不過他們只是利用復古的名義，以號召人心，其目的是藉以打倒駢文，提倡合時用的新式散文，故我們認定唐宋文是進化的，不是復古的。只有愚不可及的明代文人，才認定復古爲眞理。」〔註9〕

另一部我們熟悉的文學史爲王忠林、邱燮友等人所撰《增訂中國文學史初稿》，則批判李夢陽道：「一代有一代的文學，夢陽把詩文定下一個刻板的標準，本來已是很荒謬的事，再把這些詩文，當作經典，刻意摹仿，即使神似，也永遠跳不出這些作品的圈子。何況夢陽所強調的，只是專心摹擬它們的形式，亦步亦趨，有如邯鄲學步。所以擬古主義的末流，作品都是空洞無物，毫無生氣，就像沒有生命的行尸走肉一樣。」〔註10〕又批判李攀龍云：「其實李攀龍在詩文上，所論不多，標榜的宗旨，也不過拾李夢陽的牙慧，他們能享盛名，不過是結社宣傳，自立門戶，標榜鼓吹，以張聲勢的結果。」〔註11〕「平心而論，攀龍天資很高，記誦也熟而博，若是不走入擬古的魔道，成就當不只如此。」〔註12〕而反對擬古者，同樣也是以唐宋派爲先驅：「前後七子所主持的擬古運動，雖有王愼中、唐順之、茅坤、歸有光等人強烈的反對，但終不能給予致命的打擊。況且王愼中他們尊奉唐宋，廣義地說，仍脫離不了迷古的範疇，只是把摹擬的對象，從秦漢易爲唐宋而已。直到公安袁氏兄弟的崛起，才眞正擺脫了迷古的魔障，改變了文壇的風氣。」〔註13〕又說道：「晚明的反擬古主義興起，一面固由於擬古派詩文空洞無物的反感，一面則實由於王陽明學說的影響。自李贄一直到公安三袁，那些反擬古的作家，幾乎無不直接間接與陽明的學說有密切的關係。」〔註14〕最後，文中給了公安、竟陵較看似「公允」的評價：「總之，公安、竟陵的文學理論，確都有可取之處，尤其能力抗擬古的颼風，這是很不容易的。只是創作不能與理論相配合，以致只有消極的破壞，沒有積極的建設。末流之弊，遂較擬古更甚。」〔註15〕

〔註9〕胡雲翼《增訂本中國文學史》（臺北：三民書局，1979年10月），頁237。

〔註10〕王忠林、邱燮友等：《增訂中國文學史初稿》（修訂三版）（臺北：福記文化圖書有限公司，1985年5月），頁888～889。

〔註11〕同上註，頁892。

〔註12〕同上註，頁893。

〔註13〕同上註，頁909。

〔註14〕同上註，頁911。

〔註15〕同上註，頁916。

成復旺、蔡鍾翔、黃保眞的《中國文學理論史》的說法爲：「唐宋派在具有一定進步意義的王陽明學說的影響下，批評了前七子的文論。……先進的哲學思想和先進的文學創作，是在社會生活的基礎上推動文學理論前進的兩支巨大的力量，這在明代表現得尤爲突出。如果說在唐宋派和李開先這時候，這兩支力量還沒把文學復古的思潮沖垮的話，那麼他們的文學理論卻也預示出：隨著社會生活的進一步發展，這兩支力量是一定會把文學復古思潮沖垮的。」〔註 16〕

王運熙、顧易生的《中國文學批評史》說李攀龍的詩論「片面著重古法、古調，缺乏時代發展的觀念」〔註 17〕，認爲「王世貞晚年，由於覺察到擬古主義的流弊及其受到各方面的批評與彈射，在文學思想上也起了某些轉變」。〔註 18〕對於公安派則認爲：「他們的文學批評，不僅有力地鞭撻了贗古詩文，還給封建社會長期以來束縛文學創作的不少陳腐教條以衝擊，促進了作者的思想解放，在明代後期掀起了一個新的文學運動。」〔註 19〕

章培恒、駱玉明所主編的《中國文學史》則云：「晚明詩歌中影響最大的就是以袁宏道爲中心的『公安派』，這一派繼承徐渭的方向，強調性情之眞，力排復古模擬的理論，因人而異。他們提出的方向無疑是正確的，在打破古典審美規範的同時，他們也確實寫出了一些優秀的詩篇。」〔註 20〕

近年尚有徐朔方、孫秋克所撰的《明代文學史》，認爲：「前後七子的復古主義風氣雖然籠罩一時，但反對派始終沒有停止過對他們的批判——無論是作爲群體的公安派、竟陵派，還是作爲個人的李贄、徐渭、湯顯祖等。左派王學給反對派以思想啓示，在文學上以李贄的童心說影響最大。」〔註 21〕又說：「公安派的文學理論並不是孤立的思想，它是當代反理學的個性解放進步社會思潮在文壇上的一種反映。」〔註 22〕

〔註 16〕成復旺、蔡鍾翔、黃保眞：《中國文學理論史》（北京：北京出版社，1991 年 9 月），頁 111。

〔註 17〕王運熙、顧易生：《中國文學批評史》（台北：五南圖書出版有限公司，1991 年 11 月），頁 479。

〔註 18〕同上註，頁 483。

〔註 19〕同上註，頁 496。

〔註 20〕章培恒、駱玉明主編：《中國文學史》（全三冊）（上海：復旦大學出版社，1997 年 4 月第 1 版，1998 年 12 月第 2 次印刷），頁 211。

〔註 21〕徐朔方、孫秋克：《明代文學史》（浙江：浙江大學出版社，2006 年 6 月），頁 252。

〔註 22〕同上註，頁 276。

袁行霈所主編的《中國文學史》，書中即云：「明代中葉，隨著城市商業經濟的繁榮，市民階層的壯大和統治集團的日趨腐朽，思想控制的鬆動，以及王陽明心學的流行，文學逐步走出了沉寂枯滯的局面。」〔註 23〕並且認爲，王學左派衝破僵化的思維，強化創作主體意識，衝擊了封建禮教。〔註 24〕與上述諸家立場較爲不同的，是指出：「不論高喊『復古』的口號，還是打著『反復古』的旗幟，主觀上都有比較強烈的革新意識，希望能革除前弊，使文學創作符合各自心中的規範。」〔註 25〕該書較能正視流派相爭，陷入極端、片面化的情形。

從這些文學史著作當中，我們可以看到幾個大致的共通點，就是他們對於復古派極爲貶抑，反復古者則獲得較高的評價。他們預設晚明有所謂的「個性解放」或「思想解放」的「人性進步論」，並贊同文學是進化的，因此復古派就代表著落後和守舊。在此復古、反復古的二分論述中，還有幾點可歸納：一，唐宋派爲第一波對抗復古派的勢力；二，繼之而起的大規模反抗運動，即爲公安派，而公安派的先驅即爲李贄、徐渭、湯顯祖等人；三，這些反抗勢力，均受到王學的影響和啓發。我們也可以看出，撰寫文學史的前輩大家們，至近幾年仍採取這樣的論述脈絡。

文學史的著作繁多，不再一一舉述。此處無意作一「學術總結」，交代時代的變遷與學術走向的關聯性，畢竟內涵複雜，不是短短數語可以說明。而前面所舉述，都是文學史總論，總論的文學史，必須觀照全部的時期，大筆一揮，很難眞正論及細節。不過，這裡指的是論述方式的問題，在這種二分的脈絡之下，晚明的研究變得線條明晰，也因此簡單化了，許多地方被扭曲、忽略或擴大，我們在中文系受如此訓練，久而久之，要重新思考、出發，竟然也非易事。事實上，許多論述是禁不起叩問的。比如，何以復古派的邪說歪道橫行百年而不墜，而公安派乍起，即可給予強而有力的一擊？中間除唐宋派之外，亦都無人起而反抗？或者時遭人詆毀、攻擊，卻在近百年的時間內，沒有作任何的理論修正或轉向？以及，設定了人性進步論的正確依歸，是否恰當？文學的發展中，流派是否界線分明，此長即彼消，後一流派成立，前一流派立刻戛然而止？這些問題都很粗略，但這些顯然不合常理的狀況，

〔註 23〕袁行霈主編：《中國文學史》（上、下冊）（臺北：五南圖書出版有限公司，2003 年 1 月初版 1 刷，2009 年 9 月初版 3 刷），下冊，頁 436。

〔註 24〕同上註，頁 440～443。

〔註 25〕同上註，頁 453。

卻始終存在文學史的論述中。

當然，並不是時至今日，學界都全然採取這樣的論述方式。這種脈絡影響固然深遠，但早有學者指出這種二分論述的不足。如 1994 年時，龔鵬程在其所撰《晚明思潮》一書的自序中，提出對當前晚明研究論述脈絡的質疑：所謂的晚明思潮，主要指文學上的公安派，以及與之密切相關的李卓吾等人，而這些人又往往與陽明後學發展成的「泰州學派」有很深的淵源。他歸納「晚明思潮」被建構的過程：從周作人將晚明文學當作民國五四新文學運動的來源說起，接著受馬克思思想的影響，於三〇年代激發起社會史研究熱潮，而有了「資本主義萌芽」、「市民社會形成」、「印刷術發達」等用來解釋晚明社會文化的概念；1949 年之後的中國大陸，由於帶著革命的浪漫主義的氣質，將晚明這種反傳統、反封建的時代氛圍延續下來，再將之前資本主義萌芽的概念加以聯繫、擴充，於是這些不被名教羈絡的思想與人物，就是資本主義萌芽、市民意識勃興使然。龔鵬程指出，這些時代轉變的事例與思想，乃是被「製造」出來的，是由於近代研究者的特殊關懷，使得這部份被扭曲、放大了，從而製造出一批反傳統的浪漫英雄。〔註 26〕

2002 年，吳承學、李光摩編選《晚明文學思潮研究》一書，其序文〈20 世紀晚明文學思潮研究〉中總結了 20 世紀以來的研究成果。文中從五四與晚明的聯繫談起——周作人以晚明文學爲言志文學，五四新文學運動是「歷史的言志派文藝運動之復興」，影響了往後的學者們的論述，認爲公安、竟陵爲中國新文學的源流。稍後的嵇文甫是較早接受唯物史觀的學者，其《左派王學》一書認爲文學界的公安、竟陵，與道學界的王學左派，是同一時代精神的表現。嵇氏並對於明中葉以後商業資本擴大，對社會文化的影響，給予極大的關注，這與後來出現的「資本主義萌芽說」精神基本一致。吳承學、李光摩在文中指出，這個論述路向影響非常深遠，時至今日，談論晚明文學都是先談論社會環境，即資本主義萌芽的歷史情境，在思想界的反映爲李贄和王學左派，然後在文學界的反映，爲公安三袁云云。50～70 年代的思想改造與反右鬥爭，文學史於是有了斷裂；而後，五四與晚明的聯繫又重新成爲熱門話題。這些論者關注兩者的相通之處外，也有人關注其間的差異。如此的爭論，涉及到傳統的連續與否。另外，臺、港的學者偏向認爲大陸學者過份重視生產方式與經濟結構的改變。要之，該文詳盡地搜羅資料、論述，將學

〔註 26〕見龔鵬程：《晚明思潮》（北京：商務印書館，2005 年 8 月），頁 1～19。

術研究走向的轉變與整個時代扣合，是一篇有史料價值，具啓發性的長文，此不再引述。〔註 27〕

2006 年，馮小祿在《明代詩文論爭研究》一書的引論中提到，明代詩文研究的寵兒，一直是能和新文學的思想革命和傾向民間觀念相聯繫的公安派，公安派常被冠以反復古或浪漫主義等名號，明代詩文發展也就是復古與反復古兩條路線的鬥爭。90 年代以後，隨著研究的深入和論題的擴展，二分的對立模式受到衝擊，但是由於「革命」或「革新」的價值主導，論述仍然受限。如有些學者發現七子派其實是以復古爲手段，以革新爲目的，於是七子派即成了革命的先行者，值得大書特書，加以讚揚。他指出，「研究的價值似乎就在於從古典中發現其當代價值，而科學地研究似乎就是既指出其『能』維新的地方，又客觀指出其不『能』之處。所謂不拔高研究對象的價值，就是實事求是，就是科學地研究。譬如對七子派，人們也認爲其理論和實踐、目的和結果等方面存在偏差，但似乎都同意給他們一個『平反』的決定」，那麼，僵化的對立模式看起來固然被打破了，但是那種「對當代有用」的價值觀仍起著主導作用，思路其實如出一轍。〔註 28〕

晚明的研究，確實因爲時代的聯繫，而有了特殊的觀照和詮釋。由於近百年來學界對晚明的特殊關懷，加上政治上意識形態的關係，研究方向的流變轉折儘管複雜，但卻累積出過度的二分論述模式。如此「復古」與「反復古」二分，將文人們各自歸類、給予評價，這樣的論述是簡單而不足的。時代既已變遷，跨時代的遇合儘管令人驚喜，但那樣的時代背景過了，我們不能帶著一樣的偏見去看待晚明的文壇。這些若未能加以明辨，論者就很容易被偏見所蒙蔽。

二、「典範」性的論述模式

在文學史的論述中，必然涉及價值判斷和取捨，判別什麼是重要的、什麼是次要的，而累積出所謂的「典範」作家或作品。之所以會造成這種價值的判斷，有兩個主要原因——第一，研究對象的理論特質，與研究者的時代

〔註 27〕吳承學、李光摩編：《晚明文學思潮研究》（武漢：湖北教育出版社，2002 年 10 月），頁 1～56。

〔註 28〕馮小祿：《明代詩文論爭研究》（昆明：雲南人民出版社，2006 年 7 月），頁 1～11。引文見頁 5～6。

背景遙相呼應或契合；第二，此理論具有足夠的系統性、強悍的改革力道。前者即如同前文所論；後者，則或與流派的發展模式，以及其給予後人的印象有關。

文學史上，對於晚明文學流派轉移的論述，正好可說明這點。如郭紹虞說：

> 什麼是明代文學批評的特徵？那是頗帶一些「法西斯式」作風的。偏勝，走極端，自以爲是，不容異己。因此，盲從、無思想、隨聲附和、空疏不學，也成爲必然的結果。這是法西斯式作風所應有的現象。這種作風，形成了明代文壇的糾紛，同時也助長了明代文壇的熱鬧。〔註29〕

郭紹虞的說法，從現在的角度來看是激烈了些，但不可否認地，他觀察到文學流派轉移的模式。文學史上，文學流派的興起，往往是爲了匡正時弊，起而開創新局。因此，身爲宗主，必須有革新的魄力，很容易就展現出「偏勝，走極端，自以爲是，不容異己」的樣子，如李夢陽、李攀龍等人，都帶著一種狂傲的氣質，自信滿滿，提出不容質疑的論點。跟從者亦步亦趨的結果，弊端因此而生，因此郭紹虞說的「盲從、無思想、隨聲附和、空疏不學」，正是所謂文派「末流」的現象。公安派的產生也是如此，袁宏道爲矯復古模擬之弊，說道：「世人喜唐，僕則曰唐無詩；世人喜秦漢，僕則曰秦漢無文；世人皆卑宋黜元，僕則曰詩文在宋元諸大家。」〔註30〕刻意去標新立異，爲反對而反對，簡直就是意氣之爭了。袁宗道說過，「其病源則不在模擬，而在無識」〔註31〕，其實已精闢地切中當時文壇之弊，模擬只是病徵，病源乃爲無識，其實當時人，包含李維楨，都是從這點來論的；但袁宏道的作法，或改變宗法對象，或改變審美標準，雖未必能針對病因，卻能更有效地在文壇引起天翻地覆的變化。

因此，具有「偏勝，走極端，自以爲是，不容異己」特質的宗主，改革的力道更爲強大，也更爲人們所注意；跟從者一多，也就難免有「盲從、無思想、隨聲附和、空疏不學」的情形了。前一流派按照這樣的模式，終究產生了弊端，而後一流派又會應運而生，然後再走向末流，產生另一個弊端。

〔註29〕郭紹虞：〈明代文學批評的特徵〉，《照隅室古典文學論集》（臺北：丹青圖書出版公司，1985年），頁337～341。

〔註30〕袁宏道：〈張幼于〉，《袁中郎全集》（臺北：世界書局，1964年2月），「袁中郎尺牘」，頁34。

〔註31〕袁宗道：〈論文下〉，《白蘇齋類集》（臺北：偉文圖書出版社，1976年9月）卷二十，頁626。

從大方向來說，明代文壇確實是這麼發展的。當李夢陽說出「太似不嫌」（〈再與何氏書〉），袁宏道「秦漢無文」、「唐無詩」（〈張幼于〉）時，都是偏頗、不全面的，但是他們提出這些說法時，是有強大的改革意識。如此具有特色的宗主和末流，如此強悍的改革力道，自然有學術上的優先性，學界也已投注了許多的心力。但我們不禁要問，兩個偏勝、極端之間，是否有所聯繫或溝通？流派走向末流之際，是否只能等待下一個偏勝、極端來改革，而沒有折衷、調和的聲音出現？

從另一個角度來看，文學史上的分派，是為了便於指稱和論述。若在一種兩相對照的模式下展開論述，兩派的理論特色更容易被凸顯，演進的路線也能看來更為深刻。但如此一來，我們很容易對內部的細節作出誤判，我們可能忽略了其中的複雜性，也可能把某些特定的部份擴大、扭曲，況且，流派之間有斷裂性，亦有連續性。斷裂性固然是派別分立的依據，但其中有許多承繼和修正，這種關聯是我們所不能忽略的。這些學術上的重點議題一旦確立、強化之後，細部被掩蓋了，那麼，所謂歷史的眞實，就更加難辨了。

宇文所安在〈瓠落的文學史〉一文中說道：

> 如果我們的文學史寫作是圍繞著「重要的」作家進行的，那麼我們就必須問一問他們是什麼時候成為「重要作家」的，是什麼人把他們視為「重要作家」，根據的又是什麼樣的標準。如果你能把許多先入為主的意見暫且放在一邊，重新思考這些問題，那麼我們自以為已經十分熟悉的文學就會變得複雜多了。〔註32〕

當然，文學史論述上典範的形成，本是無可厚非，甚至，是自然而然、本來就會如此，學術的發展本來就有些會產生重大的影響，也有些就隱沒在時間的洪流之中。況且，論述的取捨，畢竟涉及了整個時代的學術取向與研究者的史觀。只是，學術成果累積到一個地步後，不該走上僵化、固定。本論題的前行思考是：典範之外、主流之餘，還有什麼？是否可以有新的思考方向，對文學史有新的補充呢？

三、研究現況

重寫文學史的呼聲雖高，但工程浩大，也不在本文要討論的範圍中。重

〔註32〕〔美〕宇文所安著、田曉菲譯：〈瓠落的文學史〉，《他山的石頭記》（南京：江蘇人民出版社，2006年8月），頁3。

點是，在二十世紀末到二十一世紀初，研究走向細膩化，學界有不少新開發的主題，確實對於文學史上的許多盲點，有了解答與補充。

較早期有宏大企圖心，去梳理整個明代文學復古運動的，是廖可斌的《復古派與明代文學思潮》。〔註33〕廖可斌從古典詩歌的傳統審美理想，以及地域文化的興替，爲明代復古運動找尋時空的聯繫，然後將復古運動的三次高潮：前七子、後七子、及明末復社、幾社等文人的活動狀況，分別加以論析。他指出，復古派並不若學界所認定的，是重形式不重內容，相反的，復古運動每次的高起，都是社會矛盾激化的時候，也就是說，復古運動是與現實密切關聯的；而復古派的文學觀，是爲了恢復主體與客觀現實情與理、意與象、詩與樂完美統一的古典詩歌審美理想。復古派擺脫理學束縛，追求主體自由，故而有了創新的意義。同時，復古派亦有其侷限性，他們爲求主體情感與封建倫理道德之間的平衡，未能眞正揚棄「理」，解放「情」。要之，廖可斌是近幾年來較早對復古運動進行詳細考察的學者。

另外亦有學者採取較微觀的方式，從各個文學現象切入探討。如黃卓越《明中後期文學思想研究》〔註34〕，書中對〈明中期文章復古運動與「文必秦漢」說〉、〈前七子樂府詩制作與明中期的民間化運動〉、〈明中期的吳派文學：地域、傳統與新變〉、〈明中期吳中派的詩文體統觀〉、〈唐宋派與前七子之爭〉、〈情感與性靈：晚明文學思想進程中的一對內在矛盾〉等六個主題進行深入的探討。其涵蓋的層面相當廣，前後七子、吳中派、唐宋派、公安派的許多理論核心都有詳細的討論。

陳國球的《明代復古派唐詩論研究》〔註35〕，則論析〈明代復古派反宋詩的原因〉、〈明代復古派論唐代七言律詩〉、〈李攀龍「唐無五言古詩而有其古詩」說的意義〉、〈從《唐詩品彙》到李攀龍選唐詩〉、〈復古派選本的反響〉、〈復古派詩論的文學史意識〉、〈復古派的創作與唐詩〉等主題。這些考察都相當細緻，比如他從宋人的「主理不主調」來論析宋詩不受明人喜愛的原因，重新理解復古派尊唐詩的原因。又如他在〈明代復古派論唐代七言律詩〉、〈李攀龍「唐無五言古詩而有其古詩」說的意義〉中捻出復古派對於七言律詩和

〔註33〕廖可斌：《復古派與明代文學思潮》（1989年杭州大學博士論文）（臺北：文津出版社，1994年2月）。

〔註34〕黃卓越：《明中後期文學思想研究》（北京：北京大學出版社，2005年11月）。

〔註35〕陳國球：《明代復古派唐詩論研究》（北京：北京大學出版社，2007年1月）。

五言古詩的看法，辨析復古派的詩史觀與創作觀，以及他們如何選擇典律的問題。這些論題有助於我們理解復古派的理論特色。

陳斌的《明代中古詩歌接受與批評研究》〔註 36〕是一個較新穎的題材，因爲尊唐是明代詩學的一個很大的特點，以學唐的角度來看明代詩學，是較爲常見的議題，但是明人的學古，並不僅學唐，他們還有學漢魏、學六朝，這個部份較少被關注。陳斌的企圖即是系統地探討明人對於中古詩史的回顧和總結：〈明七子與「古體宗漢魏」〉探討了七子對於「古體宗漢魏」法則的確立，以及「古體宗漢魏」一說的內涵演變發展，和他們如何實踐。〈嘉靖六朝派及其詩學承擔〉討論的是六朝派的興起，如何與七子形成抗衡和對立的關係。七子派取徑過狹向來爲人所詬病，六朝派即是從詩史的角度，重新標舉綺靡藻麗的審美取向，並確實促成了當時詩風的變化。〈辨體與中古詩史批評與建構〉一文，探討了從徐禎卿開始，到胡應麟、許學夷對於中古詩歌流變的討論。〈晚明古詩選本及其批評傾向〉則是以鍾惺、譚元春編選的《古詩歸》，以及陸時雍的《古詩鏡》爲研究對象，探討這兩部古詩評選本各自的理論核心與審美標準。

從這些主題式的探討方式，我們可以看出，這些學者敏銳地去對於文學現象的整體加以剖析，探求各主題的流變和發展，這些論述都能夠使得文學史的研究更深入且細密。

至於專家個案研究，學位論文在臺灣地區有 1981 年周志文的《屠隆文學思想研究》（臺灣大學博士論文）、1989 年朴均雨的《王世貞詩文論研究》（政治大學碩士論文）、1990 年陳錦盛的《徐禎卿之詩論研究》（政治大學碩士論文）、1990 年卓福安的《王世貞詩文論研究》（東海大學博士論文）等；大陸地區則有 2003 年酈波的《王世貞文學研究》（南京師範大學博士論文）、2005 年蔣鵬舉的《李攀龍研究》（陝西師範大學博士論文）、2008 年劉易的《屠隆研究》（華東師範大學博士論文）等。專著如 2002 年鄭利華的《王世貞研究》〔註 37〕、2004 年孫學堂：《崇古理念的淡退——王世貞與十六世紀文學思想》〔註 38〕、2008 年吳新苗的《屠隆研究》〔註 39〕，以及蔣鵬舉修改其博士論文

〔註 36〕陳斌：《明代中古詩歌接受與批評研究》（上海：上海三聯書店，2009 年 3 月）。

〔註 37〕鄭利華：《王世貞研究》（上海：學林出版社，2002 年 10 月）。

〔註 38〕孫學堂：《崇古理念的淡退——王世貞與十六世紀文學思想》（天津：天津古籍出版社，2004 年 5 月）。

〔註 39〕吳新苗：《屠隆研究》（北京：文化藝術出版社，2008 年 4 月）。

所出版的《復古與求真：李攀龍研究》〔註 40〕等。其他尚有許多單篇論文，不再一一舉述。〔註 41〕學者們對於復古派成員的關注，從上述的成果顯示出很有趣的傾向：

第一，臺灣的學者比大陸的學者起步要早些，這我們前面談過，與整個政治環境有極大的關係；第二，大部分的焦點較集中在王世貞與屠隆，這兩位往往正好被定位爲「新變」的人物；第三，大陸學者對於這些研究對象的論述，多半會較傾向以是否「革新」爲評斷高下的標準，而此「革新」，又多半是以公安派爲正確的依歸。〔註 42〕然而，隨著時代的改變，研究議題的開發，以及研究視角的擴展，這些累積的成果，都會讓文學史的研究更往前推進。

第二節　本論題的研究意義

本論題《李維楨文學思想研究》，即是站在前述的思考立場而開展的。

從李維楨的著述《大泌山房集》〔註 43〕中，很容易便可以看出他對於當時對立的文學理論之間修正、兼容的態度。比如他常常流露出對於周、漢的慕古之情，主張「格以代降」，他同時也抨擊文壇上剽竊、模擬，取法狹隘、不知變通等弊端；他認爲寫作需講求法度，但他極重視個人的才氣與性情；他批判「今學詩者工模擬而非情實，善雕鏤而傷天趣」，也不滿於「取里巷語，不加脩飭潤色，曰此古人之風」（〈綠雨亭詩序〉150-721），因此他講求博學廣識。李維楨

〔註 40〕蔣鵬舉：《復古與求眞：李攀龍研究》（北京：中國社會科學出版社，2008 年 9 月）。

〔註 41〕此處不一一舉述當前的明代文學研究著作與單篇論文，一方面由於數量過於龐大，足以再另文論之，礙於本文篇幅，故不在此贅述；另一方面則由於著作數量既多，則難免良莠不齊，礙於學力尚淺，未敢妄加篩汰；亦恐掛一漏萬。因此本文僅舉述主題具代表性、對本文有啓發性者。其餘著作可參文末之參考文獻。

〔註 42〕當然並不是全部著作都是如此，如蔣鵬舉《復古與求眞：李攀龍研究》即是例外。該書的序論中曾指出，文學研究應具有時代感，隨著時代的變遷，人們的分析視角也會發生變化。研究觀念和方法應該是不斷更新的。對於 80 年代以後，學界對於明代詩文的重新評定，蔣鵬舉是有充分自覺的，並能拋去偏見，是部以知人論事的方式，持平地去處理學術問題的著作。

〔註 43〕李維楨：《大泌山房集》，《四庫全書存目叢書》影印明萬曆三十九年刻本（臺南：莊嚴文化事業公司，1997 年），集部第 150～153 冊。本文所引述李維楨之語，皆出於此本，故不再贅述，僅在各引文後直接標注集數和頁數，例如集部第 150 冊第 271 頁，標注爲「（150-271）」。

的理想是「體格法古人而不必立異於今人，句意超今人而不必襲跡於古人」（〈許覺父集序〉151-12），以及「取材於古而不以模擬傷質，緣情於今而不以率意爲病」（〈方于魯詩序〉150-766）。要之，李維楨的理論，在傳統文學史的架構上，跨越了所謂的「復古」和「反復古」這互相敵對的兩大陣營。

而正因如此，李維楨在文學史的地位並未受到重視。一方面，他理論的特色既然表現出兼容或折衷，那麼也必然地在一定程度上，削減了理論的強度；另一方面，李維楨的論點有多處承繼了王世貞的立場，就開創性而言，似乎也不具有那樣高度的重要性。換言之，從各個角度來說，李維楨都不能算是一個第一等重要的理論家。

但是若我們再將李維楨在文壇的地位納入討論，便可以看到不同的意義來。李維楨除了身爲「末五子」的身分之外，王世貞將他視爲主盟文壇的繼承人，而同時的復古派文人，也共同推尊李維楨爲盟主，認爲他掌握文壇權柄。李維楨自己不但與當時文人作詩相酬唱，還組織結社。雖然從這些結社的記載看來，其規模未若王世貞或汪道昆的結社來得大，但是他的「盟主」身分，在當時確實曾發揮過影響力。

錢謙益在《列朝詩集小傳》中，曾提到「謁文者如市」的盛況，但「其詩文聲價騰湧，而品格漸下」。同時錢謙益也不忘補充說明，墓誌銘中雖曾說過「其文章之聲價，固已崇重于當代矣，後世當有知而論之者」這樣的話，「亦微詞也」。〔註44〕李維楨固然樂易闊達，但正因他的不拘小節，所往來的人不論貧富好壞，都照單全收，受人誣染也不以爲意，加上他有才氣，文章往往揮筆而就，品格就未必高了。身爲史館後輩，錢謙益不便在墓誌銘中批評，因此將評斷權留予後世。至於《明史·文苑傳》中，則說李維楨「文章弘肆有才氣，海內請求者無虛日」，「負重名垂四十年」；讚揚的同時，亦有「文多率意應酬，品格不能高也」〔註45〕的批評。這和《列朝詩集小傳》李維楨傳的文字相當類似。要之，李維楨這樣一位盟主，具有才氣，性格闊達，交遊廣泛，文壇的環境亦爲他提供了有利的條件，但很快的，在他身後便有了一些批判。至今，他理論的影響力似乎也並不大，加上後世文學史的論述方式，李維楨即淹沒在歷史的洪流中。

我們不妨回到當時的狀況來思考，若他的理論並沒有特殊之處，爲什麼

〔註44〕錢謙益：《列朝詩集小傳》（臺北：世界書局，1985年2月三版）丁集上，頁444。

〔註45〕張廷玉等：《明史·文苑傳》（臺北：鼎文書局，1975年）卷二八八，頁7386。

能居於盟主的地位？而他爲了鞏固他的位置，宣揚他的理念，他又必須採取什麼樣的論述策略？

身爲掌握文權的主盟者，李維楨必然會採取一個更有利的論述方式，而這個策略，勢必經過全面的反思和省察。也就是說，欲討論李維楨的文學思想，所要著重的並不在其理論的特出之處，而在於他的論點重要性：他所探討的議題，是當時的文人所共同關注的；他所提出的理論，也是因應時弊，經過通盤考量的結果。

儘管李維楨並沒有理論的專著，事實上其理論系統也不能與同時期的胡應麟，或者稍晚的許學夷相比。但可以確定的是，李維楨或統合、或引導，他至少是個具有指標性的人物。

另外，各流派、各理論的出現，其內涵和演進過程，也相當複雜。李維楨居於晚明的一關鍵時期，面對整個時代的問題，他提出許多回應，而這些回應對於各文派之間的衝突、交涉有了溝通和調和的作用。

因此，李維楨的論點在當時有著重要的位置。第一，顯示了復古派後期轉向的路徑，第二，指出晚明文壇的走向。從他提出的議題，以及他的答案，我們可以歸納出當時的問題有哪些、時人關注的焦點爲何等等。

有鑒於上述的因素，我們有必要對李維楨作一專門的個案研究。我想，任何細部的研究，都可以給予文學史很好的補充。李維楨文學思想的研究，一方面是是考察晚明文學史的切入點之一，另一方面，則可作爲晚明文學研究的參照與輔助。

第三節　對當前研究成果的檢討

晚明的文壇，一直是學界關注的焦點。而李維楨是較被冷落的一位，與他生時的聲望頗不相稱。而隨著學界研究趨向細緻化，在進入 21 世紀以來，已有學者注意到李維楨。目前學界尚無李維楨的專書研究，茲將可見的論述分類簡介如下。

第一，專文研究者

（一）查清華的〈李維楨對明代格調論的突破與創新〉〔註 46〕，該文提

〔註 46〕 查清華：〈李維楨對明代格調論的突破與創新〉，《中國韻文學刊》2000 年第 1 期，頁 69～73。

出了李維楨的突破與創新有以下四點：

1、就創作主體而言，李維楨突出強調個人性情才賦。

2、就表達方式而言，李維楨提倡直書胸臆，暢寫性情。

3、從作品客體而言，在形貌與神情的比照中，李維楨強調對神情的把握。

4、就接受對象來說，李維楨進一步突破了格調派「詩必漢魏盛唐」的觀念。

該文對於李維楨的創新，抱持肯定的態度。

（二）李聖華〈鍾惺與李維楨詩歌之比較研究〉〔註 47〕，主要在考察兩人交往的事迹，與其文學思想和創作差異，以觀晚明詩壇演進的過程。他認爲，「萬曆中葉，李維楨感受到了明詩復古有史以來最強烈的衝擊」〔註 48〕，「在群起指摘復古流弊的文壇環境中，李維楨自然也不願冒天下之大不韙而不思變革，提倡師事『古人之精神』，便是他對復古的最有力的修正」。〔註 49〕

（三）王遜、周群〈論李維楨詩論的「折衷」特色〉〔註 50〕，提出了李維楨對師古與師心的折衷，認爲李維楨所說的「才」，是對「學」的補充，「也是對於『自然』的創作方法的進一步細化」。〔註 51〕文末歸結了李維楨在批評史的意義，指出「當下的研究中，將晚明思潮橫截爲復古與革新兩段，認爲歷史的發展就是由復古向革新的轉變」，而李維楨是代表過度或轉變的人物，其進步的貢獻實在有限。但是該文認爲，「文學思潮畢竟不是社會思潮，他的發展軌跡和評判標準也並非是所謂的『革新』或『進步』」，「中國古代文學思想的發展自有其一以貫之的傳統，而李維楨的這一『折衷』正是這一傳統的典型代表」。〔註 52〕

（四）徐利英〈李維楨生平志趣述考〉，將李維楨的生平、活動作一論析，指出其人品經歷與心態，都呈現出晚明士人群體的風貌。〔註 53〕

〔註 47〕李聖華：〈鍾惺與李維楨詩歌之比較研究〉，《鄭州大學學報》（哲學社會科學版）第 37 卷第一期，2004 年 1 月，頁 126～130。

〔註 48〕同上註，頁 127。

〔註 49〕同上註，頁 128。

〔註 50〕王遜、周群：〈論李維楨詩論的「折衷」特色〉，《長江論壇》2009 年第 4 期（總第 97 期），頁 76～80。

〔註 51〕同上註，頁 79。

〔註 52〕同上註。

〔註 53〕徐利英：〈李維楨生平志趣述考〉，《作家雜誌》，2009 年第 11 期，頁 132～134。

第二，書中立有專章節論述者

（一）馮小祿的《明代詩文論爭研究》，〔註 54〕贊同郭紹虞所提出的「爭辯」之說，認爲李維楨的理論得益於晚明這些紛雜的論爭。

馮小祿將李維楨歸納爲七子派中「自我蛻變的派內人員」，「既要攻擊七子派的末流，又要主動攻擊新起的他派」；〔註 55〕他並指出李維楨「能將李贄和公安派的特點和缺點分開，並未一棍子打死，而將批判的鋒芒指向了棄長學短的末流」。〔註 56〕馮小祿進一步將李維楨對於後七子派末流的批判，稱之爲「自我批判」；而公安派、竟陵派崛起之後，李維楨又「常常將學七子派的末流和學公安派的末流相提並論，各打五十大板。但是他從不點名，把他們都當作群體性的文壇惡劣現象來批判」。〔註 57〕「也因爲他既能認識到泥古帶來的病症，又能認識到公安派師心引出的末流，所以他建設出來的復古理論，綜合來看，雖仍然是師古的，但並不僵化、呆板，有時還很靈活、辯證，能有效反映萬曆時期複雜的文學風尚。」〔註 58〕

（二）孫學堂《崇古理念的淡退——王世貞與十六世紀文學思想》一書，論及王世貞後輩羽翼的文學思想，將李維楨的腳色設定爲「折衷論的繼承者」，認爲李維楨是「以折衷調劑的思路，具體而微地繼承了王世貞晚年的文學主張」，〔註 59〕「是折衷調劑思路的繼承者和實踐者」。〔註 60〕

（三）李聖華《晚明詩歌研究》中，介紹了末五子，指出李維楨「作爲後七子派的『一宗』，李維楨在萬曆中葉感到明詩復古有史以來最強烈的衝擊。」〔註 61〕他認爲李維楨「未從復古自身作深刻的反省」，但「並非一味株守前人格調而黜變革於不顧，在群起指責復古的文學環境下，昌言師法『古人之精神』，即其對復古最有力的修正。」〔註 62〕與他之前所撰之文立場相同。

（四）查清華《明代唐詩接受史》論及李維楨的唐詩觀，指出「李維楨

〔註 54〕馮小祿：《明代詩文論爭研究》（昆明：雲南人民出版社，2006 年 7 月）。

〔註 55〕同上註，頁 293。

〔註 56〕同上註，頁 353。

〔註 57〕同上註，頁 357。

〔註 58〕同上註，頁 363。

〔註 59〕孫學堂：《崇古理念的淡退——王世貞與十六世紀文學思想》（天津：天津古籍出版社，2004 年 5 月），頁 262。

〔註 60〕同上註，頁 265。

〔註 61〕李聖華：《晚明詩歌研究》（北京：人民文學出版社，2002 年 10 月），頁 66。

〔註 62〕同上註，頁 67。

對唐詩的價值定位延續了七子派崇尚盛唐的傳統取向」。但是李維楨是有所變化的，「他不再熱衷於盲目推崇雄渾之類的高格和宛亮的聲調，而是注重詩人的才情與詩歌格調的聯繫」。〔註63〕

第三，於文中零星提及者

擇要簡述如下：

（一）史小軍〈論「末五子」對「前後七子」格調理論的發展與突破〉一文認爲，「李維楨對七子派一味追求古人高格的失誤之處看得十分清楚」，「對格調理論進行了較大程度的修正」，與王世貞同樣「把才、情納入格調理論體系中」。史小軍指出，「李維楨與王世貞等其他七子派成員在格調論上最明顯不同之處在於：既堅持了格調論的立場又放棄了『格古調逸』的原則和『伸正絀變』的觀念」。〔註64〕

（二）黃卓越《明中後期文學思想研究》一書，於探討情感論與性靈論的關係時，提到：「『性靈』概念在屠隆、李維楨、王世懋、王世貞等人處的間斷性使用，可以看做其做唯一個批評性術語已正式地成立。但一般學術界論述性靈說，主要以三袁等公安派的思想爲主，這包括了兩個方面，一是語其詩文的創作，再一是指其批評觀念。而公安以後又有竟陵也主于性靈之說，成爲在某種意義上的性靈派之承繼者。性靈說在晚明的流行大致如此，因而對性靈說的研究也需顧及這個整體的狀況，方爲確實。」〔註65〕

（三）陳廣宏的《竟陵派研究》一書論述嘉、隆已來文風之變，後李、何時代之後，復古思潮再振，說道：「而像李維楨，也以『本於性靈，歸於自然』這樣的標準論詩，在某種程度上轉向對作家內在表現的注重。」又說：「他們（指李維楨與王世懋）的主張在根本上取向還是與唯個性表現是尚的竟陵派格格不入的。」〔註66〕

（四）陳文新的《明代詩學的邏輯進程與主要理論問題》中論信古論與信心論的融合時，指出：「信古論與信心論的融合在屠隆、李維楨、鄒迪光和

〔註63〕查清華：《明代唐詩接受史》（上海：上海古籍出版社，2006年7月），頁202～203。

〔註64〕史小軍：〈論「末五子」對「前後七子」格調理論的發展與突破〉，《學術研究》1998年第十一期，頁80。

〔註65〕黃卓越：《明中後期文學思想研究》（北京：北京大學出版社，2005年11月），頁238。

〔註66〕陳廣宏：《竟陵派研究》（上海：復旦大學出版社，2006年8月），頁111。

袁中道的詩論中已露端倪。屠隆、李維楨與公安派同時，其中屠隆與湯顯祖過從甚密。他們既已感到前後七子的模擬之弊，又意識到公安派對文體規範的蔑視過於偏激，合則兩全，離則兩傷。因而，他們表現出願意接納『性靈』的同時，也不忘記指責公安派『體敝』。」〔註67〕又說：「大體說來，李維楨論詩，側重於『破』，既指責師古者『非情實』，『傷天趣』，又指責師心者『取里巷語，不加修飾潤色』，『甚則驅市人野戰』，各責五十板，意在倡導『師心』與『師古』的融合。」〔註68〕

（五）龔鵬程的《才》，在〈文才論的歷史〉一文將才與學的發展歷史分爲幾個階段：魏晉南北朝爲「由才入學」，唐、宋時期則爲「才與學的辨證」，金元明爲「才與學遞勝」，清爲「才與學的爭抗與融合」。〔註69〕就明代來看，明初的宋濂、方孝孺，較重才而輕學，到了李夢陽講求法式，重才之風爲之一挫，開始走向以學以法爲主。後七子時，徐禎卿不顯法而顯才，王世貞時時論才，到了李維楨，論才先於法，也高於法，此時已漸漸走向一個重視才情的時代，才的重視，帶出了性靈說，而情感的重視與才亦有直接的關連。〔註70〕

從上述的這些論述，我們可以發現，只要留意到李維楨的學者，很難不注意到他理論中折衷、修正的特色，並且將他的地位置於一轉折、過渡之處。陳文新注意到李維楨同時要面對七子、公安的末流之弊，而走向融合之路；黃卓越考察晚明時期性靈與情感交錯演變的關係，指出這個發展路線中，李維楨等後七子後的成員們居於過渡的地位；龔鵬程則是從整個歷史發展中「才」與「學」的消長，指出後七子開始重才，李維楨是其中的一個高峰，與性靈派的出現有很大的關係。這些說法，都頗具啓發性。

而此中亦有部分論點，很值得我們再商榷，而這些問題主要都是由於復古與反復古的對局被過度推演的緣故。

首先，是關於李維楨的評價。論者多認爲，李維楨是復古論的「修正者」。如查清華的〈李維楨對明代格調論的突破與創新〉一文，提出了四點李維楨對復古派的修正；而馮小祿的《明代詩文論爭研究》則將李維楨歸納爲七子派中

〔註67〕陳文新：《明代詩學的邏輯進程與主要理論問題》（湖北：武漢大學出版社，2007年8月），頁203。

〔註68〕同上註，頁204。

〔註69〕龔鵬程：〈文才論的歷史〉，《才》（臺北：臺灣學生書局，2006年3月），頁111～156。

〔註70〕同上註，頁125～135。

「自我蛻變的派內人員」，「既要攻擊七子派的末流，又要主動攻擊新起的他派」；孫學堂《崇古理念的淡退——王世貞與十六世紀文學思想》一書，將李維楨的腳色設定爲「折衷論的繼承者」，認爲李維楨是「以折衷調劑的思路，具體而微地繼承了王世貞晚年的文學主張」，「是折衷調劑思路的繼承者和實踐者」。陳廣宏的《竟陵派研究》則是認爲李維楨是堅守復古理論的調和論者。

這樣的定位自是無可厚非，畢竟李維楨爲「末五子」之一，理論也以學古爲主。然而，問題就在於論者給予李維楨的評價。這些評價可分爲兩種：一種是因李維楨爲復古派中人，卻能朝向性靈派作修正，因此給予讚賞和肯定，如查清華說：「李維楨受到性靈思潮的影響，對格調理論進行了深入的反思。」〔註71〕由此肯定李維楨對於格調派的突破，給予格調派新的生命力。第二種，是認定李維楨雖有創新或改革，卻仍擺脫不了復古派的束縛，而加以批駁。如孫學堂認爲李維楨「在弘揚主體精神、追求個性自由的意義上，與屠隆之論尚隔一塵，更不能望公安諸子之項背」，且對於王世貞之論「繼承多而開創少」，「有王世貞在前，他不過是折衷調劑思路的繼承者和實踐者而已」。〔註72〕又如陳廣宏給予李維楨理論的評價是：「這樣一種類似調和的主張看似公允、穩健，但在個性解放思潮風起雲湧的時代仍守持復古的基本立場，卻畢竟不能體現這個時代的精神特徵，也無法代表文學發展的方向。」〔註73〕

很明顯的，不論是給予正面或負面的評價，都預設了一種價値觀，亦即復古派乃是代表落後保守，而性靈所代表的個性解放，是「正確」的，所有的錯誤終究會被修正，走向性靈文學思想的光明大道。所謂的「解放」是相對於保守、守舊而而言，但是，復古就是守舊嗎？復古眞正的意義是在於回顧傳統，回顧傳統並不等同於守舊，相反的，欲思有所變革者，史上許多的文人正是採取「託古改制」的方法。若說解放就是不要再守著古人了，則又更大錯特錯矣，因爲這些看起來反對復古派的人，都承認古人的價値。比如袁宏道說過：

> 夫復古是已，然至以剿襲爲復古，句比字擬，務爲牽合，棄目前之景，摭腐濫之辭，有才者絀於法，而不敢自伸其才；無之者，拾一二浮泛之語，幫湊成詩，智者牽於習，而愚者樂其易，一唱億和，

〔註71〕查清華：〈李維楨對明代格調論的突破與創新〉，同註46。

〔註72〕孫學堂：《崇古理念的淡退——王世貞與十六世紀文學思想》，同註59，頁265。

〔註73〕陳廣宏：《竟陵派研究》，同註66，頁110～113。

優人騶從，共談雅道，吁！詩至此抑可羞哉！〔註74〕

這裡當然不能斷章取義，說袁宏道是贊同復古派理論的，應該說，復古和反復古的爭論點是學習的方式、取法的方向。那麼，所謂的解放思潮，就是前面所說的被扭曲、制造或放大後的產物，從根本上是說不通的。

其次，是對於流派發展秩序歸納的謬誤。

比如馮小祿的《明代詩文論爭研究》以「論爭」的理解方式，活絡了晚明文壇活動的狀況。這個方式確實較能避免簡單二分，避免學界向來在描述文學發展時，新的流派總是擊垮、取代舊的流派這樣的論述，而掩蓋了文學史演進的複雜性。如此也可以較爲持平地，將這紛雜的狀況呈顯出來。但是，將李維楨對復古派的批判設定爲「自我批判」是有些問題的，整個文壇空疏不學、棄短學長是通病，以致於當時的文人都是這麼反彈。如袁中郎即曾說：「今之爲詩者，才既綿薄，學復孤陋，中時論之毒，復深于彼，詩安得不愈卑哉！」他因此「感詩道昔時之盛而今之衰」。〔註75〕這和李維楨說的：「蓋詩道于今衰已甚，業無師承，學無精詣，才無超悟，此三者其大病也。」（〈吳翁晉詩序〉151-25）兩者的感嘆何其類似。不同流派的人，在面對人所共見的文壇弊端，其批判當是不分派別的。那麼，用「批判」和「自我批判」這樣的說法，似乎就非得每個人的派別完全壁壘分明，方才說得通。但流派的發展，又往往並非如此線條清晰。

而李聖華說，「萬曆中葉，李維楨感受到了明詩復古有史以來最強烈的衝擊」，〔註76〕「在群起指摘復古流弊的文壇環境中，李維楨自然也不願冒天下之大不韙而不思變革，提倡師事『古人之精神』，便是他對復古的最有力的修正」。〔註77〕變革、修正是必須的，但是此處把整個文壇流弊通通歸咎於復古派，更重要的是，所謂「古人之精神」，李夢陽、何景明早就針對此展開了討論，王世貞的文中也多處論及，「古人之精神」並不與復古理論相衝突，甚至「古人之精神」早就是復古理論的一部份，並不是等待一百年後，才由李維楨提出來，「修正」復古理論。

再看查清華歸納的李維楨對格調派的四點創新，且不論文中以格調派即

〔註74〕袁宏道：〈雪濤閣集序〉，《袁中郎全集》，同註30，「袁中郎文鈔」，頁7。

〔註75〕袁宏道：〈敘姜陸二公同適稿〉，《袁中郎全集》，同註 30，「袁中郎文鈔」，頁8。

〔註76〕李聖華：《晚明詩歌研究》，同註61，頁127。

〔註77〕同上註，頁128。

爲復古派的含糊之處〔註78〕，就其歸納而言，格調論難道不重視「性情」、「才賦」、「神情」嗎？這種突破和創新，標準本身就是有問題的。他又說道：「李維楨受到性靈思潮的影響，對格調理論進行了深入的反思」。〔註79〕事實上，復古派的文人使用「性靈」一語，早於公安派。我們應將性靈說的興起，視爲晚明文風轉向的契機，因爲性靈這個概念涵蓋、吸收了許多其他概念，流行於晚明文壇，確實該重新思考其發展的走向。

至於陳廣宏的《竟陵派研究》認爲李維楨「也以『本於性靈，歸於自然』這樣的標準論詩，在某種程度上轉向對作家內在表現的注重」，基本上，格調並不僅在於形式的追求，格調論者亦沒有將「作家內在」割離於形式之外的意思。這都是過度的把格調派限定在某種保守、形式化的意義上。陳廣宏該文並引述了李維楨的〈徐文長詩選題詞〉中「如文長集中，疵句累字，誤人不少」一語，認定李維楨是以「以『正法』來批評性靈派的先驅徐渭，以爲徐渭詩文殊不足取」〔註80〕，「七子沒垂三十年，而後生妄肆詆訶，左袒中晚唐人，信口信腕，以爲天籟無聲，般丹陽所臚列野體、鄙體、俗體，無所不有。寡識淺學，喜其苟就，靡然從之。詩道陵遲，將何所底止！」（153-694）這段話，則被認爲是攻擊公安派。然而我們只要稍注意李維楨的原文，根本不是在攻擊徐渭的「性靈」，而是批判其「疵句累字」，很顯然談的是創作上文辭修飾的問題。所謂李維楨「攻擊公安派」的引文，亦是批判語言的俚俗粗鄙，而不是攻擊其情感的流瀉。這已經是直接將這些研究對象塞進既定、僵化的框框，不惜忽略李維楨的本意，將他批判這些被歸類爲「性靈派」成員的文字挑出來，把他當作性靈派的敵人。而李維楨還曾稱讚袁中郎「矯矯不凡」（153-623）哩。

若在理想的狀態下，對於李維楨的研究，是希望在通盤了解他的文學主張之後，進一步以此爲切入點，考察晚明文壇的諸多盲點。不過從上述的狀況可知，有部分的研究，反囿於晚明文學研究的成見，而有了偏差。這也正顯示出晚明文學的研究，仍有許多不足之處。

〔註78〕陳國球對於「格調」說的內涵如何爲現代學者定義，有非常詳盡的論述，詳參〈「格調」的發現與建構——明清格調詩說的現代研究（1917～1949）〉、〈言「格調」而不失「神韻」——明清格調詩說的現代研究（1950～1990，臺港部分）〉二文，收錄於陳國球：《明代復古派唐詩論研究》，同註35，頁321～331、332～365。

〔註79〕查清華：〈李維楨對明代格調論的突破與創新〉，同註46。

〔註80〕陳廣宏：《竟陵派研究》，同註66，頁112。

第四節　研究進路

在爲數不多的李維楨相關研究裡，我們可以看出，這些既定的框架，至今仍在學界發揮著不小的影響力。文學史上，復古與反復古的簡單對局難以跳脫，而深入理論來看時，許多細部的觀念模糊，尚未釐清。由此一來，許多資料被忽略了，甚或是根本視而不見，這樣的文學史論述，自然是很有問題的。

那麼，該如何持平地研究李維楨呢？我認爲有幾點應當注意：首先，不能忽略李維楨所面臨的時代問題。雖說李維楨並不是第一等的理論家，而他的理論也多半是帶著折衷、修正的色彩，但我們應該認知，所有的論述都不會無所爲而爲，一方面，他必然承接了某些傳統，受各種環境的影響，而有他的立場；另一方面，他的立場也會與他眼見的文壇現狀，有所衝突或交涉，進而有反思和回應，尤其他屢屢感嘆「詩道陵夷」，那麼他文學理論的建構，自然不能等閒視之。

其次，必須拋棄偏見的預設。我們必須釐清所謂的「復古」與「反復古」之間的爭論點何在。復古派之所以稱爲復古，就是因爲回顧傳統，乃爲其理論最大的特色。細觀被歸類爲「反復古」者，其實所反者，只是在於取法、學習的方式不同罷了，否則袁中郎絕不可能說出「復古是已」的話來了。若是未觀細部就給予刻版印象，理論先行的結果，就會造成偏頗了。

當然，這些思考並不只限於李維楨這單一研究對象，在許多其他研究對象上也同樣成立。晚明文壇研究，一直是話題性很高的一個領域。隨著時代的累積，這些文學批評概念經過層累的結果，內容變得更爲豐富精采，同時也更爲複雜難辨。在這樣的情況下，文學史的論述不該變得更平面、呆板。我們應該藉由實證，拋開既有的框架，掌握掌握更多的資料，儘可能地還原當時的歷史情境，以釐清晚明文壇複雜、糾葛的樣貌。

本論題的研究，主要文本即爲李維楨的《大泌山房集》一百三十四卷。然而，光就此集中的資料，會有幾個侷限之處：

第一個侷限，就是無法詳細地爲李維楨的生平與作品繫年，僅能從他的文章中，窺其梗概。他的生年之長，交遊往來之廣，游宦閱歷之豐富，文學思想當有所轉折、演變，並不能從文集中明顯看出。

第二個侷限，是李維楨在《大泌山房集》中，除了詩六卷的卷首都註明「丙午後作」（萬曆三十四年，即 1606 年）之外，其餘文章，除非文意中有透露，否則皆無法獲知其撰寫時間。而在大量檢視明人的別集之後，證實確有許多其他文人寫給李維楨的詩或尺牘，從文意推知，應當都是有往有返的。很顯然的，這些唱和的詩歌，或者尺牘，李維楨的回應都沒有留存。如此看來，可以想見實際上往返的文章，亡佚者更多。這對於李維楨的個案研究而言，當然難免缺憾。

就上述兩個侷限來說，解決的方式就是從史料的記載作爲佐證，除了從正史、詩文評、筆記中來看之外，還需廣求其他文人的別集相互參照，從贈序、壽序、墓誌銘來加強對李維楨個人的理解，然後從詩歌、尺牘當中來看文人之間活動的情形，以這些作爲立論的依據。

第三個侷限，是序跋文性質的問題。李維楨的理論，主要來自序、跋文。而序、跋按照寫作的原由大致可分爲兩種，一種是爲熟識的朋友作序跋，另一種則是不認識的人求序。爲朋友作序者，如李維楨爲朋友俞安期寫的〈詩雋類函序〉，序中即說明了其與俞安期論詩，以及余安期如何受啓發，而編選《詩雋類函》的過程，這樣的序文，即較具有史料的意義；而求序者，有許多時候是由於李維楨的名聲。錢謙益曾指出李維楨的「海內謁文者趨走如市，」的盛況，而李維楨「栖毫閣筆，次第應之，一無倦色也」〔註 81〕，但他率意應酬、品格日下，這也是伴隨而來的評價。〈詩源辯體序〉中，李維楨說：

> 三十年中，余兩度澄江，不聞其邑有許伯清者，隱而好學，未及從遊，而伯清雅知有余。余友吳伯乾亦不識伯清何狀，遙聞聲而相慕也。一日，伯清介其友袁爾振，貽書伯乾，俾余爲〈詩源辯體序〉……（150-488）

許學夷所著《詩源辯體》，是一部系統嚴密的論詩著作。李維楨寫的這段序文，接下來就是對這部書大大褒揚。但其實從這段文字，很容易可以看出李維楨應酬的態度。他根本不認識許學夷，甚至連書都沒有完全讀過，自然不可能與許學夷「相慕」。許學夷窮盡心力所撰寫的《詩源辯體》，輾轉透過友人，向文壇前輩李維楨求序，但是李維楨僅把他當作一般求序者，用現成句子，敷衍成篇，並沒有說到這部書的核心。而許學夷則因爲不願違背他著書的原則，寧願捨棄這有力的宣傳。〔註 82〕像這樣的例子相當多，而李維楨也常常

〔註 81〕錢謙益：〈南京禮部尚書贈太子少保李公墓誌銘〉，《牧齋初學集》（上海：上海古籍出版社，1985 年 9 月），頁 1298。

〔註 82〕關於許學夷《詩源辯體》的要旨、評價、出版這部書的過程，以及諸篇此書的序文，可參見謝明陽：〈許學夷《詩源辯體》在晚明的傳播與接受〉，《東華人文學報》（東華大學人文社會科學學院）第五期（2003 年 7 月），頁 299～338。

牽扯許多看似熟稔的關係，把文中的主角，都寫成博學好古，政事與文學兼備的高尚文人。更重要的是，無論李維楨與其寫序跋的對象認識與否，序跋都與人與人的交際有關，讚揚多而批駁少，因此我們並無法完全藉由李維楨筆下的敘述，判斷該書、該人物，是否確實爲李維楨筆下寫得那樣好。

於是，採取的方法就是從他談論的議題來看。比如他稱讚人合於法度，就表示他重視法度；他說人情感充沛，表示他重視情感的表達，諸如此類。也就是說，我們所要分析的，是在評論他人的文本時，李維楨必然會藉此把平日的觀點和立場提出。當然，按照一般的狀況，評論性資料的研究，應該也需扣合被評論者眞實創作情形，但是由於序跋中所牽涉的人際關係複雜，因此在本文中，他所評論的人的是否有如他稱讚的那樣好，並不在討論範圍內。如此，我們即可歸納出他所關注的議題，有時這些議題也往往與時代風潮有關，有時則與文壇時弊有關。人們有共同注意的焦點，針對相同的議題，提出不同的看法。雖然如此較可見深度，不過細碎和拆解，也就在所難免。

儘管存在這些侷限，但是從其他資料的蒐羅，仍是可以用具有足夠概括力的框架，串起一論述脈絡。

李維楨在晚明文壇居於一個複雜而關鍵的位置，因此他在文學史的意義更值得深思。本論題所關注的問題，如復古派到了後期，發展走向如何？而文學史上與復古派勢同水火的公安派，甚或之後的竟陵派，此時和復古派的聯繫或衝突又是如何？李維楨文學思想的研究，正可作爲考察復古派「全貌」的輔助，另一方面則可作爲探討晚明文學思潮轉向與流變的切入點，並由此對於現今文學史的論述，作新的檢視、補充與反省。

第二章　李維楨生平與晚明文壇概況

在展開論題之前，應先對李維楨所處的時空有基本的理解。

有關李維楨的生平資料，可參考的文獻較少，除了《大泌山房集》卷首李維楨的〈小草三集自序〉，以及其門人張惟任所寫的序文之外，《明史・文苑傳》有李維楨傳〔註1〕，錢謙益的〈南京禮部尚書贈太子少保李公墓誌銘〉〔註2〕中記載較多李維楨的生平概略，而鄒漪的〈李宗伯傳〉〔註3〕文字則與錢謙益所撰寫之墓誌銘相當雷同。另外，李維楨七十歲時，鄒迪光、顧起元、錢謙益分別都爲他寫了壽序。〔註4〕壽序雖然多半是歌功頌德之作，但是裡面有許多文壇活動的紀錄，以及對其地位的評價，具有參考價值。此外，王世貞爲李維楨所寫的〈四游集序〉提供了不少背景資料的補充。其他即由《大泌山房集》中，以及當時文人的詩文創作，相互比對參照，以勾勒出李維楨生平的概略。

〔註1〕張廷玉等：《明史・文苑傳》（臺北：鼎文書局，1975年）卷二八八，頁7385～7386。

〔註2〕錢謙益：〈南京禮部尚書贈太子少保李公墓誌銘〉，《牧齋初學集》（上海：上海古籍出版社，1985年9月），頁1297～1299。

〔註3〕鄒漪〈李宗伯傳〉，《啓禎野乘》，《四部禁燬書叢刊》（北京：北京出版社，2000年）史部第40冊，卷七，頁483～484。錢謙益《牧齋初學集》刊刻於崇禎十六年，而鄒漪《啓禎野乘》刊刻於崇禎十七年，康熙五年重修，錢謙益爲之序。

〔註4〕鄒迪光〈壽李本寧太史先生七十序〉，《始青閣稿》，《四部禁燬書叢刊》（北京：北京出版社，2000年）集部第103冊，卷十三，頁310～312。顧起元：〈太史本寧先生七十序〉，《嬾眞草堂集》（臺北：文海出版社，1970年）卷十，頁2206～2212。錢謙益：〈李本寧先生七十敘〉，《牧齋初學集》（上海：上海古籍出版社，1985年9月）卷三十六，頁1007。

透過對於李維楨生平境況等背景的探討，期能幫助了解李維楨文學思想形成的梗概。

第一節 李維楨生平概述

李維楨出生在官宦家庭。祖父李景瑞，曾任河南左參議。父親李淑，官至福建左布政。先世原爲江西吉水人，高祖李九淵時遷至湖北京山，九淵子李玨，爲景瑞之父。李家六世以來皆生一子，直到李維楨的父親李淑，方有李維楨兄弟五人。〔註5〕

嘉靖四十三年，李維楨十八歲，娶王宗茂之女爲妻。嘉靖四十四年，舉於鄉。隆慶元年，李維楨隨著祖父李景瑞宦赴大梁（今河南開封）。隆慶二年，考取進士，任翰林院編修，讀書中秘書。隆慶五年，入禮闈。李維楨的學識和才氣都受到肯定，在翰林苑中，人們將他與同館的許國（謚文穆）並稱，有語云：「記不得，問老許；做不得，問小李。」仁聖皇太后修胡良巨馬橋，詞臣撰碑進御，宰相張居正獨取李維楨之文，同館皆爲之側目。萬曆三年，《穆宗實錄》修成，升爲翰林院修撰。

李維楨弱冠及第，年少得志，宦途看來相當順遂。但就在升爲修撰不久，萬曆三年乙亥內計，李維楨即因蜚語而外補，出爲陝西右參議，遷提學副使。雖然表面看來，是從六品的修撰，升爲四品的參議，但是外任的官吏生活極爲艱辛，且前景遠遠不如留在館閣之內。此後，他展開了三十餘年浮沉外僚的生涯。

萬曆三年後，他在秦地督學，並參與了討番；萬曆九年，遷知河南政事，後因父喪而歸。守喪期滿後，他希望歸隱不仕，「取所藏書，校讐諷誦，期以十季不出戶，庶幾小有得，可成一家言」。（〈小草三集自序〉150-269）在這段期間，他遊覽了吳越風景名勝，並在萬曆十二年時，造訪了前輩汪道昆與王世貞。但他歸隱的願望並沒有實現多久，在萬曆十六年時，到蜀地任官，萬曆十七年，奉詔到長安，試諸生，謁選人。同年，隨即遷至大梁。

在大梁約三年的時間，萬曆十九年秋天，李維楨到了虔州（江西宜春）爲官。不多久，他因爲生病而辭官，里居家中。萬曆二十七年春，李維楨奉

〔註5〕見錢謙益〈南京禮部尚書贈太子少保李公墓誌銘〉，《牧齋初學集》（上海：上海古籍出版社，1985年9月），頁1297。

詔入蜀地，督辦采木事宜。冬，領越憲事。接著，萬曆二十九年辛丑大計，李維楨謫居壽春（安徽壽縣），領潁上兵事。該年冬天，李維楨的母親亡故，返家奔喪。

萬曆三十四年冬，他出仕晉地，三十七年秋，從又從晉遷至秦。此時他上書，以病免官。此時李維楨的弟弟坐禍事，李維楨一方面與家人避難，一方面也時時加以援助，因而被迫留滯江淮一帶。時年已六十。《大泌山房集》約莫在此時籌備刊刻。

天啓初年，李維楨以布政使家居。朝廷議請登用耆舊，任命李維楨爲南京太僕卿，又改爲太常，李維楨聽聞諫官有異議，於是辭而不就。當時朝廷正在修纂《神宗實錄》，給事中薛大中薦舉年邁的李維楨入史館，到天啓四年，太常卿董其昌再度舉薦，然而，據《明史．文苑傳》記載，「館中諸臣憚其以前輩壓己，不令入館，但超遷其官」，於是李維楨被召爲禮部右侍郎，進任尚書，皆在南京。雖名爲錄用，實際上不願他參與史事。天啓五年，李維楨以年老體衰之由辭官，天啓六年，卒於家中，享年八十歲。

李維楨的仕宦生涯，大抵得知如此。另外可作爲重要的輔助說明的，是萬曆十二年時，王世貞爲李維楨所寫的〈四游集序〉。在《大泌山房集》前有李維楨的〈小草三集自序〉，文中即記載，李維楨原希望能四處遊歷，撰寫成《四游集》一書，因念及王世貞時已年邁，恐王世貞晚年著作漸少，於是在「南游」尚未成行之前，先按時間順序，將其所遊歷之跡，編爲《北游》、《西游》、《東游》三編，請王世貞爲其寫序。

王世貞〈四游集序〉中，將李維楨的經歷游蹤，歸納如下：

（一）北游——讀中秘書，晉領太史者幾十年，間以出入燕、趙地，縱觀西山、八陵及禪林、蓮勺之勝。

（二）西游——失絳灌意，出參關中紫微省，遷副其臬，專督學事，往來於三輔秦隴間。得以窮終南、二華、昆明、大液之蹟。

（三）東游——移省中州，以方伯公憂。服除，不仕，買輕舠而東，弔鸚鵡，歌黃鶴，陟匡廬，汎彭蠡，轉入鉷中，晤汪伯玉。遂宿黃山、白嶽，下錢唐，徜徉於三竺六橋者兩月餘，翩然而訪我東海。〔註6〕

〔註6〕 王世貞：〈四游集序〉，《弇州山人續稿》（臺北：文海出版社，1970年）卷四十七，頁2459～2463。據北京大學圖書館館藏目錄中，有李維楨所著《四游

造訪王世貞之後，按照王世貞的說法，李維楨計畫繼續完成東游的行程，接著往南，到洞庭、衡山、大庾嶺等地，則爲「南游」。王世貞作此序時，李維楨年三十八。不過，「四游」的心願並未實現。因爲隨後他又再出仕、罷歸。

萬曆三十四年之後，他僑居金陵、廣陵之間，他的詩文集在兒子、門生的促請之下，即將刊刻。該集即爲今所見《大泌山房集》。李維楨在自序中云：

> 余老矣，游不得四，而所至又汩沒簿領奔走，期會俗吏，轉墮惡道，安所得清綺語而稱之？居恒恨悔，學不及時，身不堅隱，而益信文人不易爲也。

他深悔於「學不及時，身不堅隱」。我們從自序中知道，他將詩文集命名爲《小草三集》。「三」指的是他三度出仕。他說：

> ……既居父母喪，取所藏書，校讐諷誦，期以十季秊不出户，庶幾小有得，可成一家言，而坐他事，迫謁選人。未三秊，復以不任蒙吏議。賴　上恩不加遣，容予告異，可申前志。忽濫名啓事，起家，有蜀越之役。甫二秊，復以不任謫，尋罹大故，則犬馬齒踰，艾目漸眊，雖好書不輟，不能讀矣。復濫名啓事，起家，有秦晉之役，……

三次將歸隱不仕，卻又都奉詔而出：至長安「謁選人」、「蜀越之役」與「秦晉之役」。而「小草」乃取自《世說新語》，同一藥草，隱於山中的時候叫作「遠志」，出了山就叫「小草」，用以暗諷謝安原本隱居東山，卻又下山出任桓公司馬一職。李維楨也以此自嘲「身不堅隱」，以致「轉墮惡道」，而「益信文人不易爲也」。

關於他的浮沉外僚，錢謙益有記載：

> 其間居艱者再，左遷量移者再。同時故人，多在臺閣。公流滯自如，終不一通慇勤，願蒙子公力得入帝城。凡自翰林出爲外吏者，多鄙夷其官，不肯習吏事，公官于秦、晉、梁、蜀、江、淮，歷參議、副使、參政、按察使以至右布政使，討敵于鄜、衍，征番于洮、岷，行河于潁，平妖于浙，採木于蜀，精彊治理，不敢以詞垣宿素，少自暇豫。文人才子，不得志于仕宦，則往往耆聲色，縱飲博，以耗雄心而遣暇日。公自讀書而外，泊然無所嗜好，簾閣據几，焚膏秉燭，捃摭舊聞，鑽穴故紙，古所謂老而好學者，無以逾公也。〔註7〕

集》二十二卷，徐善生刻本。該書於筆者撰寫本文時尚未得見。

〔註7〕錢謙益：〈南京禮部尚書贈太子少保李公墓誌銘〉，《牧齋初學集》（上海：上

鄒迪光在爲李維楨所作的七十壽序中說道：

> 楚李本寧先生十九成進士，選入翰苑，稱早貴，人以爲宰輔可望，而未幾出矣。其出而視學，人以爲內召可望，而未幾參藩矣。其參藩掌臬，人以爲牧伯、常伯可望，而未幾被劾矣。歸而起，起而再劾，再罷矣。〔註8〕

李維楨的宦途並不順遂。不過這些記載，都爲他留下了很好的形象，他有才華而不見用，卻沒有怨懟，反而好學、自適，用心吏治。這與他的父親和岳父不無關係。他的父親李淑以及岳父王宗茂，都是剛正不阿，性格耿介的人，不願攀附權貴。當時的權臣嚴嵩，與李家祖上同爲江西吉水人，有意延攬李淑，但爲李淑拒絕了。從此，嚴嵩處處打壓李淑，李淑最後只好辭官。王世貞曾記載李淑任浙江左參政時，爲官的狀況。當時流寇四起，李淑參與剿寇。

> 李公當行部而馭者難之，李公顧叱曰：「前而難我也耶！我固非我有也。」時上幸臣文華來視，師所掊擊事更勁於寇，左右謀以李公當自爲計者。李公復叱曰：「爾且復難我也！丈夫顧我何如耳？死敵死權庸異乎！」〔註9〕

其後流寇已剿，「公稍辭去，而卒不能勝其幸臣，至坐飛語不稱當調」，欲功成身退而不能，終究調職。當時「父老子弟相率而環公以請者數千萬人，枳車卒不得發」，可見他的官聲非常好。

> 或謂李公：「是權相方與幸臣比周而蠱上，公不憂跡耶？」公笑不顧，游益歡，居七年，幸臣敗，中外爭推轂李公賢，以爲用之晚，而公殊無意出。〔註10〕

李維楨的父親如此，而岳父王宗茂，則是嘉靖年間有名的直臣。王宗茂因爲欣賞李維楨的聰慧能文，促成這段姻緣。李維楨自述云：「余未蓄髮時，光祿公召別館試其文」，「比余文成，光祿公喜曰：『此吾快婿也！』」（〈王長公壽序〉151-174）王宗茂多次上疏彈劾嚴嵩，最後因世宗投鼠忌器，將王宗茂貶爲平陽丞。嘉靖四十一年，嚴嵩罷相後，王宗茂亦卒。兩年後，李維楨方娶

海古籍出版社，1985年9月）。亦可參鄒漪：〈李宗伯傳〉，同註3。兩者關於李維楨生平的記載，兩篇文字幾乎相同。

〔註8〕鄒迪光〈壽李本寧太史先生七十序〉，同註4，頁311。

〔註9〕王世貞：〈贈山西按察副使京山李公遷浙江左參政序〉，《弇州山人續稿》（臺北：文海出版社，1970年）頁2867～2869。

〔註10〕同上註，頁2869～2870。

王氏。李維楨與妻子王氏談論起岳父王宗茂時，對於王宗茂的忠義和闊達，有著崇敬嚮慕之情。(〈王光祿詩序〉150-733、734)

李維楨的祖父也有很好的風範。隆慶元年，李維楨隨祖父前往大梁，親眼見到祖父爲官的勤儉作風。他的祖父告誡他，所居住的官舍，「雖一日，必葺墻屋，去之日如始至」，「吾安能苟簡自恣，以貽後人煩費乎？」祖父在大梁四年，其德政令梁人懷想至今。這些都使李維楨戒愼恐懼，不敢有負先德、有愧主恩。(151-664、665)在許多文章當中，他時時流露出強烈的儒者性格，學習古文、舉子業，積極入仕，與人交遊，關心文壇與時政。

李維楨爲人，大抵受到這些前輩的影響深遠。另外，史料中有幾段記載，或能幫助我們對李維楨的性格與際遇更加了解。

第一件事，是萬曆三年的乙亥內計。《明史》中的劉臺列傳，錄有劉臺於萬曆四年上疏彈劾輔臣張居正全文。其中有一段寫道：「編修李維楨偶談及其豪富，不旋踵即外斥矣。」〔註 11〕很顯然地，李維楨在萬曆三年「坐蜚語外補」，正是因爲此事。然而，李維楨何以會當眾談及張居正之富呢？我們並不知道當時的情形如何，但是可以確定的是，李維楨必然是招人嫉妒所致，因爲當年仁聖皇太后修胡良巨馬橋的時後，諸臣皆撰寫碑文，張居正獨取李維楨之文，張居正此舉除了欣賞李維楨之外，當然也有提攜的用意。如此才高招嫉，可能李維楨直言說了什麼，於是被抓住把柄，被惡意地中傷，從此過著外任的生活。但是，李維楨並不以此爲怨。錢謙益有云：

> 公之自翰林出也，劉御史臺論江陵罪狀，數其忌公而逐之。江陵敗，人或謂公當抗論自白。公曰：「江陵惜我才，欲以吏事練我。彼未嘗阨我，我忍利其死以爲贄乎？」〔註 12〕

可以看出李維楨率直且厚道的一面。

另一件事情是萬曆二十九年的辛丑外計。《萬曆野獲編》記載：

> 舊例考察，自老病貪酷外，則素行不謹，罷軟無爲二項，一切罷斥，無降級調用者。後以立法太苛，謂疎放者似不謹，遲緩者似罷軟，概棄不無可惜，乃創爲浮躁淺露、才力不及二款。……至今上辛丑外察，延津李太宰、三原溫御史爲政，乃建議：外吏亦豈無負才而

〔註 11〕張廷玉等：〈劉臺列傳〉，《明史》(臺北：鼎文書局，1975 年)卷二二九，頁 5992。

〔註 12〕錢謙益：〈南京禮部尚書贈太子少保李公墓誌銘〉，《牧齋初學集》(上海：上海古籍出版社，1985 年 9 月)，頁 1298～1299。

輕佻者？亦宜增入浮躁，爲不謹之次，其降級亦視罪之大小爲輕重。上允之，今遂遵用之。或云是年有才士被妒，難處以不及，故立此例，未知信否，其年拾遺即以浮燥處李本寧憲使，降一級矣。〔註13〕

大計巧立名目，沈德符此處含蓄指出，這些名目往往是爲針對特定的人物而設，李維楨該年就是因「負才而輕佻」，被處以「浮躁」而降級。湯顯祖在此年亦遭議斥罷職，引起很大的風波。因爲湯顯祖早在三年前即辭官，按照道理不該加以考核，並且還受到這樣嚴厲的處分，更何況，湯顯祖爲遂昌知縣，政績相當卓著，再怎樣都不當有這樣的罪名。〔註14〕湯顯祖遭罷斥之事不再詳述。湯顯祖算是李維楨之屬官，在未曾謀面的情況下，李維楨爲湯顯祖抱不平，四處奔走，力爭到底。關於李維楨的抗爭，《萬曆野獲編》中有云：

辛丑外計，有欲中李本寧憲使者，賴馮（琦）救止，而吏科王斗溟士昌用拾遺糾之，馮又力持，得薄謫。初過堂時，李之屬吏遂昌知縣湯顯祖議斥，李至以去就爭之，不能得，幾於墮淚，不知身亦在吏議中矣。〔註15〕

他自己身陷險境，卻不顧自身安危，出手相援，這種豪俠之氣，令湯顯祖相當感激。湯顯祖在〈答黃貞父〉一文中：

葉生來云，丈訝弟邇來書詞淡淺，覺有自外意。世有忍外吾貞父者乎？從頭二十一史，從何處説起。此時即有深言，兄亦不能爲弟聽判，又不知弟當深言否也。弟之知遊，臥起論心，經有年歲者四五人，今皆開府而去。獨郭希老能於吏部堂上昌言留遂昌令，魏見泉石楚陽逢人作不平語，李翼軒生未一面，而爲弟高談。人生何必深也？〔註16〕

又在〈與馮文所大參〉中云；

〔註13〕沈德符：《萬曆野獲編》（北京：中華書局，1959年2月第1版，2004年4月第4次印刷）補遺卷二，〈吏部〉，「大計添浮躁」，頁841。

〔註14〕關於此事，已有很多研究成果述及。本文主要參考鄭培凱〈湯顯祖與晚明政治〉，《湯顯祖與晚明文化》（臺北：允晨文化實業公司，1995年11月），頁132～136。鄭培凱指出，湯顯祖是因爲上疏批評王錫爵，以及追繳大鄉紳應祥之賦税，得罪了這兩人，而招致此禍。主持大計的人是吏部尚書李戴與左都御史溫純，他們都是沒有個性、看內閣臉色行事之人，設計新的獎懲標準，以遂其私意。在王錫爵的授意之下，湯顯祖即被罷黜。

〔註15〕沈德符：《萬曆野獲編》（北京：中華書局，1959年2月第1版，2004年4月第4次印刷）卷十一，〈吏部〉，「吏部堂屬」，頁287。

〔註16〕湯顯祖：〈答黃貞父〉，《玉茗堂全集》，《四庫全書存目叢書》（臺南：莊嚴文化事業公司，1997年）集181，頁682。

戊戌之計，明公大爲僕不平，言於使者，枳其談，而明公乃復不免。辛丑之計，僕三年杳然巖壑，不當入計中，時本寧李公大爲不平，言於吏部，堂梶其筆，而李公亦復不免。夫以明公與李公明如日月之熒，實若鼎鈞之重，而𧩼俊疑傑，尚爲詬巇不置，況如不佞名微實輕，無足光重於世者哉！〔註 17〕

湯顯祖也去信向李維楨表達感謝之意：

門下江漢炳靈，爲世儒宗，某水木之餘，風雲之末，願一見無從也。辛丑之計，門下獨於銓部堂中，淵洄山立，亹亹於不肖若恐其一日去國，此所謂得一人知己爲已足也。……〔註 18〕

他視李維楨爲知己，此後他們有了詩文的往來。李維楨在這一年，被貶謫至壽春。

第三件事情較爲模糊。約在萬曆三十七年，李維楨年六十三歲，因「仲弟急難，爲之周旋留滯江淮間」(〈祭夏徐州〉153-361)。李維楨的文集中多次提及此事，卻未有交代，不知何事急難。錢謙益在李維楨的墓誌銘提到「天性孝友，遇其諸弟，患難緩急，異面而一身。其傲弟不見德，反轢轢之。家居懼禍，衰晚避地，屬有急難，未嘗不手援也」。〔註 19〕鄒迪光寫給李維楨的信件中有問候此事：

物有數，人有遇合，山川亦有幸不幸。白門諸盛，久淹名賢杖履，而梁谿曾不得染指；何白門之幸，而梁谿之不幸也！……令弟蕭縣事已得旨否？……〔註 20〕

按照集中以及上述線索推知，李維楨的弟弟因爲某事遭遇禍端，李維楨爲了救他，前往江淮一帶，此後就定居在白門。爲了兄弟，晚年飄泊異鄉，這是其孝友性格的展現。

從上述幾件事情看來，李維楨確實是個正直、溫厚，不畏權貴的人。其文人形象相當鮮明，不拘小節，樂易闊達，由此而仕途幾經挫折，但他也不以爲意，而事實上他的聲譽反而更加隆盛。

〔註 17〕湯顯祖：〈與馮文所大參〉，同上註，集 151，頁 693～694。

〔註 18〕湯顯祖：〈與李本寧〉，同上註，集 181，頁 679。

〔註 19〕錢謙益：〈南京禮部尚書贈太子少保李公墓誌銘〉，《牧齋初學集》（上海：上海古籍出版社，1985 年 9 月），頁 1298。

〔註 20〕鄒迪光：〈與李本寧〉，《石語齋集》，《四庫全書存目叢書》（臺南：莊嚴文化事業公司，1997 年）集 159，頁 367。

第二節　李維楨與復古派的結盟關係

一、復古派後期群體的建構

復古派的結盟，原本是由志同道合的好友，相互唱和，組成同樣有復古理想的群體，企圖在文壇上造成影響力，帶動變革。這種關係到了後七子的後期有所轉變。大抵從王世貞開始，原本結社、同盟的關係，轉而變成更熱衷於梳理、規劃文壇秩序。他們的做法大抵有二，一是羅列交友名單：不論是否相互友好，或者理念是否相同，通通都拉進同一個群體當中。這是個頗爲特異的現象，如此一來，文人之間雖仍隱然有結盟的意識，但彼此關係變得非常鬆散，人口組成相當複雜，文學理論的訴求當然也就變得更加模糊，當然，從另一面來說，就是變得更多元了。二是盟主譜系的歸納：排列歷任盟主，也選定新起的接班人，以展示復古派主盟文壇的代興。雖然文人之間有時會以「執文壇牛耳」之類的語句讚美他人，但是更多的時後，說出這種稱讚的話，往往有分配勢力的味道在。這兩個方法，應酬的性質是必然有的，但不能忽略的是，藉由這種方式，可以使文學流派傳遞、擴大。以下即分別論之。

（一）羅列交友名單

《明史・文苑傳》中即云：「世貞自號鳳洲，又號弇州山人。其所與遊者，大抵見其集中，各爲標目。」「其所去取，頗以好惡爲高下。」〔註21〕這兩段話很能道出王世貞的行事準則，盟友的衡定，並沒有一定的標準。他的各種歸納，從數量上來看相當驚人，並撰寫〈重紀五子篇〉、〈二友篇〉、〈末五子篇〉、〈八哀篇〉、〈四十詠〉、〈十詠〉〔註22〕等。如〈重紀五子篇〉所列五人爲汪道昆、吳國倫、余曰德、張佳胤、張九一，其序云：

> 余昔爲五子篇，則濟南李攀龍、吳興徐中行、南海梁有譽、武昌吳國倫、廣陵宗臣。其人也，已而其友稍益，則爲後五子篇：豫章余曰德、歙汪道昆、蒲圻魏裳、銅梁張佳胤、汝寧張九一。其人也，蓋三十年而同瞿圃之觀，去已半矣。今其存者，位雖有顯塞，而名

〔註21〕張廷玉等：《明史・文苑傳》（臺北：鼎文書局，1975年）卷二八七，頁7381。

〔註22〕〔清〕錢大昕：《弇州山人年譜》，《北京圖書館藏珍本年譜叢刊》（北京：北京圖書館出版社，1999年）第50冊，頁216。

業俱暢，志行無變，蓋𢥞然欣然之感，一時集焉，故為五章以追志之。〔註23〕

〈末五子篇〉所列五人為趙用賢、李維楨、屠隆、魏允中、胡應麟，其序云：

余老矣，蝸處一穴，不能復出友天下士，而乃有五子者，儼然以文事交於我，則余有深寄焉。自此余不復操觚管矣。夫汝師者，嚮固及之，然而未竟厥詣也。是以不訪重出云。〔註24〕

王世貞在晚明聲價隆盛，以文道自任，與後輩以文事相交。對於此「五子」，看來是寄予厚望。

〈四十詠〉的規模極大，羅列了皇甫汸、莫如忠、許邦才、周天球、沈明臣、王祖嫡、劉鳳、張鳳翼、朱多火貴、顧孟林、殷都、穆文熙、劉黃裳、張獻翼、王穉登、王叔承、周弘禴、沈思孝、魏允貞、喻均、鄒迪光、佘翔、張元凱、張鳴鳳、邢侗、鄒觀光、曹昌先、徐益孫、瞿汝稷、顧紹芳、朱器封、黃廷綬、徐桂、王伯稠、王衡、汪道貫、華善繼、張九二、梅鼎祚、吳稼竳，共四十人，序云：

諸賢操觚而與余交遠者垂三紀，邇者將十年，不必一一同調，而臭味則略等矣。屈指得四十人，人各數語以志，區區大約，德均以年，才均以行，非有所軒輊也。〔註25〕

這四十個人，有各種官職，有布衣，有山人。列出這麼多的文人，儼然形成一個大型的文人集團。

另有〈八哀篇〉，列出陸治、彭年、文正嘉、陳鎏、陸師道、黃姬水、顧盛之、錢穀等八人，這八人與王世貞的關係更為奇妙，其序云：

八哀者，吾郡八人也，皆長於吾，皆屈年而與吾善，初以不盡同調，故略之，今先後逝矣。當時亦不覺有異，屈指眼底，漸鮮其倫，不勝山陽酒壚之感，因次第咏之，共八篇。〔註26〕

這些人早已辭世，王世貞寫這八篇，名為追憶，實際上卻像是追封一樣，似乎把吳中的前輩，引為奧援。

又有〈余自解鄖節，歸耕無事，屈指貴遊申文外之好者，得十人，次第

〔註23〕王世貞：《弇州山人續稿》（臺北：文海出版社，1970年），頁577～581。
〔註24〕同上註，頁581～584
〔註25〕同上註，頁584～601。
〔註26〕同上註，頁601～604。

詠之〉，錄有袁洪愈、劉光濟、陸光祖、胡執禮、趙賢、徐學謨、劉一儒、顧章志、李頤、郭思極。〔註27〕

由此可以看到，王世貞在各個時期不同的交友。從形式看來，很明顯地他想延續從前與李攀龍結五子之社時的〈五子篇〉，儘管選定標準不一，其中又有部分成員重複，但確實有重新建構復古派陣容的作用。

另外，在當時與王世貞並列「兩司馬」的汪道昆，雖然到近年來才稍受到學界的注意，但事實上他的影響力未必下於王世貞。在後七子結盟的時後，汪道昆未能參與，卻因爲他的慕古，積極地與復古派文人接觸往來，後來王世貞作〈重紀五子篇〉，汪道昆即名列其中。他先後主持白榆社、南屏社等相當重要的大型詩社，延攬了非常多有名的文人入社，在文壇的影響不容忽視。

汪道昆的弟弟汪道貫，算是復古派中的後起之秀。汪道昆曾經親自帶著他，前往請王世貞教他寫詩文。而汪道貫體弱多病，萬曆十九年死後，汪道昆有〈仲弟仲淹狀〉，將他的交友列出：

> 以恩義交者，經術則王元馭，文學則李于鱗、弇州，直以通家也者，而弟之，乃其心則師元美。以道義交者，爲王敬美、李本寧、沈君典、焦弱侯、馮開之、沈純父、戚元敬；以文藝交者，爲黎惟敬、歐楨伯、屠長卿、佘君房、方子及、王季孺、沈箕仲、丘謙之、邢子愿、李惟寅、陸無從、莫廷韓、胡元瑞、吳翁秭、梅禹金、梅季豹、俞仲尉、俞羨長、李季常、王承父、周叔宗、王百穀、張伯起、楊伯翼、汪長文、佘宗漢、方景武、張孟奇；以意氣交者，爲汪于周、黃全之、曹子念、方翁恬、尹教甫、陸伯生、孫齊之、張幼于；以忘年交者，爲王子中、陳達甫、王仲房、江民瑩、許元復、周公瑕、沈嘉則、黃淳父、郭次甫；以忘勢交者，則許維楨、譚其理、王相如、孫文中、劉學禮；以里社交者，則江民璞、方定之、程德良、程汝懋、吳伯恒、張南榮、余伯祥、羅德鳴、方思善、詹東圖、范原易、曹仲宣………〔註28〕

原文非常長，茲不再引述。要之，汪道貫的道義交友，都是後七子派，或與其關係密切的文人；文藝交友多列入王世貞所選定的各種「五子」或「四十

〔註27〕同上註，頁604～608。

〔註28〕汪道昆：〈仲弟仲淹狀〉，《太函集》，《續修四庫全書》（上海：上海古籍出版社，1995年）第1347冊，頁311。

子」當中。他的朋友中也包含了許多當時著名的山人、高僧，陣容相當龐大。汪道貫或許確實與這些名士往來頻繁，不過我們也不能忽視一點，就是汪道昆的論述策略。當汪道昆積極地去主持各種大型結社，又在弟弟死後爲他寫下交友篇幅極大的行狀，或許是有意地去構成一個類似宗派圖表，這對鞏固文壇的地位，當然是有所助益的。

李聖華指出，後七子派後期有兩個新人群體，一爲汪道昆與新安詩派，一爲末五子。並認爲復古雖走向衰落，但其新變的意義是不能忽略的。〔註29〕以這樣的角度來看並無可厚非，只是復古派後期發展，所運用的策略與實際運作情形或許是更爲複雜的。

王世貞和汪道昆羅列出數量如此龐大的名單，看起來就像是復古派眞的有擴張、膨脹如此迅速一樣。實際的交游情形，當然有許多仍待商榷，但是這種聯繫的關係值得再深入研究。

另外，還可以探討的人是鄒迪光。錢謙益的《列朝詩集小傳》中對鄒迪光批評頗多：

> 隆萬間，王弇州主文壇之盟，海內奔走翕服。弇州歿，雲杜回翔羈宦，由拳潦倒，薄游臨川，疏跡江外，於是彥吉與雲間馮元成乘間而起，思狎主晉楚之盟。長卿遊戲，推之義仍，亦漫浪應之。二公互相推長，有唐公見推之喜，彥吉沾沾自負，累見於詞章；而又排詆公安，並憾眉山，力爲弇州護法，蓋欲堅其壇墠，以自爲後山瓣香之地，則尤可一笑也。〔註30〕

鄒迪光在晚明文壇也是有一定的地位，錢謙益把鄒迪光認定爲一個思奪盟主之位的人，此說或許有醜化之嫌，但是從鄒迪光的文集中看來，他確有執掌文壇之意。他寫了〈追憶十七子詩〉，其序云：

> 夫此十七子者，締交有先後、把臂有久暫，或係生徒、或屬親串，而要於雅道咸有遺思焉。各賦四言如對數子。〔註31〕

此十七人爲：婁東王元美、新安汪伯玉、下雉吳明卿、吳門王百谷、婁東王

〔註29〕李聖華：〈略論後七子派後期詩歌運動〉，《鄭州大學學報》（哲學社會科學版）第35卷第2期，2002年3月，頁111～115。

〔註30〕錢謙益：《列朝詩集小傳》（臺北：世界書局，1985年2月三版）丁集下，頁647。

〔註31〕鄒迪光：《石語齋集》，《四庫全書存目叢書》（臺南：莊嚴文化事業公司，1997年）集159，頁41。

敬美、江夏郭美命、四明屠長卿、姑蘇徐茂吳、檇李馮開之、蘭谿胡元瑞、夷陵雷何思、荊門曾退如、黃梅瞿克國、齊安王子聲、梁谿顧世叔、梁谿安茂卿、梁谿華仲達。這種撰寫的方式，採取的方式與王世貞如出一轍。但是這個聯繫的力量顯然微弱許多，到後面並沒有發揮太大的作用。

（二）盟主譜系的歸納

這樣的歸納分爲兩種，第一種，是排列出歷任的文壇盟主，歸納出一傳承的脈絡。比如王世貞在〈徙倚軒稿序〉中云：

> 詩古體故未論，當德靖間，承北地、信陽之創而秉觚者，於近體疇不開元與少陵之是趣，而其最後稍稍厭於剽擬之習，靡而初唐，而靡又梁陳月露，其拙者又跳而理性。于鱗起濟南，一振之，即不佞亦獲與盟焉。〔註32〕

或如汪道昆〈滄州三會記〉：

> 嘉隆中興，命世之作者二，一在東海之東，其山曰歷，是生于鱗；一在東海之南，其山曰弇，是生元美。乃余不敢以同籍而齒元美，元美不欲以同舍而當于鱗，顧弇山之下歷山，蓋其讓也。兩君子既以身退，余方從元敬平閩……〔註33〕

在〈王敬美〉一文中云亦：

> 明興以來，去古遠而復古難矣。獨李獻吉建招搖而齊步伐，徐昌穀亦自吳起，赳赳然卷甲從之。……〔註34〕

回顧傳統，檢視文壇盟主的代興，這並不只是文學史的分析，更在於在此間爲自己找尋歷史的定位。

另外，鄒迪光以爭奪盟主之位的邏輯，來看待流派發展。他在〈蕉雪林詩序〉中云：

> 近士有楚中郎氏出，亦思以其言昌導天下，使天下尸祝之，而自度其力不能爲古，又度人之力不能盡爲古，又思即自能爲古，可以主盟矣，而李何後復一李何，何以超于世而稱非常之業？則悍然爲之說曰：盛唐無詩，即漢魏亦無詩，詩獨宋蘇長公耳。……酷哉中郎

〔註32〕王世貞：《弇州山人續稿》（臺北：文海出版社，1970年），頁2226～2227。

〔註33〕汪道昆：《太函集》，《續修四庫全書》（上海：上海古籍出版社，1995年）第1347冊，頁629。

〔註34〕同上註，冊1348，頁167。

氏之禍天下也。〔註35〕

他認定中郎對復古派的反動，是為了謀奪文壇盟主之位。當然袁中郎的理論，為了有所變革，而有許多極端偏頗的地方，但鄒迪光的分析，未免把中郎想得太陰險狡詐了。不過由此也可以看出，鄒迪光把話說得如此偏激，一方面是厭惡中郎偏頗的理論所帶來的不良影響，另一方面確實也有捍衛己派而排他的意味。

另一種是選定後起之秀。如王世貞在〈潘景升詩稿序〉中云：

> 歙故未有詩，有之，則汪司馬伯玉始。自司馬之為詩，而仲氏篪之，諸少俊相焉，不可指數，而潘景升其最褎然者。自司馬之為詩，好言濟南、江左屬，濟南已先厭人世，則諸少俊之輒江左，不可指數，而景升又最其褎然者。江左為誰？不佞世貞也。〔註36〕

潘之恆，字景升，這段序文寫作時潘之恆年三十歲。我們可以發現，對於文壇的秩序作一排列、劃分者，通常都是居於盟主之位，或者以盟主自居的人。王世貞以一種文壇大老的姿態，說明他承繼誰、與誰一起開疆闢土、跟從者又有誰。

二、李維楨與復古派

（一）李維楨與復古派的譜系關係

李維楨與復古派的關係，自然是極為密切的。他就是被前輩所指定的盟主接班人。

王世貞在晚明聲價隆盛，以文道自任，與後輩以文事相交，在〈末五子篇〉中，對於此「五子」，他寄予厚望，而「自此余不復操觚管矣」一語，顯示他意欲將文壇盟主的位子移交給後輩。他在詩中稱李維楨「高倡白雪言，誰能不披靡」，〔註37〕指出李維楨的文學理念和文壇地位。王世貞又對李維楨說：「天下之大矣，能操千古觚翰黜陟者，獨公與伯玉、明卿三四君子。」〔註38〕伯玉為汪道昆，明卿則為吳國倫，天下之大，王世貞認為他們三人足擔此重任，可謂

〔註35〕鄒迪光：《石語齋集》，《四庫全書存目叢書》（臺南：莊嚴文化事業公司，1997年）集159，頁214。

〔註36〕王世貞：《弇州山人續稿》（臺北：文海出版社，1970年），頁2637。

〔註37〕同上註，頁582。

〔註38〕同上註，頁8867。

稱賞備至。

萬曆十八年，王世貞過世。汪道昆曾寫信給李維楨：「天喪斯文，弇州即世，……惟公碩果，久困積薪，吾黨率以文窮，其操術左矣！」〔註 39〕「吾黨」一語，說明了他們結盟的關係。王世貞卒，李維楨的官途不順遂，汪道昆對此感到憂心，但信中亦有「今之宗匠惟公擅場」語，顯見李維楨具有文名，汪道昆對他的期許仍是很高的。

不只是前輩，李維楨的朋友、晚輩也推崇他的地位。如他的門人張惟任，在李維楨文集序中，將他列爲明文壇的「五宗」之一，此五宗即爲「空同氏」李夢陽、「歷山氏」李攀龍、「弇山氏」王世貞、「黃山氏」汪道昆和「京山氏」李維楨。張惟任又說道，「空同似椎，歷山似棘，弇山似放，黃山似拘」，這「四宗」各有其缺陷，李維楨在四宗之後，「有具體集成之功」，「海內無兩」。（150-267、268）

鄒迪光、顧起元在李維楨的七十壽序中，皆稱李維楨是「立德」、「立功」、「立言」三不朽兼備。顧起元推崇李維楨云：

> 常傾其肺腑以親海內士大夫。人謂先生經國大業，眡前之三李，不啻過之。至亢直不阿，自遠權相，類北地；汲引人才，抽揚賞譽，類長沙；而泛愛無方，衣被寒士，望門投止，虛往實歸，覺濟南之簡貴爲未宏者。〔註 40〕

鄒迪光則云：

> ……操斯權（文章之權）者，惟唐退之氏、宋子瞻氏耳。二氏而外，則北地、弇州或庶幾焉。彼信陽輕，成都□，華州率，大梁促，歷下棘，昆陵弱，晉江瑣，□不蔚然名家，要未養全氣而握其權者，甚矣其難也。……

而李維楨因其游宦生涯，「劾且歸矣，歸而起，起而再劾，再罷矣」，故而得暇以學文：

> ……先生因得以其餘日而貫於氣，蒐墳典，獵丘索，咀秦嚼漢，饜飫六朝，旁餐諸史百家之爲書；出入上下，左、韋、班、馬、董、賈、屈、宋、韓、柳、歐、蘇之爲文；模寫擬議，曹、劉、阮、謝、

〔註 39〕汪道昆：〈寄李本寧〉，《太函集》，《續修四庫全書》第 1348 冊，頁 275。

〔註 40〕顧起元：〈太史本寧先生七十序〉，《嬾眞草堂集》（臺北：文海出版社，1970 年），卷十，頁 2208。

江、鮑、陰、何、沈、宋、李、杜之爲有韻之文；而實自秉一機軸，自□一門户，自立一宗派，不信陽、不成都、不大梁、不華州、不歷下、不毘陵、不晉江，又不北地弇州，又不退之子瞻，而渾金純璧，瀞然粹然。〔註41〕

當然，在序言和交遊的紀錄中，或有所溢美之處，但此處要說的是，從上述引文看來，顧起元說李維楨的成就超越三李——北地李夢陽、長沙李東陽、濟南李攀龍；鄒迪光則云，信陽何景明、成都楊愼、大梁王廷相、華州康海、歷下李攀龍、毘陵唐順之、晉江王愼中等人皆有各自的不足之處，而李維楨在他們之後自爲一宗派，有超越而取代的意味。他們所說的人物，和張惟任所說的「五宗」，除唐順之和王愼中被後世歸納爲唐宋派之外，其餘都是復古派中人。

至於李維楨的宗派意識，可以從他對於復古派譜系的論述看出。比如他在〈弇州集序〉一文，將文學歷史進程分爲兩三代：前三代爲夏、商、周，後三代爲漢、唐、宋，兩三代之後，明代文學成就達到新的高點，這是李維楨比較特出的觀點。在這文學史架構中，王世貞爲明代文章隆盛的代表。李維楨說：「兩三代有明，明有先生，非偶然也。」（150-525、526）將王世貞推到極高的位置。

他對復古派的文章大業，抱持讚賞的態度，如他在〈甑甀洞續稿序〉中云：

蓋文章之業，莫盛於明，而明初興，猶沿宋元之舊。自長沙樹幟，始從事于兩漢、三國、六朝、三唐，然結習未盡除，符轍未盡合。先生（吳國倫）與五子中興而趨向，一歸于正，天下翕然從風，非西京以下，大曆以上，盼睞脣吻所不及。（150-531）

明代文風的振興，從李東陽開始。然而李東陽之力有限，改革未盡，復古派的「中興」，使得天下文風一歸於正。

李維楨在爲汪道昆寫的〈太函集序〉中云：

北地、歷下、婁江間出，而先生（汪道昆）四之，發爲文章，生氣飛動，若雲興霞蔚，不暇應接，星采劍光，不可正視。（150-527）

文章之業的傳承，有了如上述的譜系。

而李維楨自己也以文壇主盟者自居，如他在〈張天放詩序〉中云：

自余客廣陵，以詩贄者數十百人，又必欲爲之題目，大都吳人十九，

〔註41〕鄒迪光：〈壽李本寧太史先生七十序〉，《始青閣稿》，《四部禁燬書叢刊》（北京：北京出版社，2000年）集103，頁311～312。

合作者十一，其他學雖未至，其才皆可日益也。（151-21）

這段話的口吻，雖未必有沾沾自喜，但是確實意欲彰顯自己地位的意思相當明顯。他對於同輩或者後進，也有非常多類似選定、指定的推崇口吻。如〈調象菴稿序〉：

某楚傖無所知，于吳竊服膺王弇州先生，爲西京以上人也，今已接武嗣響，雲蒸霧湧，而鄒彥吉先生實爲冠首。（150-533、534）

或如〈俞羨長集序〉

……大江以南，山人詩人如雲，鮮不病此者，獨余友俞羨長，弱年即以善詩名，弇州、大（太）函兩先生奇其才，以爲江南獨步，序而傳之。（150-556）

另外值得一提的，是李維楨與鍾惺有世交之誼，李維楨在〈玄對齋集序〉中云：「伯敬少余二十許歲，能工古文辭，余於古文辭即不能，然竊好之，諸弟與猶子亦竊好之，而亟稱誦伯敬所爲古文辭。」在讀了鍾惺之文後，「益駭嘆非人間物也」，對鍾惺大力讚揚。此文中也提到鍾惺寫信給他時，曾說：「士立身有本末，豈在浮名？明興，三李濟南北郡近於沖舉，性峻，先生近於太丘，道廣，以故士願附齒牙者，往往借名之心多於請益，生人大業，經世出世二物，小子實請事焉……。」（150-756）。其後兩人的主張不盡相同，也沒有太密切的聯繫，鍾惺年紀尚輕，即指出李維楨立論較具有包容性的特質，以及李維楨交友駁雜的狀況。李維楨對於鍾惺鼓勵讚賞，在〈章章甫詩序〉中稱鍾惺「執詩壇牛耳」（150-761），一方面可能是當時鍾惺確實在文壇上已經有一定的影響力，另一方面則可看出，李維楨欲顯示出文壇盟主的氣勢。

由此看來，李維楨在復古派中的位置當是很重要的。後世大抵比較忽略這點。簡錦松在〈論錢謙益《列朝詩集小傳》之批評立場〉〔註 42〕一文指出，錢謙益有意地將李維楨從復古派的脈絡，拉到臺閣的體系來。在錢謙益年約三十五歲時，爲李維楨寫下〈李本寧先生七十敘〉，文中提到：

竊聞之於人，先朝文章，盡在館閣。王、李之徒，以館閣相訾謷，海內靡然從之，先生起而禪王、李之統，豐碑典冊，照耀四裔，文章之柄，乃復歸館閣，其有功於館閣甚大。〔註 43〕

〔註 42〕簡錦松：〈論錢謙益《列朝詩集小傳》之批評立場〉，《文學新論》第二期（2004 年 7 月），頁 127～158。

〔註 43〕錢謙益：〈李本寧先生七十敘〉，《牧齋初學集》（上海：上海古籍出版社，1985

錢謙益對於復古派的抨擊不遺餘力，他批評復古派剽竊模擬，然而由於他的特定立場，使他的評論常常顯得激烈且不客觀。簡錦松認爲，錢謙益的刻意偏頗有兩個原因：一爲了「恢復館閣文權」，另一是「維護吳中傳統」。錢謙益說的「禪王、李之統」，雖是承認了李維楨承接了復古派的統緒，但簡錦松已在文中指出，錢謙益在〈李本寧先生七十敘〉中「表明自己是館閣詞林一員的身份，對於李維楨以自己卓越的文章能力，把文章之柄由王、李的手中取回，復歸館閣。這一段話完全是站在館閣立場發言，卻背離了李維楨在詩文古學上是李、何、王、李一派的眞相」。

其後，錢謙益在李維楨的墓誌銘中云：

> 晚僑居白門、廣陵間，洪裁豔辭，既足以沾丐衣被，而又能骫骳曲隨，以屬厭求者之意。海內謁文者趨走如市，門下士爭招要富人大賈，受取其所奉金錢，而籍記目以請。公栖毫閣筆，次第應之，一無倦色也。其生平俶儻好士，輕財重氣，坐客常滿。干謁請求，貧者以爲橐，而黠者以爲市。其或假竿牘、竊名姓，恣爲奸利者，窮而來歸，遇之反益厚。交游猥雜，咎譽錯户，頗以此受人誣染，終不以介意也。〔註 44〕

他將主要的重點擺在李維楨的能文，以及名重天下、「交游猥雜」的情形。接著他在《列朝詩集小傳》中也指出「謁文者如市」的盛況，但「其詩文聲價騰湧，而品格漸下」，同時他也不忘補充說明，墓誌銘中「其文章之聲價，固已崇重于當代矣，後世當有知而論之者」這段話，「亦微詞也」。〔註 45〕李維楨固然樂易闊達，但他不拘小節，所往來的人不論貧富好壞，都照單全收，受人誣染也不以爲意，加上他有才氣，文章往往揮筆而就，品格就未必高了。身爲史館後輩，錢謙益不便在墓誌銘中批評，因此將評斷權留予後世。

《明史・文苑傳》中云李維楨「文章弘肆有才氣，海內請求者無虛日」，「負重名垂四十年」，讚揚的同時，亦有「文多率意應酬，品格不能高也」〔註 46〕的批評。這和《列朝詩集小傳》的李維楨傳，文字相當類似，都是先敘述他浮

年 9 月），頁 1007。

〔註 44〕錢謙益：〈南京禮部尚書贈太子少保李公墓誌銘〉，《牧齋初學集》（上海：上海古籍出版社，1985 年 9 月），頁 1298。

〔註 45〕錢謙益：《列朝詩集小傳》（臺北：世界書局，1985 年 2 月三版）丁集上，頁 444。

〔註 46〕張廷玉等：《明史・文苑傳》（臺北：鼎文書局，1975 年）卷二八八，頁 7386。

沉外僚的生涯，然後說他的博聞強記，說他的文章如何聲價騰湧，如何品格漸下。也就是說，李維楨身後，在文壇上被評價、討論，大抵都在於他的掌握文權，以及他善於爲文卻品格日漸低下的問題。他在復古派後期的位置，似乎就變得不那麼重要了。

（二）交游與結社

李維楨參加的重要集會，第一次就是加入了汪道昆所主持的白榆社。是萬曆十二年，李維楨到新安，參加了汪道昆主持的白榆社。在汪道昆的極力延攬之下，許多有名的文士都前往參加，包括屠隆和胡應麟等人，也都陸續加入。由於汪道昆廣招名士，白榆社逐漸擴大成非常重要的詩歌活動中心。

白榆社的重要性，有許多學者已經注意到了。耿傳友將白榆社成員有關資料一一考察羅列，此不再引述，他指出白榆社其中一個重要性：「白榆社是後七子派詩人雅集的壇坫，在白榆社的成員中，汪道昆爲王世貞品定的『後五子』之一，李維楨、屠隆、胡應麟同登王世貞品定的『末五子』之列，徐桂、汪道貫、佘翔、吳翁晉等也在王世貞《四十詠》中有名，可見，白榆社對擴大「後七子」派的影響發揮了很大的作用。」〔註47〕鄭利華則認爲：「具有明顯學古性質的白榆社的創建，在某種意義上當歸爲七子派復古風尚在徽州地區的傳導影響所致。」〔註48〕

萬曆十二年的白榆社集會後，李維楨與汪道昆的弟弟汪道貫（字仲淹）一同遊武林，然後到拜會王世貞、王世懋兄弟。「二美雅善仲淹，下榻二園中，浹旬以八月十八日看潮載酒，送三十里而返。」（〈汪仲淹家傳〉152-229）也就是說，在這一年，李維楨加入了兩個復古派後期極重要的詩人群體，確實是很重要的標識。

其後，李維楨參加了許多詩社。從他的集中可以看出來的，有萬曆三十七年加入陸弼的淮南社，然後有米萬鍾的湛園詩社，期間還有白門社，青門社，與萬曆四十六年鍾惺主持的俞園社。其它尚有許多集會、宴飲的詩，卻因爲資料證據並不充分，不能確知這些詩社的時間、性質以及參與的成員。

〔註47〕耿傳友：〈白榆社述略〉，《黃山學院學報》第9卷第1期，2007年2月，頁31～32。另可見耿傳友：〈汪道昆與明代隆慶、萬曆間的詩壇〉，《中國文化研究》2006年冬之卷，頁100～109。

〔註48〕鄭利華：〈汪道昆與嘉、萬時期文壇的復古活動——以汪道昆與七子派關係考察爲中心〉，《求是學刊》第35卷第2期，2008年3月，頁99。

白門社不知誰主持，亦不知有誰參與，不過李維楨有〈贈白門社中諸君〉詩數首，可看出李維楨對詩社的期許：

（其三）

省署開文苑，先朝惟德靖；詩法周與漢，次者唐初盛。上下千餘年，軌轍一何正；九京不可作，彼哉妄自命。鉤棘自言工，俚野遞相競；通人亦多蔽，偏嗜洛生詠。俗耳無箴砭，豈復諸聲病；天未喪斯文，諸君方爲政。

（其四）

文人結習深，爭名多詬辱。學一先生言，暖姝自爲足。譽髦此多士，居高單自牧；汪汪千頃陂，朗朗百間屋。微哉楚老傖，齒遇得方幅；絃軫被爨焦，斧斤施枉木。嘉善矜無能，古道今可復；易心然後語，洵美如蘭馥。（150-336）

李維楨僑居白門，約在萬曆三十七年之後。白門社規模如何，不得而知。被歷史所湮沒，其實也顯示出它的重要性未若前面的結社那樣強大，其產生的影響力，在末世時大概也是相當微弱。

三、與他派的溝通

李維楨對於復古的宗派有深切的認同與歸屬感，常常在論述中推崇復古派的前輩們。復古派到了「末流」，模擬日繁，李維楨對此是認知的。他在〈王奉常集序〉說道：

自北地信陽肇基大雅，而司寇諸君子益振之，海內詩薄大曆，文薄東京，人人能矣，然大抵有所依託模擬。（150-529）

這樣的情形在當時引起撻伐之聲。李維楨的文集中，即有許多段文字，是爲復古派作迴護和辯駁的。如他在〈吳汝忠集序〉中指出：

嘉隆之間，雅道大興，七子力驅而返之古，海內翕然鄉風，其氣不得靡，故擬者失而粗厲；其格不得踰，故擬者失而拘攣；其蓄不得儉，故擬者失而龐雜；其語不得凡，故擬者失而詭僻。至于今而失靡滋甚，而世遂以罪七子；謂李斯之禍秦，實始荀卿。（150-559）

七子的復古之功，使得文風大振，但是問題出在「擬者」，知其然不知其所以然的結果，學習產生了偏差，文壇風氣敗壞，並不能歸咎在七子頭上。

其後公安派的興起，即是以抨擊擬古爲號召。李維楨在〈讀蘇侍御詩〉一文中稱賞公安派：他先指出當時文壇的創作「非但與性情不干涉」，「即學問文詞剽襲補綴，口墮惡道矣」。而「吾鄉二三君子，起而振之，自操機杼，自開堂奧，一切本諸性情，以當於三百篇之指。雖不諧眾口里耳，弗顧也」（153～623）。公安派原是反對復古派的，但按照李維楨所稱讚，公安派「本諸性情，以當於三百篇之指」，看起來就像是與復古派同路一樣。我們無須把李維楨的稱讚，當作文派相爭，刻意爲之的結果，因爲事實上，復古派也講求「性情」。模擬之風大盛，確實造成情感失眞的問題。不過，李維楨搬出三百篇這個詩歌的源頭，一方面有刻意「導正」公安派造成偏頗效應的用意，另一方面也是爲了溝通緩頰兩派的衝突。他的態度並不像其他復古派成員那樣強硬，如前述鄒迪光視袁中郎爲陰謀論者，或者如許學夷所說的「詩道罪人，當以中郎爲首」、「中郎立異，故爲駭世，但世人受其籠絡，終不自悟耳」〔註49〕云云。

另外，李維楨對於袁中郎極推崇的徐渭，顯然並不欣賞，他兩次於文中談到這件事情。第一次是在〈董文嶽詩序〉：

> 詩學李杜，即三尺童知之。李杜論詩，故自有指矣。太白云：「梁陳以來，艷薄斯極，沈休文尚聲律，將復古道，非我誰與？」子美云：「不及前人更無疑，遞相祖述竟先誰。別裁僞體親風雅，轉益多師是汝師。」蓋以後人不及前人，病在遞相祖述，必學無常師，而後庶幾風雅。供奉詩絕去筆墨蹊徑，而七言律獨少，高廷禮選唐詩，特以工部爲大家，別於正始正宗羽翼接武諸目，而楊廷秀有待無待之喻，尚軒李輊杜，詩豈易言哉？今人詩多祖述，又務爲近體，以聲調俳優束之，遂成結習，韻必沈休文，格必大曆以上，事必無使，宋以後卒不能自振拔與李杜並趨，此無他，學李杜而失之者也。（150-762）

這裡提到了宋代楊萬里的詩評。楊萬里認爲，李詩屬「無待者」，爲「神於詩者」，而杜詩則屬「有待而未嘗有待者」，乃「聖於詩者」，兩者有高下之別。然後他稱賞董文嶽先生之詩「景事當前，耳目偶値，皆足以寄吾情、供吾用，而必不依人籬落爲名高，於李杜論詩之指若闇合焉」。接著，他再引述周公含爲董文嶽集序曰：「吾楚袁中郎亟稱其集，傳其事，世必有中郎能知先生如知文長者。」李維楨在這段話之後，接著說道：

> 夫中郎詩自爲一格，不祖述而親風雅，方爲天下標幟，見先生詩，

〔註49〕許學夷：《詩源辯體》，頁3383。

定亟稱不下文長。……第以兩人詩論有意無意之間，復與楊廷秀評近似。先生不爲李杜，乃其能爲李杜者也，可以叩會中郎否？（150-762）

李維楨的論述策略是這樣的：他先藉由前人的評價來說明，李杜地位如此崇高，尚且有高下之別，可見詩是很難的。然後他以李杜論詩之指，批判時人的遞相祖述等毛病，並稱賞董文嶽先生的成就之高。接著，再將話題帶到袁中郎，含蓄地指出，徐渭的詩遜於董文嶽，中郎應當更能欣賞董文嶽。他對此番論述看來頗有自信，由他的「可以扣會中郎否」可見一斑。

第二次是在〈徐文長詩選題辭〉，按照文意，可能作於中郎卒後。他說：

……（徐文長集）而袁中郎晚好之，盛爲題品，天下方宗鄉中郎，羣然推許，大雅之士，謂中郎逐臭嗜痂，不可爲訓。夫詩文自有正法，自有至境，情理事物，孰有不經古人道者，而取古人所不屑道，高自標幟，多見其不知量也。（153-694）

這次的說法就比前面強悍也直接許多，用「大雅之士」之口，指中郎「逐臭嗜痂」，其實這就是李維楨本人的立場，好奇求新而脫離古法，李維楨並不能苟同。

另一段文字也非常有趣，是關於竟陵派的譚元春：

友人譚友夏，嘗序鍾伯敬詩，謂子亦口實歷下生耶。不知者，河漢其言，而竊以爲獨知之契也。輪扁不云乎：「古之人與其不可傳也死矣。」今所讀書，古人之糟粕耳。取糟粕而爲詩，即三百篇、漢魏六朝三唐，清言秀句，皆若殘津餘沫，而何有于歷下？友夏詩無一不出於古，而讀之若古人所未道。夫三百篇未敢輕許人，其近者莫如漢魏。漢人詩傳流較三百篇更少，六朝惟晉人去漢魏未遠……宜其詩之不爲今人爲古人，不爲古人役，若爲受役也。（〈譚友夏詩序〉151-3、4）

李維楨對於他們批判李攀龍，抱持著肯定的態度。而李維楨引述輪扁所說的「古之人與其不可傳也死矣」，稱賞譚元春「無一不出於古，而讀之若古人所未道」，學古又能求心，這樣的評語，與竟陵派「古人之精神」是相通的。而緊接著這段話，李維楨又說道：「余欲以宋、齊迄唐人語目友夏，友夏必姑舍是。」一方面表達譚元春的詩自成一家，另一方面也配合他們論詩的要點來給予評論，這不無溝通的意味在裡頭。

第三節　結　語

每個人的觀點，是來自各種環境的生成，比如社會、政治、教育，以及個人的心態，才能交織出其觀點。而在專家研究中，「背景」的介紹，其實未必就完全能扣合後面論題的開展，因爲內部還有許多複雜的因素，須綜合考量。不過，仍是能幫助了解其文學思想形成的梗概。

而本章介紹了李維楨的生平，並從他對復古派的認定與論述，以及他對他派的回應，主要是想從歷史的論述，替他找一適當的位置。李維楨的文學思想，將由後面的三章開展。

第三章　李維楨的文學歷史意識

當人意識到自己是歷史的存在，就不可能自外於歷史。這種歷史，並不是與「我」的生命存在無涉的知識客體，亦不是客觀主義的史學家，僅將史料所記錄的事蹟當作認知或解釋其因果規律之客體的「歷史」。這樣的意識，就是「歷史意識」。

本文所要探討的，即是李維楨的文學歷史意識：當他意識到自己身爲活在當代的文人，他必然地會思考如何「繼往」、「開來」，如何與傳統產生聯繫。他必須對傳統作一番反思和省察，對文學史有所建構和詮釋，以回應他的時代問題。

一提及文學史，即涉及了分期與篩汰。由於擔憂當時即將衰微的道統，李維楨對於文學歷史，有他自己理解和詮釋的方式。李維楨如何看待文學的發展？明文壇的地位又是如何？以下即展開論述。

第一節　詩與史的關係

在探討文學發展之前，應該先探討文學創作的歷史責任。李維楨認爲，詩具有史的功能。關於這點，必須先從詩、文之異說起。李維楨認爲「文」的地位極爲崇高，如他在〈張司馬集序〉中云：

> 古之所謂文者，大則經緯天地，道德博聞，勤學好問；次則剛柔相濟，慈惠安民，修治班制；叔季以來舉而歸之詞章，而復以韻耦，故離詩與文而二之，抑末矣。（150-528）

以韻偶區分詩與文，是由於體的發展，詩與文的體製不同，李維楨也明白認知這點，但他很顯然希望能站在一種統合、溯源的立場，提醒人們，不能因爲體的發展、法度益繁，而使得個人專長更侷限，忘了「文」的道統性。

而六經是載道之文，欲承載道統，必須經由對事理的紀錄、揭示，所謂「六經皆史」的概念，即是由此而來。王世貞說：「天地間無非史而已。」又說：「《六經》，史之言理者也。」在這段文字的後段他提到「頌」乃是「史之華」時，他說：「雖然，頌即四詩之一，贊、箴、銘、哀、誄，皆其餘音也。附之於文，吾有所未安，惟其沿也，姑從眾。」〔註1〕這裡指出一個重點，就是當王世貞認爲六經皆史的時候，他對於「詩」附於「文」時感到不安，這是由於他知道詩與文之體並不相同。詩具有史的性質才對，但是因爲體製的關係，詩和史又應該有所區別才對。

王世貞所感到的不安，是來自於詩文辨體的觀念。明人對於此有不少討論，而討論的重點之一，就是關於杜甫「詩史」的討論了。杜甫的詩向來被稱作「詩史」，所謂「詩史」，是帶有高度的價值判斷在其中。龔鵬程在《詩史本色與妙悟》一書中詳論「詩史」一詞的意義，他指出，詩史不是文類的劃分，而是一種價值的觀念，而這種觀念來自於文人對於「史」的看法。詩與史都是敘事見義的創作活動，文人帶著文化意識與歷史情感，展現歷史與時代的意義，對歷史作出評斷。這樣一來，詩即史、史即詩，詩不僅具有史的性質、意義與價值，史亦如詩。是以詩與史相互交融，既非主觀抒情，又非客觀敘事，正如同孔子作《春秋》，是非褒貶蘊含著微言大義。〔註2〕就價值意義而言，詩史固然崇高，但就文體的意義而言，若詩要承載史，是否會因爲以敘事爲重，而傷害了詩體呢？這正是明人所要討論的問題。

陳文新在探討李東陽所提出詩「貴情思而輕事實」的命題時，即辨析了有關明人對「詩史」的討論。〔註3〕他指出，李東陽說的詩「貴情思而輕事實」，是著眼於詩與文不同的審美特徵，文章應以事實爲重，詩歌則以歌吟詠嘆的情思爲重；而何景明、王廷相也都認爲，詩歌重視比興、意象，不該太直接、淺露，他們批評敘時事的杜詩，乃是侵入了另一文體領域。對此有最多探討

〔註1〕王世貞：《藝苑卮言》卷一，周維德集校：《全明詩話》（濟南：齊魯書社，2005年6月），頁1888。本文所引出自《全明詩話》者，皆採此版本，以下不再註錄。

〔註2〕龔鵬程：《詩史本色與妙悟》（臺北：臺灣學生書局，1986年4月初版，1993年2月增訂版一刷），頁19～27。

〔註3〕陳文新：〈詩「貴情思而輕事實」〉，《明代詩學的邏輯進程與主要理論問題》（湖北：武漢大學出版社，2007年8月），頁101～134。

的，是楊慎。楊慎對杜甫的「詩史」之稱，提出批評和質疑。楊慎說：

> 宋人以杜子美能以韻語紀時事，謂之「詩史」。鄙哉宋人之見，不足以論詩也。夫六經各有體，《易》以道陰陽，《書》以道政事，《詩》以道性情，《春秋》以道名分。後世之所謂史者，左記言，右記事，古之《尚書》、《春秋》也。若詩者，其體其旨，與《易》《書》《春秋》判然矣。《三百篇》皆約情合性而歸之道德也，然未嘗有道德字也，未嘗有道德性情句也。……皆意在言外，使人自悟。……杜詩之含蓄蘊藉者，蓋亦多矣，宋人不能學之。至於直陳時事，類於訕訐，乃其下乘末腳，而宋人拾以爲己寶，又撰出「詩史」二字以誤後人。如詩可以兼史，則《尚書》《春秋》可併省。〔註4〕

陳文新對於楊慎的說發有許多評論，此不再引述。關於楊慎的說法，鄧新躍認爲，楊慎並不反對杜詩本身，而是反對宋人以杜詩爲詩史。〔註5〕至於張暉則將明代復古詩論中「詩史」說的發展分期討論。〔註6〕其他仍有不少相關研究成果，不一一援引。要之，詩文之異，詩以比興、含蓄韻藉爲主要表達方式，而文則是直陳時事，楊慎所主張，是認爲詩就該有詩的樣子，不能混雜別的文體。當然他所論，有他要針對的對象，就是敘事詩和氣性詩的大量流行，使得詩的語言俗化了，這是楊慎所要對治的問題。

但是李維楨所意識到的是，強調詩、史之別，會切斷了詩與事物的聯繫，因爲詩必須呈現人的眞實情感，而人的情感，來自於事物的觸發。如在〈端揆堂詩序〉一文中，李維楨稱賞其詩乃「發於情之當然，事之已然，而無強造」（150-720），在〈葛震父詩序〉則稱賞「其觸景即事，因應無方，莫不相肖」（150-588），〈郭原性詩序〉中也說道：「大要感事而發，觸景而出，矢口而成，信腕而書，慷慨激昂，歡愉勝暢，哀悼淒緊，忿恚乖暌，率皆情至之語。」（150-744）寫詩必須情感眞摯。觸景即事、感事而發，與事物的相接，

〔註4〕楊慎：《升庵詩話》卷十一，〈詩史〉，《全明詩話》，頁1042。

〔註5〕鄧新躍：《明代前中期詩學辨體理論研究》（上海：上海古籍出版社，2007年3月），頁246。

〔註6〕張暉：〈明代復古派詩論中的「詩史」論爭〉，收入陳國球：《明代復古派唐詩論研究》（北京：北京大學出版社，2007年1月），頁393～440。文中指出，楊慎認爲詩歌要含蓄蘊藉、意在言外，而王世貞則以「賦」的手法，說明詩歌本來就可記載時事。至於許學夷強調辨體，因此反對「詩史」之說，希望詩歌敘事時不要直陳，以「抑揚諷刺」的方式來保持詩歌的文體特徵。張暉於是指出，辨體愈精細，反對「詩史」說的傾向就更加清晰。

正是情感的來源，由此可見「事」的重要。

關於情感的眞實性，李維楨批判時人之詩「景不必其時所有，事不必其人所符，反之性情，迥不相侔」（〈米子華詩序〉151-37），他在〈端揆堂詩序〉中也說：

> 今之時，詩道大盛，哆口而自號登壇者，何所蔑有？要之模擬彫琢，誇多鬬妍，茅靡波流，吹竽莫辯。試一一而覆案，其人性情行事，殊不相合。夫詩可以觀，以今人詩觀今人，何不類之甚也！（150-720）

古人采詩，用以觀政，詩應該可以「觀」，但寫詩的人越來越多，模擬雕琢、炫才使能，無法以今人之詩觀今人，詩於是失去了史的功能，這是李維楨所要批判的。

詩並不能離事而言。李維楨在〈汲古堂集序〉中說道：

> 詩文大指有四端，言事、言理、言情、言景，盡之矣，六代而前，三唐而後，同此宇宙，寧能外事、理、情、景立言？惟理與情有強造，事與景有附會，誇多鬬妍于句字間，而纖靡俳偶之病生焉。（150-574）

詩文的創作，來自於事、理、言、情，李維楨所針對的，就是時下強造、附會之風。而他所說的「同此宇宙」，不能外事、理、情、景立言，是因爲詩發展至近體，使事、排偶，很容易淪爲炫才使能的工具，如此一來，詩體自然就受傷了。李維楨這段文字，將「纖靡俳偶」之病，與六朝做了聯繫。他說：「夫詩自六朝而使事之體興，鋪張馳騁，排偶猥雜，大傷氣骨，病在誇多，不能割愛耳。」（〈龔子勤詩序〉150-724）六朝是詩發展進入律體的時代，這是文人們的共識，並非李維楨個人的主觀或者創見。李維楨以這個論點爲基礎，指出繼六朝之後的唐代，詩之李、杜，與文之韓、柳，四人能有崇高的成就，乃是因爲能「掃除六代蹊徑」：

> 四君子于六代得其蘊蓄，采其精華，詩去纖靡，文去俳偶，撥亂反正之功，與開物成務者相似。文章詩宗李杜，文宗韓柳，其所損益因革，擇之精，守之不變，故四君子超六代。（150-574）

他在〈劉居敬詩啓序〉中提到，六朝以四六文爲詩，「或坐牽合，或出強造，或競詭僻，或涉重複，而詩病矣」，但是「唐初一變而五七言近體，爾雅精工，爲千古絕技。如王勃、駱賓王、王維詩，皆澄汰六朝浮艷故習，清新典則。」（150-554）李維楨又在〈青蓮閣集序〉中說：

> 今夫唐詩祖三百篇而宗漢魏，旁采六朝，其妙解在悟，其渾成在養，其致在情而不在強情之所本無，其事在景而不益景之所未有，沉涵隱約，優柔雅澹，故足術也。（150-716）

唐代爲詩歌盛世，唐人的成就，就是能繼承六朝的傳統，善者則用之，不善者則改之。採六朝精工的優點，而捨其誇多的缺點，最重要的是，情、景、事、理不強造，不附會，唐人是因此方能成爲典範。

從這樣看來，李維楨認爲詩即是史，自有他深刻的檢討，以及其時代意義。他在〈擄梧草序〉中云：

> 王仲淹曰：「仲尼述史者三焉，《書》、《詩》、《春秋》是也。」此其說蓋祖孟氏。孟氏曰：「王者之迹息而《詩》亡，《詩》亡然後《春秋》作。」詩不亡則春秋可無作，而史求之三百篇止矣。左史記事，右史記言，詩則言與事俱在，非史而何？（150-722）

李維楨順著孟子的話說，若《詩》不亡，則《春秋》不作亦可，那麼歷史就只需求諸《詩經》，可見《詩經》的重要性了。史分「事」與「言」，而詩卻兩者兼有，難道不比史更具有「史」的特性？李維楨又接著說：

> 古之王者巡守，命太史陳詩以觀民風，列國大夫相聘問，稱詩觀志。季札使魯，觀六代之樂，大氐工歌詩也，而治亂興衰之迹，洞若觀火，是其言固不妄，奈何離詩與史爲二途哉？仲尼而後，巡守之禮不講，詩無復采，而史之體亦漸與《書》、《春秋》相遠。學士大夫有史才者，或不得爲史，而稍以其時事形于詩，則後人目之爲詩史，儻亦仲淹之意乎！（150-722）

采詩的用意，在於提供居上位者觀民風的管道。詩所展現的，是最直接的治亂之跡，詩與史當爲一體。然而孔子之後，采詩之官不再，詩中「史」的功能就漸漸喪失了。這是他們所深深慨歎的。李維楨主張「史與詩同用而異情」，儘管兩者存在著差異——「史主直，詩主婉，直者易見，而婉者難工」（150-722），但爲詩若能興觀群怨，則爲良史，這是他認爲文人所應該擔負的責任。

詩即史，不能離事而言。從積極的一面來說，文人有義務將政道記載在詩中。李維楨在〈桂子園集序〉中說：

> 昔者太倉誦先生治吳之政矣。其言曰：「外理而求事，爲事役而不得其要領。外事而求理，則于事生厭薄，而中竟累。」知求事於理而理障，求理於事而事障，而亦卒不得其妙。先生虛心澄慮而順待之，

不在事先，不在事後，觸境生感，天則自見，融迹爲道，與道兩忘。先生之所以爲政，即其所以爲是集者也。意授於思，言授於意，言妙而自工，意盡而遂止。不雕刻以傷氣，不敷衍以傷骨，捃拾博而師匠高，合而爲篇，離而爲句，摘而爲字，莫不有法度致味存焉。而先生則神與境會，倏然來渾然就矣。先生以文章爲政事，以政事爲文章，文章、政事各臻其造，斂其華，而噉名之士自失焉。（150-535、536）

爲政事和爲詩一樣，都是以澄明的心，與萬事萬物相接。

詩與政道的聯繫極爲密切，李維楨在〈龔子勤詩序〉中批判了時人的觀念：

能詩之士，劌心濡首，沉吟孤賞，遺棄世事，授之以政，不達，遂謂詩能窮人；精覈吏志者，以雕蟲小技，非壯夫所爲，或終其身於諸體諸韻，了不入目。（150-724）

「能詩之士」和「精覈吏治者」，各有專精。「能詩之士」認爲詩能窮人，孤芳自賞；「精覈吏治者」則稱詩是「雕蟲小技，非壯夫所爲」。他們各有一套自我安慰的說詞，以此提升自身的價值。然而，文人的責任不只在一端。爲詩者不達於政，爲政者不屑爲詩，李維楨並不贊成這樣的想法。他稱賞龔子勤之詩，能夠結合詩與政事：

子勤以詩爲政，以政爲詩，劑量得中，而詩與政並有聲，所謳籍度越人遠矣，不然古人所以觀風觀志，寧獨言語文字已耶！（150-724）

李維楨又在〈章章甫詩序〉中云：

夫詩與政相表裏，古者學必安詩，宵雅肄三，官其始也，稱詩諭志，賦詩徵才，往往而是。其詩溫厚，則知其政慈良；其詩潔淨，則知其政清廉；其詩平淡，則知其政簡易；其詩奧衍，則知其政惇大；其詩脩整，則知其政詳練；其詩流暢，則知其政順應；其詩爽豁，則知其政明作；其詩沉著，則知其政持重。凡此數者，皆詩之善物而政之上理也。（150-761）

詩與政治相爲表裡。李維楨指出，既然可以詩觀政，文人也有責任將世道的盛衰記錄下來。如他在〈李文定集序〉中說：

文章與時盛衰，文因時，時因文，而斡旋之權則存乎名世者矣。（150-510）

文人操文章之柄，於是文人有責任將世道的盛衰記錄下來。因此，致力顯身揚名，也是文人的責任。

李維楨從載道的史學立場，重新肯定了詩與史的聯繫，而他也從文體之辨，說明了詩與史並不互相妨礙，他知道敘事確實可能傷害詩體，於是他指出，作詩必須要求情感的眞實，了解詩之源流，謹守法度。要之，李維楨認爲文學一方面是美感的，有它獨立而純粹屬於藝術性的一面；但另一方面它又具有神聖的形而上意義，既是個人的，又必須與整體的傳統文化做巨大的連結。

第二節　「代變」的歷史觀

對於文學史的探索，必須從各個時代文學的風格樣貌來展開。陳國球指出，古代詩論家對於詩史的看法，大致可分爲兩大類：

> 一、認爲歷代詩歌各擅場，各極其至，無需強分高下，也不必作綜合整理。例如袁宏道〈敘小修詩〉所說：「唯夫代有升降，而法不相沿，各極其變，各窮其趣，所以可貴；原不可以優劣論也。」以及錢謙益〈古詩贈新城王貽上〉所說：「千燈咸一先，異曲皆同調；彼哉譏譏者，穿穴分科條。」都可劃規這一大類。
>
> 二、認爲詩有隆盛之時，也有衰落之世，其中興替轉移的契機和演變脈絡，都值得審視，甚或作爲當前創作的導引或鑑戒。〔註 7〕

陳國球此文要論述的，是第二種，並以胡應麟的論點爲討論對象。而陳文新也討論過類似的問題，他將論詩的態度分爲「崇尚獨創性」和「崇尚規則」，以此作爲標尺，劃分明代詩學的兩個流派：信心派和信古派。他認爲：「信心派讚美『變』，信古派貶抑『變』。」不過他又加上一個附加說明：「一部份信古派成員也在有限的程度上對『變』予以認可，如李東陽、何景明、王世貞、謝榛、屠隆等；當然，他們的認可與信心派對『變』的熱情讚美是有不容混淆的區別的。」〔註 8〕

兩位學者的說法，都說明了論者對詩史的發展有兩種不同的看法。重古學的文人，多半爲陳國球說的第二種，其中復古派尤其講求對源流、正變的審查，

〔註 7〕陳國球：〈胡應麟詩論中「變」與「不變」的探索〉，《鏡花水月》（臺北：東大圖書公司，1987 年 12 月），頁 89～90。

〔註 8〕陳文新：〈信心與信古〉，《明代詩學的邏輯進程與主要理論問題》，同註 3，頁 194。

這是由於他們對於法度的追求，須從傳統中汲取創作經驗；而陳國球所說的第一種態度，公安派提出不以時代論優劣，確實也是爲了針對復古派重古抑今的傾向。陳文新提出類似的看法，不過他的立場較明確也較武斷些，因爲信古派未必不重視獨創，而信心派也沒有不講求規則；信心派對「變」能夠接受，認爲是詩演變必經的過程，但並沒有讚美成那樣，而信古派當然有部份人對於變是持貶抑的態度，但「通變」正是復古派文人重傳統、重歷史經驗的終極關懷，對於「變」的態度，實不該一概而論；至於陳文新提出的「附加說明」，這些對變認可的人，幾乎就是復古派中主要提出理論的重點人物，那麼這個例外似乎太大，這個劃分依據就較難以讓人信服。不過，陳文新的說法，若加上「傾向」二字，就更能符合實情，因爲復古派文人確實因爲較重視法度、較崇尚古人的價值，而傾向於崇尚規則，對於超出規則之外者，較容易採貶抑的態度；而所謂的「信心派」，則因爲有其要對治的問題，亦即「重古抑今」的問題。因此他們會傾向於以一種欣賞的角度，去看待每個時代的特色。要之，兩位學者提出這兩種對歷史的態度，可作爲本文的參照。

李維楨對於歷史之「變」，融合了上述的兩種態度。這點可以從他在〈宋元詩序〉中提出的論點，依次來探討。李維楨在文中說道：

> 詩自三百篇至於唐，而體無不備矣。宋元人不能別爲體，而所用體又止於唐人，則其遜于唐也。故宜明興詩求之唐以前，漢魏六朝；唐以後，元和大曆，駸駸窺三百篇堂奧，遂厭薄宋元人，不復省覽。頃日，二三大家王元美、李于田、胡元瑞、袁中郎諸君，以爲一代之才，即有一代之詩，何可廢也。

首先，李維楨說明唐代之體已臻完備，宋元人無法超越，再怎麼努力也無法跳脫唐代的成就。因此以學詩的經驗而言，應先學唐以前的漢魏六朝，唐以後頂多到大曆爲止。明代以來，文壇的風氣即「厭薄宋元人」。很有意思的是，李維楨在此處刻意地將激烈抨擊復古派的袁宏道，與王世貞、李化龍、胡應麟等人並列，指出這幾位文壇大家，都主張「一代之才即有一代之詩」，不可有所偏廢。接著，他又自述其學詩的過程：

> 比長而爲詩，亦沿習尚，不以宋元詩寓目，久之悟其非也，請折衷于孔子。

他原來也是沿著文壇的風氣，不觀宋元人之詩。但久了，他終於了解這樣的偏見是不對的。他從聖人孔子那裡，找到了答案：

> 古之詩即古之樂，孔子自衛返魯，而後樂正，雅頌各得其所。……以宋元人道宋元事，即不敢望雅頌，于十五國風者，寧無一二合耶？魯備六代樂，季札所觀，若鄭、若陳、若鄶、若曹，與雅頌並奏，其來已久，孔子豈不知鄭音好濫淫志，衛音趨數煩志，齊音傲辟喬志，而悉收之。聲音之道與政通，審聲知音，審音知樂，審樂知政，而治道備矣。宋詩有宋風焉，元詩有元風焉，采風陳詩，而政事學術好尚，習俗升降汙隆，具在目前。故行宋元詩者，亦孔子錄十五國風之指也。……就詩而論，聞之詩家云：宋人調多舛，頗能縱橫；元人調差醇，覺傷局促。宋似蒼老而實粗鹵；元似秀俊而實淺俗。宋好創造而失之深，元善模擬而失之庸。宋專用意而廢調，元專務華而離實。宋元人何嘗不學唐？或合之，或倍之，譬之捧心在顰，在西施則增妍，在他人則益醜。譬之相馬，在伯樂得其神，則不論驪黃牝牡，在其子，按圖則失之蟾蜍，差以毫釐謬以千里。安知今學唐者不若宋元者哉？（150-496）

孔子整理《詩經》，雅、頌等典雅中正之樂收錄在內，但連鄭聲淫、衛聲煩、齊聲辟，孔子亦皆收錄。何以如此？其目的即在於使「治道備矣」。李維楨以此為喻，既然「聲音之道與政通」，刊行宋元詩，就如同孔子收鄭聲一樣，是為了能「審聲知音，審音知樂，審樂知政」。因此，宋詩、元詩就算成就不盡理想，未能達到如雅、頌一般，但難道諸多詩作，就沒有一點詩，可至少譬若宋風、元風者？

接著，李維楨指出，宋元詩人成就儘管不盡理想，比如宋詩好創造、專用意，元詩善模擬、專務華，但他們是經過努力的。詩的典範在唐代，宋元人當然有努力地去學習唐。但，李維楨在此處反問，當今學唐者在嘲笑宋元詩毫無成就，僅為東施效顰時，是否為五十步笑百步？難道自己的學唐，就不像宋元人那樣嗎？

宋元詩在唐詩的光芒之下，一直以來都是被批判鄙夷的。李維楨在〈宋元詩序〉中，看起來大大的為宋元詩作辯護，但是細看他的文氣，其實只是認為宋元詩亦有其存在價值，對於宋元詩評價並不高。而他在文集中他處，也沒有再針對宋元詩進行討論。也就是說，宋元詩存在的價值可從兩方面來談，第一，是「聲音之道與政通」，第二，是「一代之才即有一代之詩」。雖然李維楨對宋元詩沒太大好感，但由此文可以看李維楨的看法。以下即分別論述。

（一）聲音之道與政通

「聲音之道與政通」，是李維楨常常提到的觀念。詩與史同用而異情，從詩中可以觀政道之盛衰，一方面這是如上述的，文人撰寫詩是具有崇高責任感的，另一方面則是百姓的心聲會反應在詩中，所謂「眞詩乃在民間」是也。但不論作者是文人還是百姓，「聲音之道與政通」乃是由於「詩以道性情」。李維楨在〈讀蘇侍御詩〉中說道：

> 詩以道性情，性情不擇人而有，不待學問、文詞而足，故詩三百篇風與雅頌等，風多閭閻田野細民婦孺之口，而學士大夫稍以學問、文詞潤色之，其本質十九具在。即雅頌作於學士大夫，而性情與細民婦孺同，其學問亦就人倫物理日用常行爲之節文而已。（153-622）

《風》多出於細民婦孺之口，《雅》、《頌》多爲學士大夫所作，儘管作者不同，學問見識不同，但性情則是相同的，都是發乎日常生活的人倫物理。

李維楨在〈寄聲草序〉中云：

> 《書》曰：「詩言志，歌永言，聲依永，律和聲。」而記禮者廣其說曰：「人心感於物而動，故形於聲。」心有哀、樂、喜、怒、敬、愛，而聲噍殺、嘽緩、發散、粗厲、直廉、和柔因之。至於廣谷大川異制，民生其間異俗，五方言語不通，天子巡狩，命太史陳詩以觀民風，而采其可歌者被之絃管金石，十五國詩具在。季札使魯，奏六代樂，所謂淵深大夏，蕩綱之屬，皆自其聲得之。（150-759）

李維楨肯定了每個人性情的殊異，也承認人情感的多樣。詩反應人的眞實情感，所以君王可以透過採集民間歌謠觀民風。他在〈李民部詩序〉中云：

> 人情物理，朝章世道，大小之政，升降汙隆之變，就其詩而得之，可以觀興怨群，非所謂同音不僭者耶。（150-751）

又在〈龔子勤詩序〉說：

> 《禮》言：「聲音之道與政通。」太史觀民風，卿大夫觀志，皆以詩因表測裏，原始要終，善敗無一爽。（150-723）

興、觀、群、怨，是詩的功能。「人情物理」、「朝章世道」、「大小之政」、「升降汙隆之變」，都會表現在詩中。這也是聲音之道何以與政相通了。

由於「聲音之道與政通」，從《詩經》中也可以看出政道如何影響著詩的正、變。李維楨說道：

> 不佞竊聞，古之言詩者，《風》《雅》一出於正，世道降而後有變。

大臣如〈召穆公〉、〈衛武公〉之類作，而大雅變；小臣如〈家父〉、〈孟子〉之類作，而小雅變；匹夫匹婦得刺譏時政，而風變。然而仲尼刪詩，《風》終于〈周公〉，《雅》終于〈召旻〉，若曰有臣如周、召，則變《風》變《雅》可復于正。（〈王侍御詩集序〉150-737）

世道盛時，詩爲正；而世道衰微，則變《風》變《雅》出。後續的發展，是詩不復采，否則若有賢臣如周公、召旻，《風》、《雅》可再變爲正。

總而言之，李維楨以「聲音之道與政通」的觀念，檢視了文學史的發展。但很有意思的是，在李維楨的論點中，唐代是一個例外，並不能以「聲音之道與政通」來檢驗，原因就是由於唐詩的發展極盛，反而背離了古人「詩可以觀」的概念。李維楨在〈唐詩紀序〉中云：

以詩論世易，以唐詩論世難。譚者曰：「唐以詩進士，童而習之，故盛；士以詩應舉，追趨逐嗜，故衰。」少陵宗工，曾不得一第；右丞雜伶人而奏伎主家，于詩品何損也？貞觀開元二帝，以豪爽典則先天下，詩宜盛，而最闇弱者。中宗能大振雅道，即德文兩朝不及，中晚人才樸遬，詩宜衰，彼元白錢劉柳州姑無論，昌黎望若山斗，猶且服膺工部、供奉，而避其光焰，何也？

「唐以詩進士，童而習之，故盛；士以詩應舉，追趨逐嗜，故衰。」這句話看來有些矛盾，但也正是唐詩與古相去甚遠的主要原因。李維楨以杜甫與王維爲例，他們生平際遇大相逕庭，卻與詩品無關；唐代王朝歷經盛衰，卻與詩的成就無關——唐初展露出弘盛的開國氣象，詩卻衰微；中晚唐雖然政權透露出末世的氣氛，卻有元、白等人、韓愈的成就；而他們儘管有這樣的成就，卻仍要推崇李、杜。詩的成就與政道的盛衰無關，其中的原因，李維楨接著就列了好幾點，來說明「唐與古殊」。由於全文很長，爲求閱讀的便利，以下以條列方式說明。

第一點，是創作者身分轉移。從上至人主、下至百姓皆能爲詩，人主可以操控詩的「轉移化導」之力，漸漸變成只有學士大夫創作，於是詩的盛衰完全與政道無關了：

古者上自人主，下自學士大夫及細民，莫不爲詩，而詩盛衰之機在上，後世細民不知詩，人主罕言詩，僅學士大夫思其續，而詩盛衰之機在下，其轉移化導之力，詎足望人主乎？則唐與古殊矣。

第二點，是詩歌與音樂關係的轉變。唐人詩與樂已失去了聯繫性，即與六朝之前采樂府詩的意義產生了差距：

> 樂八音皆詩，詩三百皆樂，唐人樂府，已非漢魏六朝之舊，時采五七言絕句長篇中儁語，被管絃而歌之，代不數人，人不數章，則唐與古殊矣。

第三點，是創作體裁日眾，法更加繁盛，創作者再難以兼顧多種創作體裁及方式：

> 六朝以上，惟樂府選詩，眉目小別，大致故同，至唐益以律絕歌行諸體，夐不相侔。夫一家之言易工，而眾妙之門難兼，則唐與古殊矣。

第四點，士大夫寫詩，或者采詩之官對民間歌謠的潤色，數量都有限，能具體地反映現實，但唐人詩數量極多，運用範圍極廣，因此詩的功用被稀釋了：

> 先王辯論官才，勸善懲惡于詩焉，資其極至，于饗神□□若鳥獸，善作者莫如周公，堇堇可數，他皆太史所采，稍爲潤色，春秋列國卿大夫，稱詩觀志，大氐述舊，而唐一人之詩，常數倍于三百篇，一切慶吊問遺，遂以充筐篚饟，率用愈濫，而趨愈下，則唐與古殊矣。（150-490）

對於當時宗唐的風氣來說，李維楨提出的「唐與古殊」，雖未必驚世駭俗，但也可看出李維楨深刻的檢討與反思。他在文中說道：「不佞竊謂今之詩，不患不學唐，而患學之太過。」他強調，唐詩仍是有其典範性的，但其典範性乃是來自於「即事對物，情與景合而有言」，「隨機觸變，各適其宜」。他批判時人學唐，或「事物情景，必求唐人所未道者而稱之，弔詭蒐隱，誇新示異」，或「懼其格之卑也，偏求之於悽惋悲壯，沉痛感慨」，這都是學唐太過了。

李維楨以「聲音之道與政通」來看文學的發展，指出宋元詩亦有其存在的價値，又以此批判唐代爲這個理路的的例外，這是經過深刻的反省。然而，李維楨看似刻意地與時俗對抗，實際上他卻不怎麼欣賞宋元詩，並且也仍重視唐詩的典範意義。而他的理路也不可避免地產生了矛盾：一來，宋元詩數量不在唐代之下，二來，唐以後詩失去了音樂性，宋、元當然也是如此；再次，詩體到唐代而大備，到了宋元一樣沿用這些體來創作，就這三點而言，何以唐詩不能以「聲音之道與政通」來解釋，而宋元詩可以呢？這是說不通的。當然我們不可忽略的是，序文的撰寫時間和對象並不相同，自然不可將所有論點一視同仁，認爲彼此互有連貫性。尤須注意的是，他提出這些論點，往往警醒世人的用意，遠大過歷史的歸納。

（二）一代之才即有一代之詩

袁中郎認爲：「唯夫代有升降，而法不相沿，各極其變，各窮其趣，所以可貴；原不可以優劣論也。」〔註 9〕不可以優劣論，是希望能泯除以時代來論優劣的偏見，從各個時代中，個別發掘其優點。李維楨主張「一代之才即有一代之詩」，與袁中郎的說法類似。李維楨在〈祁爾光集敘〉一文所說：

> 子曰，夫言豈一端而已？夫各有所當也。言至於成文章而可以一端盡乎？文如先秦西京，詩如十九首、古樂府，建安黃初區以別矣。六朝之文，俳偶藻麗，唐宋諸名家之文，平正通達，六朝之詩，雕繪妍媚，至唐而歌行、近體、長律、絕句，以迨中晚，丰神色澤，日異而月不同，因乎其人，則材具有短長，格調有高下，規模有宏隘，造詣有淺深，因乎其時，則好尚有新故，體裁有損益，風氣有偏全，師承有彼此，如書契之不可復返爲結繩，如魯宋逢掖、章甫之不可觭重，則各有所當也。慕古之士，東唐以後書不覯，必若所云，人世亦何用有今？（150-522）

體的發展，會因爲朝代、環境的改變，作者各騁其能，而千變萬化；格調、規模、造詣，以及思潮好尚都會有所不同。世代交替，古往今來，所有的人事物都隨著時間往前推移，無可停駐也不能回頭。李維楨要問當今所謂的「慕古之士」，若一味慕古，而將唐以後書都束之高閣，不承認時空的遷化，不認同歲月的累積，那麼，「今」又有何貴？

這個說法，對於貴古賤今的風氣，自然有很強的針對性。李維楨又論「體」的流變，一方面說明各時代有各時代的特色，另一方面也指出「體」的變化，是有其內在因素的。李維楨在〈唐詩類苑序〉中云：

> 蓋聞之，先進言詩者，總諸詩之體而論，以詠物爲傷體；就一詩之體而論，以使事爲傷體，是苑也，爲詠物使事設耳，如詩道何？夫詩三百篇，何者非事？何者非物？多識草木鳥獸之名，孔子固有定論矣。然當是時，詩體與今異，試取《易》之卦象爻象，《書》之典謨訓誥，與《詩》之風雅頌而並觀之，其相別幾何？故詠物使事，累用之而無嫌。至漢魏六朝而後，詩始有篇皆五言者；始有篇皆七

〔註 9〕袁宏道：〈敘小修詩〉，《袁中郎全集》（臺北：世界書局，1964 年 2 月），「袁中郎文鈔」，頁 6。

> 言者。漢魏古詩以不使事爲貴，非漢魏之優於三百篇也，體故然也。六朝詩律體已具，而律法未嚴，不偶之句與不諧之韻，往往而是。至唐而句必偶，韻必諧，法嚴矣，又益之排律，則勢不得不使事，非唐之能超漢魏六朝而爲三百篇也，體故然也。……使事善者，必雅，必工，必自然，不則反是，而詩受傷矣。詩使事者，篇不必句有事，句不必字有事，其傷詩差小；詠物者，篇不得有無事之句，句不得多無事之字，其傷詩滋大。故詩詠物而善使事爲尤難，非近體之難於古選也，體故然也。使事而爲古選，譬之金屑，不可入目。其可以極命庶物，百出不窮者，排律耳；七言古次之，五七言律次之，體故然也。（150-491、492）

從創作或審美的經驗來看，「使事」、「詠物」對於詩的品格可能會有所傷害。李維楨爲「使事傷體」的說法辯駁：第一，使事並無損於詩道，因爲試觀《詩經》與《易》、《書》，裡面都是詠物使事之作，「累用之而無嫌」，所以並不能說「使事」就是不好。第二，有的詩體可使事，有的不得不使事，而有的詩體則必須完全避免使事，這完全是因爲體發展的關係，沒有優劣的問題。由於使事確實可能傷害詩體，必須要求既工且雅，還要自然。因此，最受歡迎、最普及的律體，反而是最難做得好的詩體。「使事之體」固然可能造成誇多的弊端，但是他指出有此體的產生，乃是「體」發展的自然現象，在先秦時期，詠物、使事，是表達最基礎也最普遍的方式。至於六朝詩，律法、諧韻等創作法則雖已有雛形，但尚未嚴明；因此詩人在創作上仍有一定程度的自由。到唐代則創作規矩極爲嚴明，因此不得不使事，這也並非唐代成就能超越漢魏六朝，上比《詩經》，這也是「體」發展的自然規律。從各詩體來看，其對於使事包容度各有不同：古選絕不能使事，而最適合使事、且最能變化萬千者是排律，其次是七言古、五七言律，但這些也都不是高下的問題，純粹只是詩史發展的結果。至於唐代律詩的發展就有高下之別了，初盛唐能「用六朝之所長」，所以成就高，中晚唐則因爲用律不嚴，「犯六朝之所短」，俗、率、強造，詩道於是衰微。這些文人漸漸地刻意爲俗，以俚爲自然，以輕率爲情性。因此，李維楨總結說，其實時代的風尚各有不同，人的才識亦有不同，學習者是可以選擇的，「擇其善者從之，其不善者改之」，並不是非要尺尺寸寸都學盛唐，不觀大曆以後書不可。

時代與文體變化的關聯性，李維楨在〈亦適編序〉中有論述：

> 夫詩無今古，而有今古。自《風》、《雅》、《頌》，爲《騷》，爲五言，爲七言，爲律，爲絕，而體由代異矣。自唐虞三代爲春秋戰國，爲漢，爲魏，爲六朝，爲三唐，而格由時降矣。《三百篇》、《騷》、《選》、歌行、近體、絕句，莫不有成法焉，有至境焉，異曲而同工，古不必備，今不必劣也。是故格由時降，而適於其時者善，體由代異，而適於其體者善。迺若才，人人殊矣，而適於其才者善。孟韋之清曠，沈宋之工麗，不相入而各擅其勝，貪而合之則兩傷矣。拾遺聖於律而鮮爲絕，供奉聖於絕而鮮爲律，瑕不掩瑜，諱而兼之，則均病矣。宗廟、朝廷、閨闈、邊塞、異地、禮樂、軍戎、慶弔、離合、異事、莊嚴、悽惋、發揚、紆曲、異情，雜而失之，則失倫矣。若然者，無論無才，用才之過，與無才等耳。(150-749)

李維楨的「體以代異」、「格以代降」之說，可與胡應麟的說法做一對照，胡應麟說：

> 四言變而《離騷》，《離騷》變而五言，五言變而七言，七言變而律詩，律詩變而絕句，詩之體以代變也。《三百篇》降而《騷》，《騷》降而漢，漢降而魏，魏降而六朝，六朝降而三唐，詩之格以代降也。〔註 10〕

李維楨的說法，與胡應麟的論點相當雷同〔註 11〕，而在立場上有所修正。我們可以細看，將二說分爲三段來加以比較和討論。

第一，是「體以代異」、「格以代降」的立場問題。胡應麟的立場，是以文質的變化來說明的。他認爲，漢人詩「質中有文，文中有質」，所以冠絕古今，而魏人「文與質離」，晉、宋「文盛質衰」，齊、梁「文盛質滅」，陳、隋「無論其質，即文無足論者」。〔註 12〕他又說：「四言不能不變而五言，古風不能不變而近體，勢也，亦時也。然詩至於律，已屬俳優，況小詞艷曲乎！宋人不能越唐而漢，而以詞自名，宋所以弗振也。元人不能越宋而唐，而以

〔註 10〕胡應麟：《詩藪》內編卷一，《全明詩話》，頁 2484。

〔註 11〕胡應麟《詩藪》刊刻年代爲萬曆十八年，《亦適編》作者沈朝煥爲萬曆二十年進士，《千頃堂書目》卷二十五著錄有《沈伯含集》二十七卷，其中包含《亦適編》七卷等。雖不知其刊刻年代，但據李維楨〈亦適編序〉文意，沈朝煥將文稿寄給李維楨時，李維楨正在四川，時爲萬曆二十七年。因此〈亦適編序〉一文寫作時間即爲萬曆二十七年。

〔註 12〕胡應麟：《詩藪》內編卷二，《全明詩話》，頁 2500。

曲自喜，元所以弗永也。」〔註 13〕也就是說，胡應麟雖然承認體的發展「不得不變」，但他所說的「體以代異」、「格以代降」，是一種體格日卑，貴古賤今的看法。

至於李維楨的看法，可以看另一則很類似的引文：

> 四五六七雜言、古選、歌行、長律、絕句，體以代變而不失其體；三百篇而下，漢魏六朝，格以代殊而不失其格。春水夏雲，秋月冬松，各有至境。迥拔孤秀，仰翠微之色，心腑澄瑩，類岑嘉州；茹古涵今，無有端涯，鯨鏗春麗，驚耀天下，類韓退之；以古比興就今聲律，麗曲逸思，奔發感動，天機獨得，非師資所獎，類皇甫補闕；柳陰曲路，風日水濱，窈窕沿洄，忽見美人，類王摩詰。……（〈米仲詔詩序〉150-752）

從李維楨稱賞其「不失其體」、「不失其格」、「各有至境」，可見他們對於詩的學習，是對於各個時代，各個體製的藝術樣貌，都有極爲細緻的揣擬，方能「不失其體」、「不失其格」、「各有至境」。也就是說，李維楨對於體之變、格之殊都能承認並且接受，認爲「格由時降」與「體由代異」一樣都是文學史發展既存的事實，並非主觀的價值判斷，這與胡應麟有了本質上的不同。

至於第二段，李維楨說的「莫不有成法焉，有至境焉」，這與胡應麟說的各體本色意思是相同的，不需再進一步討論。

到了第三段，胡應麟的「兼裒總挈，集厥大成；詣絕窮微，超乎彼岸。軌筏具存，在人而已」，按照他的說法，由於體以代異、格以代降，所以學習者應致力於掌握每個時期的風格本色，在熟悉所有法度源流之後，終究可以捨筏登岸，這完全要靠個人的努力和體悟而得。但李維楨提出了個人才性的問題，以「適」作爲溝通的橋樑——格由時降、體由代異既爲不可改變的事實，那麼文人所要追求的就是「適」於其格、其體，不必非追配古人不可。「才」爲個人秉性，人人各異，個人的才氣會在詩文中展現出不同的藝術特質，因此人們可以選擇與自己的秉性相近之體，以才適體，以體適格，以格適時，儘管體、格隨時代而變，是人力所無法控制，但個人的稟性具有創作的決定性，如此一來，主體性就被提高了。李維楨的論點，一方面回應了時人對「貴古賤今」之說的反彈，另一方面也安撫了人們無法追配古人、望古人項背的焦慮。

體與格都是與時俱變的，一時有一時之格，一代有一代之體，那麼，這些

〔註 13〕同上註。

體和格必然都會表現出一時代的精神與審美的風尚。李維楨在〈亦適編序〉說的「孟韋之清曠，沈宋之工麗」、「拾遺聖於律而鮮爲絕，供奉聖於絕而鮮爲律」，孟、韋的詩風清曠，沈、宋的詩風工麗，陳子昂善於律而李白善於絕，這些詩人因才性各有不同，所以專長各有不同。而這些在藝術上不同的展現，共同組成唐之格。後人的學習，即需以個人的才性，選擇適當的取法對象，然後配合個人的際遇，擇取題材，以才適其體，此體必然適於格，於是作家的個人才性，就與時代作了連結。李維楨的論點，非常重視個人與歷史的聯繫，而且他重視個人才性對「變」的決定能力，這是李維楨的論點較特出的地方。

李維楨對於時代之變，是以「聲音之道與政通」以及「一代之才即有一代之詩」來加以觀照。「聲音之道與政通」是說明時代升降與文學作品之間的聯繫，「一代之才即有一代之詩」則是說明個人才性與時代風貌的關係。他一方面承認甚至欣賞「變」的事實，認爲歷史發展自有其演變的軌跡，而個人才性又發揮著極大的作用，但他另一方面又以復古的思想貫穿其中，因此他的理論不可避免地有了矛盾。不過，這兩者都說明了李維楨的立場：人不能脫離歷史，每個人都必然會在他所生的時代中，展現其特定的意義。

第三節　明代文學在文學史的地位

明代文壇在李維楨眼中，是個文學發展極盛的時代。李維楨在〈弇州集序〉中云：

> 《語》曰：「文章關乎世運。」信然哉！唐虞而降，諸閏位竊據，若短祚不論，其以正統得天下者，前後有兩三代：前爲夏殷周，而享國之永無如周；後爲漢唐宋，而享國之永無如漢。夏忠商質，至周而文盛，始之以周公，終之以孔子，盡抉天地之秘，而無可復益。而漢承之，遂以雄視唐宋，漢之盛因周之餘也。周後爲秦，秦無幾而漢興，故其文去周不遠。漢之東都已遜，西京而更爲三國，爲六朝，爲唐，爲五代，爲宋，爲元，風斯下矣。故其文去漢彌遠，則世運盛衰漸積之使然也。兼周漢者，是在我明矣。高皇帝用夏變夷，宇宙煥若一新，身創之，身守之，綢繆其文章，繁縟其禮樂二百餘年，罣牢天下而制之，若制子孫，周官法度蔑以加已，故宜似周；不階尺土，提三尺着戎衣而有天下，故宜似漢。吾以文章徵之，其

體極備，其用極繁，其指盡洩而無所復益，故若周，若其無可益也。周監於二代，郁郁乎文哉；明監於後，先者六代，可法可戒，從違由人，故若周，若其無不監也。前三代之文體不過數，則漢不過數十，而今且以百計，其體沿各代，而要皆以周漢語傳之，周十之二，而漢十之八，故若漢，若其不遠於周也。（150-525、526）

從這段引文可以看出，李維楨對於明代文章之盛，可說是極力稱頌、熱情讚揚。由於他屢屢強調「文章關乎世運」、「聲音之道與政通」，文章之盛，乃是來自於政道之盛，因此他又必須極力稱讚明代政道之盛，方能支持他的論點。明代政道之盛，李維楨以兩點來說明，第一，是盛衰循環的歷史規律；第二，是創業之主的隆盛。

首先，是他所說的盛衰循環的規律。在此處，李維楨將史上的正統朝代分爲兩個三代——前爲夏、商、周，後爲漢、唐、宋。而明代，即承接此前後兩三代的統緒，是文章與政道皆昌盛的時代。其他如秦、三國、六朝、五代、元等亂世皆不足道，都未列入李維楨的歷史分期中。這都可看出李維楨對於盛世和正統政權的認知。夏、商、周三代，周享國最久，文章也最盛：以周公始，終於孔子。而漢、唐、宋三代，漢享國最久；漢之盛，是承接著周的餘緒而來，文章亦因去周不遠，故文章之盛足可傲視唐宋。所以前三代的歷史是進步的，於周達到高峰；漢之後是退步的，去古越遠，世道越爲衰頹。他雖曾說過「格以代降」，但他的史觀並不是純粹直線性的，而是有起落變化，規律變動的。

關於這點，與胡應麟的觀點亦相當類似，胡應麟說：

中古享國之悠遠，莫過於夏、商、周：近古享國之悠遠，莫過於漢、唐、宋。中古之文，始開於夏，至商積久而盛徵，至周積久而極其盛；近古之文，大盛於漢，至唐盛極而衰兆，至於宋而極其衰。秦，周之餘也，泰極而否，故有焚書之禍；元，宋之閏也，剝極而坤，遂爲陽復之機。此古今文運盛衰之大較也。〔註14〕

胡應麟同樣將歷史分爲夏、商、周以及漢、唐、宋兩個三代，他細分的盛衰情形，與李維楨所述十分雷同。唯一的差異，是在於李維楨認爲漢、唐、宋三代當中，漢爲最盛，其後漸衰，隨著六朝、唐、五代、宋、元的更替而走下坡；但胡應麟則是以漢盛、唐更盛，不過唐代之盛也開啓了衰兆，宋、元

〔註14〕胡應麟：《詩藪》外編卷一，《全明詩話》，頁2574。

更加衰落。不管怎麼說，明代都是繼宋元之衰後，極重要的盛世。

至於創業之主，李維楨在〈太函集序〉所說：

> 先生（汪道昆）又嘗言曰：「文章關乎世運，恒視其創業之主爲盛衰。」周以前無論，漢高帝起，徙步闊達大度，直質豪壯，有三代遺意。唐文皇故是詞人，風華姸美，宋藝祖用術取天下於孤弱，以寬忍濡下自保，而氣實萮然。故文章之業，漢爲盛，唐不如漢，宋不如唐。雖以濂、洛、關、閩諸儒之學，歐、蘇、曾、王諸公之才，無超漢唐而上者。高皇帝驅胡元沙漠，還中華千古帝王相傳之統，精神氣象榮鏡宇宙，是以一代文章之士，與漢唐比隆，垂二百年。（150-527）

汪道昆也主張「文章關乎世運」。李維楨論述漢、唐、宋三代文章日漸低下的過程，儘管宋代有「濂、洛、關、閩諸儒之學，歐、蘇、曾、王諸公之才」，但其成就畢竟難以與漢唐相比。此處他又重申他的觀點：明代的開國，「還中華千古帝王相傳之統」，盛世從此展開，兩百年來文章蔚然。

爲了凸顯明代文壇在史上的獨特地位，李維楨甚至有意地去誇大漢代以來的倒退，以強調明代之盛，既爲「天開人」，亦爲「人成天」。他說：

> 詩之爲道大矣。動天地，感鬼神，網羅千古，暉麗萬有，其盛衰蓋關乎世運焉。自昔享國久遠，中古則夏、商、周，近古則漢、唐、宋。夏、商之文盛，至周而極衰於秦；漢之文盛，至唐而極衰於宋。唐何以稱極盛？其體則三、四、五、六、七言、雜言、樂府、歌行、律排、絕句備矣，其人則帝王、將相、朝士、布衣、婦孺、緇黃、夷虜眾矣。采詩者高其標目，以爲正風，以爲極玄，以爲國秀，以爲叢玉連璧，以爲《中興間氣》，《河嶽英靈》，豈不甚盛際乎？然而非明比也。何也？周之久倍漢而秦不二世，猶襲周之緒也。漢之久倍魏晉六朝，魏晉六朝猶有漢之遺也。宋之後爲元，古意無復存者，其否剝倍泰，則明之復而泰也亦倍唐，是天所以開人也。周詩具三百篇無二體，漢暨六朝僅樂府、古詩兩端，而唐具諸體矣，美惡人以代異，材以人殊，斡旋芭舉之力，難於唐遠甚，是人所以成天也。（〈廷尉陳公壽序〉151-129）

他以易卦來解釋週而復始、否極泰來的歷史進程。夏、商、周文章發展極盛，至秦即衰；漢、唐文盛，至宋又衰。他一方面指出從前的朝代皆至少存有古風，但明代前朝爲元，古風早已蕩然無存，因此明代文壇的環境當更爲艱難，卻能振興，乃是天運使然；另一方面他又說明文體自漢代以來，從簡到繁，明代文人能作六代以來之體，比唐代成就更為傑出，顯見明代人才濟濟，乃是人所以成天。

李維楨強調明代文盛的方式，是以「文章與時盛衰」為前提來展開論述。然而他開展的方式，很容易發現許多看起來自相矛盾或難以解釋之處，可以再進一步思考。

第一，李維楨既說了「格以代降」，卻又分析了前後「兩三代」的盛衰循環，兩種歷史發展路線根本不同，該怎麼解釋呢？這個問題，陳國球在論述胡應麟的史觀時有討論過。胡應麟一方面說「格以代降」、「體格日卑」，又以盛衰循環來解釋文學史的發展，陳國球認為這是由於胡應麟評詩採取兩個不同的標準所致。一個標準是「詩經」以至於漢詩的「古質」，另一個是唐詩的本色。由於有第一個基準出現，因此用古質的標準來衡量，當然會得出代降的結果來；但胡應麟又考慮詩體的演化增衍，肯定唐詩的成功，因此以唐本色為第二個評詩的基準。〔註 15〕

若以此來檢視李維楨的論點，可以看出李維楨的立場大抵也是如此。雖然前面已經說過，李維楨的「格以代降」，其「降」貶低的意味較為模糊，但是上述引文中，李維楨在論述整個歷史發展脈絡時，會將唐代的地位放得較低，而更強調漢代盛於唐，但在關於實際創作的論述中，他又極強調唐代的典範意義。比如他在〈青蓮閣集序〉中說：「今夫唐詩祖三百篇而宗漢魏，旁采六朝，其妙解在悟，其渾成在養，其致在情而不在強情之所本無，其事在景而不益景之所未有，沉涵隱約，優柔雅澹，故足術也。」（150-716）他常常提及「詩于唐最盛」（〈青蓮館詩序〉151-31）或者「詩莫盛於唐」（〈米子華詩序〉151-37），也就是說，他既標榜唐詩為最盛，又在歷史發展中將唐詩次於漢、次於明，甚至在「兩三代」的脈絡中，低於六朝，這一方面固然是由於陳國球所說的，他們以兩個評詩基準展開論述，標準不一而有不同的歷史論述；但另一方面也是由於李維楨的論點未有進一步辨析，立場較為模糊，而有了無法自圓其說的地方。

第二，「文章與時盛衰」固然有「史」的立場在其中，但是若以創業之主和朝代的運勢，來說明整個朝代的文風走向，實在頗為牽強。不過很有意思的是，以創業之主的成就來檢視文學成就，似乎是時人都很習慣的方式。如

〔註 15〕陳國球：〈胡應麟詩論中「變」與「不變」的探索〉，同註 7，頁 96～101。

胡應麟說：

詩文固係世運，然大概自其創業之君。漢祖《大風》，雅麗閎遠，《黃鵠》惻愴悲哀。魏武沉深古樸，骨力難侔。唐文綺繪精工，風神獨暢。故漢、魏、唐詩，冠絕古今。宋、元二祖，片語無聞，宜其不競乃爾。〔註 16〕

胡應麟認爲漢、魏、唐詩之盛，是來自開國君主的成就。王世貞與他們不同的，是對唐太宗的詩評價較低：

唐文皇手定中原，籠蓋一世，而詩語殊無丈夫氣，習使之也。「雪恥酬百王，除兇報千古。」「昔乘匹馬去，今驅萬乘來。」差強人意，然是有意之作。《帝京篇》可耳，餘者不免花草點綴，可謂遠遜漢武，近輸曹公。〔註 17〕

但是說到明朝，他則是大大的讚揚：

高皇帝神武天授，生目不知書，既下集慶，始厭馬上。長歌短篇，操筆輒韻，有魏武樂府風。制詞質古，一洗駢偶之習。〔註 18〕

相較之下，由於胡應麟對於唐代的評價極高，爲了對唐代表示推崇，他的論點就顯得較有附會之嫌。

第三，透過上述歷史的論述，李維楨歸納出明代爲文章極盛的盛世。但我們不禁要問，明代文章眞有如此盛嗎？且不論後人對明代文學評價不那麼高，就李維楨自己屢屢感嘆的「詩道陵夷」〔註 19〕，就足以造成極大的矛盾與衝突了。事實上，李維楨並不止於從宏觀的角度來看千年來的轉變，他也會由細部觀察明代兩百餘年的變化。如他在〈鄧使君詩序〉中說：

國初，詩纖穠綺縟，猶有元之結習，變者務爲和平典暢，而其流失之猥鄙。弘正之際，變者務爲鉅麗雄深，而其流失之粗厲。嘉隆之代，變者始一歸于正，名家大家，具有唐人之美。而盛衰之機，實相倚伏。（150-726）

〔註 16〕胡應麟：《詩藪》內篇卷二，《全明詩話》，頁 2500～2501。

〔註 17〕王世貞：《藝苑卮言》卷四，《全明詩話》，頁 1918。

〔註 18〕王世貞：《藝苑卮言》卷五，《全明詩話》，頁 1933。

〔註 19〕李維楨常在文中感嘆「詩道陵夷」，如他在〈桃花社集序〉中說的：「蓋上者殉名，下者殉利，追趨逐嗜之意多，而匠心師古之指少，詩道陵遲，無惑其然。」（150-773）以及在〈雷起部詩選序〉中云：「明興，嘉隆諸子起敝興衰，升堂入室，而頃日又陵夷矣。」（150-753）其他尚有多處，不再引述。

雖然李維楨屢次說到明朝文風鼎盛，但承襲著元代的積弊，明初的文壇尚未達到理想的地步。明初的詩作纖靡，有志者——也就是操文權的臺閣文人——用「和平典暢」加以糾正，卻使得詩風流於「猥鄙」；弘正之際約莫至是前七子的時代，他們欲用「鉅麗雄深」風格改纖靡之風，卻流於「粗厲」。直到嘉靖、隆慶朝，後七子主盟文壇的時候，方爲李維楨所謂的「正」。値得注意的是，不論是千年來的歷史，或兩百餘年的明代文壇，他都是用「盛衰之機相倚伏」的觀點來看待，可見李維楨的歷史觀並不是一種進步、演化的，是辨證的前進。

我們可再看底下的論述。明初成、弘朝不算在內，李維楨認爲明代的文壇變化歷經三變。他在〈董元仲集序〉中云：

> 蓋本朝人文極盛，成弘而上，不暇遠引，百年内外，約有三變：當其衰也，幾不知有古。德靖間二三子反之，而化裁未盡。嘉隆間二三子廣之，而模擬遂繁。萬曆間二三子厭之，而雅俗雜糅，一變再變，觭于師心。（150-537）

兩次復古運動，第一次「化裁未盡」，第二次使得「模擬遂繁」，接著，「雅俗雜糅」變而爲師心。由此，也引發了師心和師古的論爭。一個新的文學理論提出，就是爲了糾正前一理論產生的弊端和錯誤。

李維楨既然大嘆詩道陵夷，又深知明代文學的轉變之跡，而他將明代置於歷史中一個極重要的位置，用各種方式去證明國朝文學之盛，這樣的歷史當然是詮釋、建構出來的，如此建構，絕不是只是爲了歌功頌德，必然有其要針對之處。其所要針對，正是他眼見詩道衰頽的景象。

上述所論，是李維楨從宏觀的角度看待明代文學的地位，難免有比附、誇大之處，接下來可以再談的，是較落實在評論的一段論述。李維楨認爲，整個明代文學最足以提出來，超越唐代成就的，就是律詩。他在〈皇明律範序〉中說道：

> 繇風雅頌以來，爲樂府、爲古選、爲歌行、絕句，能事畢矣，而律始出。五之爲四十言，七之爲五十六言而止，未嘗不沿于樂府、古選、歌行、絕句，而實不相似。以其體晚出，而與諸體分道而馳，勝負爭于片言，美惡縣于隻字，諸體伸縮由人，而律則爲體所束縛，故詩不易工者莫如律，其格局整而無冗長，比偶切而無渙漫，寡識者視之爲塡詞小令之技，趨時者等之爲駢四儷六之文，投贈餞送，

> 一切用近體，其用愈繁，而其體愈壞。援引故實，點綴姓名，附會品地，不牽合則拘謭，不腐敗則濫冗，故爲詩病者莫如律。三百篇後千有餘年，而唐以律盛，垂八百餘年，而明紹之，黜宋元於分閏位而莫敢抗衡。（150-496、497）

李維楨首先說明律詩的發展。律詩是最晚出、發展最爲完備、使用最廣泛，但也最難寫得好的詩體。而唐代以律體爲最盛，但八百年後，是由明代承接這個統緒。接著他又說道：

> 所貴乎明者，謂其去唐遠而能爲唐也。唐詩諸體不逮古，而律體以創始獨盛，盡善盡美，無毫髮憾；明律乃能儷之。所貴乎明者，謂其能以盛繼盛也。唐律詩代不數人，人不數篇，篇以百計，入選十不能一；中晚滔滔信腕，遂不堪覆瓿矣。明諸大家陶冶澄汰，錯綜變化，人能所及，宛若天造，篇有萬斛之泉，句有千鈞之弩，字有百鍊之金，其富累卷盈軼，使人應接不暇。所貴乎明者，謂其出于唐而盛于唐也。初唐律寖盛，迨盛唐而律盛極矣。曾幾何時，中不若盛，晚不若中。明洪永之際，律得唐之中；成化以前，律得唐之晚；弘正之際，律得唐中盛之間；嘉隆之際，律得唐初盛之間。所貴乎明者，謂其盛于唐而久于唐也。合諸體而論之，律爲難；析律體而論之，七言爲難。唐五言律，自初及中，得一長以成一家言者甚眾；至于七言，初則體未嚴，中則格已降。雖當盛時，合作者鮮。而明律七言較五言殆有過之。所貴乎明者，謂其兼唐之所盛而擅唐之所難也。（150-497）

李維楨反覆提出「所貴乎明者」，有許多超越唐代之處。明代去唐遠而能爲唐音，不但詩作豐富，繁盛時間延續長久，創作又能諸體兼美，因此總的來說，明代文壇的成就，即在於「兼唐之所盛而擅唐之所難也」，足見有明一代在史上的地位是何等特殊。當然，李維楨特地標榜明代律詩成就如此之高，確實是由於明人作律詩的風氣特別盛，他自己也創作了數量非常多的律詩。不過，正如前面所述，所有的誇讚都不會只是單純爲了歌功頌德，他指出他所憂心之處。他說，「世道汙隆，詩與之相盛衰，而盛衰之機自相倚伏」，「盛者向衰易，而衰者返盛難。明自七子沒，而後進好事者，開中晚之釁，浸淫于人心，而莫之底止」。而胡應麟編選《皇明律範》，正是「憂之而後是編作焉」（150-497）。讚揚的背後，其實都是來自這些擔憂。

第四節　結　語

李維楨在他的時代，有他必須回應的問題。在面臨文壇的諸多現狀，他將他所見，放置在歷史的洪流中，重新論述了文學史。而這樣的文學史，並不是一種科學性的架構，而是站在他們所承接的傳統，做出主觀的擇取、詮釋和建構，用以支持某種文學觀點，鞏固他們的文學主張，甚至與其他流派抗衡或溝通。

李維楨非常強調個人與傳統的聯繫。他認爲，詩與史同用而異情，他強調詩人的責任感，詩作的眞實性，由此即可以詩觀政。他也以這樣的觀念，去歸納文學史的發展；明代文學的發展，也是由此一觀念去架構起來的。

另外不可忽略的，是他對於貴古賤今的檢討。他在「格以代降」的論述中，以個人才性去模糊了「降」的貶意；又在宏大的文學史敘述中，刻意地降低了唐代的地位。他恐時人「學唐太過」，因此對唐代有了諸多的批判。

當然，這也造成他論點中的矛盾之處，比如他一面批判詩道的衰微，一面又大力讚賞明代文風之盛；他說一代之才即有一代之詩，但他又希望學人能夠知道「入門須正」，主張宗唐；而他一面拿唐代作比較、追配的基準，卻又花了許多筆墨在批判唐之與古殊。這一方面是由於現實與理想確實存在著差距，另一方面也是由於文學環境本來就複雜，爲了考量全面，反而因爲標準不同而有不同的論述，且不論其中的粗陋之處，他確實針對了時弊，而有諸多針對、反省和調整。

第四章　李維楨的創作論

本章所要談的，主要集中在李維楨所探討創作的緣起，到最後作品完成的過程中，所需的各種條件。

李維楨認爲，創作源自於性情、性靈，同時創作也受到法的制約。學習法度，需才、學、識的平衡——他重視個人的才氣，能使法獲得良好的運用；而識的揀擇則讓學習更有效率。而才也必須有學、識的積累，才方不致過騁。積習日久，終究能夠使作品渾然天成，而成一家之言。他有意地將師心與師古兩種創作的路向結合起來。以下即依次論述。

第一節　從「師古」與「師心」的調和談起

綜觀李維楨文章中的創作論，即是站在調和師古與師心的立場所提出。此處之所以用「師古」和「師心」這樣的用語，而不是「復古」、「反復古」，或者「復古」、「性靈」或「格調」、「性靈」，一方面是因爲「師古」與「師心」更能涵蓋晚明文學發展的兩個很重要的面向，其他的辭彙，會較爲狹隘地，將這兩個面向限定在七子派與公安派兩個流派；另一方面，則是李維楨自己也常用「師古」與「師心」二詞，如此會比「復古」、「反復古」或者「格調派」、「性靈派」更貼近當時討論的語境和概念。李維楨在文章中，展現調和二者的企圖。

師古與師心，向來被視爲水火不容的兩個論點。一般來說，晚明文學史的論述大抵是這樣的：前後七子主張復古，創作主張爲「師古」；而公安派則因心學的影響，走上「師心」之途。學界多習慣以「師心」和「師古」的對立和衝突作爲論述晚明文學發展的主線，然後將晚明文人一一歸類。當然，這樣的二分論述在許多時候是可以成立的，甚至可從歷史的發展獲得驗證，其優點，即在於線條明晰，流派各自的特色鮮明，派與派的論爭極易凸顯，但當二分的界線明顯而絕對，可能會導致歸類的誤判，甚或論述上的簡單化，紛雜的內部問題，就因此被掩蓋了。

陳文新在〈信心與信古〉一文中，即是以上述所指的二分方式來展開論述，由前後七子與公安派的對立切入。儘管前後七子並不能就簡單地代表「信古」一派，公安亦不能以「信心」爲概括，但陳文新提出一個很好的考察視野，亦即「深刻的片面」。〔註1〕他說：「從局部來看，從它們各自側重的追求看，二者是尖銳對立的；但是，如果我們對詩學的內部要素加以考察，則不難發現，它們之間的對立實際上是互補，是詩學史上經常出現的那種經由對立而構成的平衡的關係。」〔註2〕他又說：「藝術向更高層次的發展卻要求矛盾的雙方達到平衡，既尊重性靈，又尊重文體規範，既信心，又信古，辯證地處理性靈與文體規範的對立統一的關係。」〔註3〕陳文新指出，兩派的「片面」皆有其不可抹煞的深刻性，「當兩種『深刻的片面』處於對立狀態並各自暴露出其不可避免的短處時，它們的前景必然是走向融合，走向動態的平衡」。〔註4〕陳文新他試圖從界線明顯的二元對立關係，採取動態的辨證史觀論述，用以考察細部的關係。這樣一來，理論便不僅是停留在靜態的分類，而能開展出新的意義來。

李維楨的創作論，就是設法使片面且對立的論點達到平衡的狀態。爲了回應當時文壇的問題，他的論點必須儘可能全面，一方面對於既有的弊端加以修補，另一方面對新起的、可能的弊端加以防堵。文學流派間，正是以各自不同的創作論爲區隔，弊端的形成，亦與創作論脫不了關係。從調和師心與師古兩種「深刻的片面」這樣的角度來談李維楨的創作論，會比簡單地將李維楨劃入復古派陣營中，爲「復古派末流」，被淹沒在歷史的洪流中，或者驚喜地讚揚他如何對於復古派朝向性靈派的修正，得出類似「李維楨受到性靈思潮的影響，對格調理論進行了深入的反思」〔註5〕這樣的結論，來得細緻許多。

〔註1〕陳文新：《明代詩學的邏輯進程與主要理論問題》（武漢：武漢大學出版社，2007年8月），頁203。

〔註2〕同上註，頁176。

〔註3〕同上註，頁202。

〔註4〕同上註，頁203。

〔註5〕查華清：〈李維楨對明代格調論的突破與創新〉，《中國韻文學刊》2000年第1

此處先稍談一下「性靈」說的問題。王世懋、屠隆、李維楨這幾位「復古派末流」文人的文章中，早已有不少「性靈」的用語。若按照黃仁生對公安派發展的分期論述來看，萬曆十八年王世貞過世，至萬曆二十二年間，袁宏道三度拜訪李贄，並首次明確指出對文壇模擬之風的厭惡。這正是公安派的「醞釀準備時期」。萬曆二十三年至二十八年，爲「開宗立派時期」，袁宏道和江盈科結交，砥礪詩文，影響漸大。〔註 6〕那麼，王、屠、李等人對「性靈」的使用與論述，遠遠早於公安派的「開宗立派」時。若以袁中郎曾說的「獨抒性靈，不拘格套」，爲公安派的鮮明特色之一，自然是無可厚非的，但若以爲性靈說專屬於公安派的成就，那麼就可能造成兩種狀況，一種是誤以爲復古派末流受到性靈說的的「攻擊」，使得理論不得不向性靈派「修正」，將理論的發生次序根本弄反了；另一種狀況則是則是安排性靈派發展的路線，將李贄、湯顯祖、徐渭等人列於先驅或者潛流，忽略了復古派自身即有往性靈修正的可能性。當然，復古理論內部，與整個晚明文壇的發展，甚或「性靈」一語所指涉的內容，仍有許多複雜的細節可探討，宜於另文考察。但從李維楨的創作論，是可窺見一斑的，因此李維楨的論述，必須置於演變的脈絡中加以討論。

性靈不等同於「師心」，但性靈涵蓋在師心的概念裡。有關明代文壇「師古」與「師心」取向的變化，李維楨在〈董元仲集序〉一文中云：

> 蓋本朝人文極盛，成弘而上，不暇遠引，百年內外，約有三變：當其衰也，幾不知有古。德靖間二三子反之，而化裁未盡。嘉隆間二三子廣之，而模擬遂繁。萬曆間二三子厭之，而雅俗雜糅，一變再變，觭于師心。（150-537）

後一理論的出現，乃爲針對前一理論之弊。嘉、隆的師古，接著萬曆間的師心，李維楨指出兩者的弊端，其中「觭」，正指出偏至之意。李維楨要處理的，就是兩者的平衡。他讚賞的是能「折其衷而矯其偏」，經由廣博學習之後，能「操縱在首，曲暢旁通」，進而達到「師古可以從心，師心可以作古」（〈董元仲集序〉150-537）的境界。

若僅是「師心」，或專於「師古」，都將失之偏頗。李維楨在〈張觀察集序〉中云：

期，頁 69。

〔註 6〕黃仁生：〈江闊無澄浪，林深有墜枝——論江盈科與公安派〉，收於黃仁生輯校：《江盈科集》（湖南：岳麓書社，1997 年 4 月），頁 13～20。

> 自有文字以來，成法具在，而師心者失之，若驅市人而使戰，若捨規矩準繩而爲輪，與師古泥之，與無法同。（150-519）

在〈來使君詩序〉一文中亦云：

> 夫詩有音節，抑揚頓挫，文質深淺，可謂無法乎！意象風神立於言前，而浮於言外，是寧盡法乎！師古者有成心，而師心者無成法，譬之毆市人而戰，與能讀父書者，取敗等耳。（150-724）

「成」乃固定、既定之意。凡爲詩文，法度具在。在這兩段文字中，李維楨都用了「驅市人而使戰」的典故，來說明專務「師心」者的無法。戰爭無兵法，爲輪而捨準繩規矩，就是自取其敗了。而師古者也一樣，雖然成法具在，但專守法度，不知變通，與師心者不守法度，其取敗的結果的是相同的。

要「師古可以從心，師心可以作古」，必須使作品既從心出，又守古法；既守古法，又不泥於法。李維楨在〈綠雨亭詩序〉中云：

> 詩匠心而出，法古而通，景之所會，事之所值，因應無方，不守一隅。（150-721）

又在〈黃友上詩跋〉中云：

> 不專匠心，不純師古，內緣情而外傳景，斂華就實，斵雕爲朴。（153-682）

也就是說，「匠心」和「法古」二者對揚，相互制約，保持平衡的狀態。當然還要配合情與景的眞實性——若具有「匠心」和「法古」的能力，必然也能對情景有高度的感受力——如此則能時時變通，這與劉勰「設文之體有常，變文之數無方」〔註 7〕的意義是十分相近的。

對師古和師心的偏重，都不可避免地造成弊端。李維楨鑒於雙方各自的缺失，而有了較爲全面的檢討，因此他的論點，會站在調和、兼容的立場，試圖將兩種創作路向結合起來。至於師心所包含的情感論、性靈論，以及如何師古，將在下文詳論。

第二節　創作的起源——情感與性靈

中晚明以來，文人對於「情」的重視，是在文學史上較爲特出的現象。

〔註 7〕劉勰撰，黃叔琳注，李詳補注，楊明照校注拾遺：《增訂文心雕龍校注》（北京：中華書局，2000 年 8 月），〈通變第二十九〉，頁 397。

而他們也往往將「情」的發用，視爲創作的重要原則。徐禎卿的《談藝錄》，即將情的意義與其發用的過程，加以系統性地論述。他說道：

> 情者，心之精也。情無定位，觸感而興，既動於中，必形於聲。故喜則微笑啞，憂則爲吁嚱，怒則爲叱咤。然引而成音，氣實爲佐；引音成詞，文實與功。蓋因情以發氣，因氣以成聲，因聲而繪詞，因詞而定韻，此詩之源也。然情實眑渺，必因思以窮其奧；氣有粗弱，必因力以奪其偏；詞難妥帖，必因才以極其至；才易飄揚，必因質以禦其侈。此詩之流也。〔註8〕

「詩之源」與「詩之流」是創作的兩個層次。僅有情感，並不等同於詩，因爲「情無定位」、「情實眑渺」，仍是一種虛無、難以名狀的樣態，必須經過多種條件的配合與輔助，將情感帶入詩歌的審美法則中，才能成爲完整的創作。

李維楨的情感論大抵承襲此一脈絡，時時強調創作來自於情。對於情的內容，則有更多的闡發。至於「性靈」，是與情感論緊密連結的概念，雖然不是李維楨最重要的論點，卻在晚明性靈論的發展，佔其中一環，因此一併論述。

一、「性情」之界定

〈讀蘇侍御詩〉一文中，李維楨對「性情」有相當深刻的論述。他說：

> 詩以道性情，性情不擇人而有，不待學問、文詞而足，故詩三百篇《風》與《雅》《頌》等，《風》多閭閻田野細民婦孺之口，而學士大夫稍以學問、文詞潤色之，其本質十九具在。即《雅》《頌》作於學士大夫，而性情與細民婦孺同，其學問亦就人倫物理日用常行爲之節文而已。(153-622)

又說：

> 不慮而知，不學而能，此之謂性情，古今所同，是以闇合，蓋無意爲詩而自得之。其在宗廟朝廷所作，則學士大夫，先有作詩意橫於胸中，更倣古詩營構，故詩受學問文詞束縛，去風雅彌遠。性者，天下大本，情者，天下達道，大而三千，細而萬物，遠而八荒，千古無一不供吾驅使，無一不受吾陶冶，宇宙在手，萬化生身，何但一詩！詩本性情，而緣飾以學問文詞，歌則八風從律，舞則五色成

〔註8〕徐禎卿：《談藝錄》，周維德集校：《全明詩話》（濟南：齊魯書社，2005年6月），頁788。本文所引出自《全明詩話》者，皆採此版本，以下不再註錄。

> 文，其極至於動天地、感鬼神，豈夫覆瓿疥壁之語付之秦灰有餘穢者哉！詩道凌遲，非但爲性情之賊，亦學問文詞之辱矣。（153-623）

「詩本性情，而緣飾以學問、文詞」，是創作過程的基本大要。李維楨的論述，一方面要解決一味學古，過度的模擬而失性情的弊端，另一方面又要解決反模擬者矯枉過正，誤以爲鄙俚即爲古風的問題。於是他分兩個層面來談，第一是從作者的身分區分雅俗之別：《風》來自民間，固然無法那樣「姸美文雅」，但學士大夫以「學問」、「文詞」加以潤色，而這潤色又儘可能地保留詩作的原貌，不致因「學問」、「文詞」的修飾而喪失其意義；而《雅》、《頌》爲學士大夫所作，他們固然可以「學問」、「文詞」使詩作「姸美文雅」，但是絕不會脫離日常生活的人倫物理。也就是說，作品的語言，會因爲學問、文詞所佔的比重不同，而有雅俗的差異，但「本之於性情」則是相同的。另一層面，李維楨強調，儘管是最貼近民間的《風》，也是經過學士大夫的潤色修飾，而學士大夫作《雅》、《頌》，並不脫離日常倫理，這表示他不希望爲了要求性情，而刻意追求語言的俗，也不希望爲了追求語言的雅，而犧牲了性情。

「性者，天下大本，情者，天下達道」，李維楨給予性、情極爲崇高且優先的地位，是「不慮而知，不學而能」的，而且天地萬物，「無一不供吾驅使，無一不受吾陶冶」，不只詩，就連歌、舞都一樣，凡是創作主體發自性情，對宇宙的接應、感發，終究都能夠「動天地、感鬼神」。

二、情與事物的聯繫

李維楨強調的這種聯繫，與他追求情感的眞實有極大的關係。他認爲，創作必須「非其情不強造，非其景不預設，無無疾呻吟，無無喜獻笑」（〈山居吟序〉151-42）。求眞有兩個方向，一是力求創作來源的情景皆爲眞實，二是既發爲文字，要回過頭來檢驗，作品是否切當於眞實的情景。

在〈端揆堂詩序〉一文中，李維楨稱賞其詩乃「發於情之當然，事之已然，而無強造」（150-720）；在〈潘方凱詩序〉中則云「景觸而情至，情動而性流，因趣成聲，因聲成韻」（151-22）。也就是說，他肯定人的情感，觸景而生情，與鍾嶸「氣之動物，物之感人，故搖蕩性情，形諸舞詠」的觸發過程是一樣的，詩文的創造，就是由此而來。

李維楨在〈郭原性詩序〉中即云：

> ……大要感事而發，觸景而出，矢口而成，信腕而書，慷慨激昂，

歡愉勝暢，哀悼淒緊，忿恚乖睽，率皆情至之語。（150-744）

創作必須在經過事物的觸發之後，發而爲「情至之語」。李維楨在這篇序文中談到慷慨激昂等情緒，都來自對事物的「感」、「觸」，進而「發」、「出」。

另外需注意的是，李維楨強調一種「不得不爾」，「迫」而成詩的創作方式。主觀的情感，經客觀事物的觸發之後，即「矢口而成，信腕而書」。這看似不需規矩法度的創作歷程，其實是肯定情感到極致，不得不透過文字抒發的過程。這樣所寫出來的詩，當然都是情至之語了。李維楨又說：「其于中有迫而即吐，吐不擇言，故言當於情；外有觸而即書，書不擇事，故事當於景。」（〈華晉民詩序〉151-14），其「不擇」而出即能當於情景，是將「眞」提到極高的地位，不待學問、文詞的修飾，作品與與內心的情感、外在的環境，是完全貼合的。

李維楨在〈劉仲熙集序〉中說道：「今天下之生久矣，人面莫有同者，脩短腴瘠，皙黔妍醜，萬有不齊，而生氣則一。詩文得之心而宣之口，有如其面。」他注意到、也承認情感的多樣，然而當今的文壇的模擬之弊，他批判道：「今人不本神情，惟取形似，刻劃無鹽，爲混沌施眉，逢丑父之似齊頃，桓溫之似劉琨，誠不足論。雖顧長康益頰毛，戴仲若削臂胛，善則善矣，非其人之質也。」李維楨反對只求表面的逼眞，卻不能領會其神情，他所稱賞的是：「以其象人者而爲文若詩，根於心，暢於情，因於景，命於法，依於理，偏至不必求全，妙解不必擬迹。」（150-576）

僅著重在字句的雕琢，形跡的擬似，作品就沒有眞實的情感。而題材的虛設，是與之連帶的另一個問題。如他在〈快獨集序〉中云：

蓋今之作者，爭言好古，奉若功令，轉相倣以成風，勝粉澤而掩質素，繪面貌而失神情，故有無病呻吟，無歡強笑，師其俚俗以爲自然，襲其呼叫以爲雄奇，字濯句劌，拘而不化，麋而虎皮，鷙而鳳翰，迹若近，實愈遠。（150-517）

文學創作中，必然有虛構的成分在，但李維楨的討論並不涉及這點。他強烈主張「眞」，顯然當時的寫作失眞的問題相當嚴重。李維楨認爲：「廊廟邊塞山林，各當其景而無他岐，禮樂兵戎宴會傷弔，各適其情而無長語。」（〈周戶部集序〉150-551）既然人有各種情緒，所遇到的環境也各異，那麼，更需要要求「情境各當」、「各適其情」。無病呻吟、無歡強笑，這是由於爲「窮而後工」的創作經驗所泥。李維楨在〈青蓮閣集序〉中云：

世之爲詩者曰：「有道之士，辭富貴而甘貧賤，惟詩亦然。」談榮顯

> 繁華則俗，詠窮愁老病爲佳，於是嘆飄零、傷遲暮，無疾而呻吟，其情景與人了不相涉，此一失也。（150-716）

他所稱賞的，是在〈霞繼亭集敘〉裡談到的。他說：「和平之音淡薄，而愁思之聲要眇；懽愉之詞難工，而窮苦之言易好；曰可則情境各當矣。」（150-535）李維楨也贊同「窮而後工」的創作經驗。他指出「和平之音」、「懽愉之詞」較難以表現，而「愁思之聲」、「窮苦之言」較容易寫得好，但他相信，若能情境各當，情感的飽滿，可以補足題材難以表現的缺憾。

然而，儘管李維楨注意情感的多樣，但他仍是從《詩經》來談題材的問題。他在〈陳山甫詩序〉中云：「自有宇宙來，天文、地理、人、事、物，宜要不過此數端，即三百篇，安能去之而別構一情事景物哉？惟其用之當耳。」（150-785）又在〈汲古堂集序〉中云：「詩文大指有四端，言事、言理、言情、言景，盡之矣，六代而前，三唐而後，同此宇宙，寧能外事理情景立言？」（150-574）他認爲，人情物理儘管多元，卻可歸納爲數端，自古至今皆不脫此數端，不可能再此之外別構情事景物了，《詩經》的內容，早已囊括宇宙萬物之理了，最重要的是能夠運用這些題材，發揮得宜。

這也可以從李維楨對徐渭的批評，看出他的主張。〈徐文長詩選題辭〉云：

> ……而袁中郎晚好之，盛爲題品，天下方宗鄉中郎，羣然推許，大雅之士，謂中郎逐臭嗜痂，不可爲訓。夫詩文自有正法，自有至境，情理事物，孰有不經古人道者，而取古人所不屑道，高自標幟，多見其不知量也。（153-694）

前已論及，李維楨稱賞中郎的，正是其「一切本諸性情，以當於三百篇之指」。三百篇內題材涵蓋如此廣泛，詩文的正法、至境，早有典律可依據，而徐渭竟欲言古人所未道者，是以李維楨批評其不自量力。

題材不能超出三百篇的範圍，李維楨這樣的論述，看來是有些受侷限的。從實際創作經驗和結果來看，既然有人確實有辦法在三百篇之外另闢題材，那麼李維楨的論述就有他的不足之處。不過李維楨是就規矩、法度而言，古人所道者，就是一種標準，一種限定，「取古人所不屑道」，就不在這法度許可範圍內了。這與李東陽的看法正好相反。李東陽說：「詩貴不經人道語，自有詩以來，經幾千百人，出幾千萬語，而不能窮，是物之理無窮，而詩之爲道亦無窮也。」〔註9〕當然，二人在不同的時代，面臨的問題不相同，論述的

〔註9〕李東陽：《麓堂詩話》卷一，丁仲祜編訂：《續歷代詩話》（臺北：藝文印書館，

著眼點、語境都會有所不同，李維楨也知道物之理無窮，因此他的立論就著重在如何擬議而成變化，不是只守著三百篇而已。

李維楨稱賞「其觸景即事，因應無方，莫不相肖」(〈葛震父詩序〉150-588)，「景事當前，耳目偶值，皆足以寄吾情、供吾用，而必不依人籬落爲名高」(〈董文嶽詩序〉150-762)。他把人的主體性提到極高的位置，萬事萬物莫不可爲吾所用，吾人可敏銳纖細地感知這個世界，而世界萬物又因吾人的感知而有了意義，人的主體性有這樣優先的地位，有了豐富的感知經驗，創作就可以源源不絕。

然而，創作的來源雖是景觸而情至，雖萬事萬物莫不可寄吾情、供吾用，但如此一來，文學的創作不就多要依賴情感的湧現嗎？前面提到，李維楨認爲「不擇」而出即能當於情景，這是強調一種未經理性思考的情感原初狀態，是最爲眞摯，最爲飽滿充實的狀態。然而作詩並非都能如此，李維楨強調創作要發乎情，而情感的發動，往往是懵懂、激昂或衝動，無以名狀的，因此必須經由理性的反省，理智與情感的活動相互抗衡，再加上創作者所習得的規矩、法度，或學問、文詞之類加以安排、修飾，意匠經營的結果，方能成就好的作品。李維楨對於理性可能對情感的束縛是很有警覺的。比如他在〈讀蘇侍御詩〉中即提到，學士大夫之詩「受學問文詞之束縛，去風雅彌遠」(153-623)，又在〈天倪齋稿跋〉中云：「今世稱能言，莫盛於詩，有材、有學、有識、有氣、有體、有調、有韻、有態，而去自然之分彌遠。」(153-683)因此，如何在理智與情感之間達到平衡，就變得非常重要了。

李維楨在〈來使君詩序〉中云：

> 目所經涉，情所感觸，沉吟而後有詩，不守一隅，不由一徑，高不必驚人，而卑不必齊俗，要於其適而止。(150-724)

這裡提到的「沉吟」，就是情感的積澱過程。沉吟之後，才能構思如何絕去蹊徑，自成一家，最重要的是，李維楨希望創作最終能夠「適」而即止，情緒不過分流蕩，呈現出節制、收斂和凝重。這些有理性思考的部份，李維楨很強調「博學」的重要性。他說：

> 余惟今作者苦不學，故初則境易窮，末則氣易索，羨長博學孳孳如不及，取之無盡，用之有餘，情之所蓄，無不可吐出；景之所觸，無不可寫入。(〈余羨長集序〉150-566)

1983年6月)，頁1642。

文學創作要仰賴作者的兩種能力，一是敏銳的感受能力，二是詩文寫作的表達能力。李維楨認爲「博學」對此二種能力是有助益的，不學者，「初則境易窮，末則氣易索」，唯有博學，才能「取之不盡，用之有餘」，創作的題材隨手可得。

經過這樣的創作過程，其作品帶給讀者的影響，將如鍾嶸所說的「動天地，感鬼神」。李維楨在〈楊道行集序〉中云：

> 及談文事，其指若曰：「人有心而行之於言，言必文，然後可傳遠。」故文論理必別是非，論事必明得失，一切可喜、可哀、可怒、可愕、可懼，情狀如在目前，使人覽之不覺失笑，盱衡髮立，舌吐齒齘，而涕欲下乃可耳。(150-553)

作者的情感眞實，論理論事別是非、明得失，則情感必然有強烈的感染力，使讀者也受到震撼和感動。

三、情的公共性

李維楨談的情感，是具有公共性的。這與前面所述的「情眞」有極爲密切的關係，而談及情眞與情感的公共性，不能不談「性情之正」。

簡錦松在〈論明代文學思潮中的學古與求眞〉一文中提到：

> 談到「性情之眞」的同時，也必須指出「性情之正」乃是和它一體的。由於情與外物接觸，常有邪躁的困擾，所以情必須受志約束，所謂「以志定情」，使情長保持在端和的境界，是這一派的主張。不過，特別是在嘉靖以後，大家逐漸把「眞」和「正」分離開來，漸漸的不談「正」，由於只是談「眞」，個人的個性和眞感覺也被提倡起來。〔註 10〕

簡錦松注意到性情之「眞」與「正」分離的時候，而李維楨所要提倡的，就是再把性情之眞與性情之正，結合在一起。

徐復觀在〈傳統文學思想中詩的個性與社會性問題〉一文中也指出，中國傳統思想中，常常在強調性情之後，接著強調「得性情之正」。客觀的對象，經過詩人感情的鎔鑄、醞釀之後，表達出有性情、有個性之詩，給予讀者感動。而詩人是「攬一國之意以爲己心」，將一國之意內在化形成自己的心，於

〔註 10〕簡錦松：〈論明代文學思潮中的學古與求眞〉，《古典文學》第八集，(臺北：臺灣學生書局，1986 年 4 月)，頁 336～337。

是詩人之心、詩人的個性，是提煉昇華後的社會之心，是由客觀轉爲主觀，在主觀中蘊蓄客觀的，主客合一的個性。徐復觀由此論證「性情之正」乃是使詩人的個性與社會性統一的根源，他說：

> 在中國文化中，有一個根本信念，認爲凡是人的本性，都是善的，也大體都是相同的；因而由本性發出的好惡，便彼此相去不遠。作爲一個偉大詩人的基本條件，首先在不失其赤子之心，不失去自己的人性；這便是得性情之正。能得性情之正，則性情的本身自然會與天下人的性情相感相通，因而自然會「攬一國之心以爲己意」；而詩人的心，便是「一國之心」。由「一國之心」所發出來的好惡，自然是深藏在天下人心深處的好惡，這即是由性情之正而得好惡之正。〔註 11〕

又說：

> 感情之愈近於純粹而很少雜有特殊個人利害打算關係在內的，這便愈近於感情的「原型」，便愈能表達共同人性的某一方面，因而其本身也有其社會的共同性。所以「性情之眞」，必然會近於「性情之正」。但性情之正，係從修養得來；而性情之眞，即使在全無修養的人，經過感情自身不知不覺的濾過純化作用，也有時可以當下呈現。……人的感情，是在修養的昇華中而能得其正，在自身向下潛沉中得其眞。得其正的感情，是社會的哀樂向個人之心的集約化。得其眞的感情，是個人在某一剎那間，因外部打擊而向內沉潛的人生的眞實化。在其眞實化的一剎那間，性情之眞，也即是性情之正，於是個性當下即與社會相通。所以道德與藝術，在其最根源之地，常融和而不可分。〔註 12〕

性情之眞與性情之正就是這樣聯繫起來的。性情之正，使個人之情即爲社會之情。

李維楨論情就是這樣的理路。他承認人有各種情感，但這些情感都不是耽溺的、自語式的，而是發而爲文學作品之後，小可以觀人——令讀者可從作品中看出創作者之志，如他在〈端揆堂詩序〉中云：「信哉詩之可以觀人也！」

〔註 11〕徐復觀：〈傳統文學思想中詩的個性與社會性問題〉，《中國文學論集》（臺北：臺灣學生書局，2001 年 12 月五版三刷），頁 86～87。

〔註 12〕同上註，頁 88～89。該文全文詳見頁 84～90。

（150-720）大可以觀政——他深深相信，聲音之道與政通，文章與時盛衰。世道的盛與衰會反應在作品中，而文人也有責任將世道的盛衰記錄下來。如他在〈李民部詩序〉中云：

> 人情物理，朝章世道，大小之政，升降汙隆之變，就其詩而得之，可以觀興怨群，非所謂同音不僭者耶。（150-751）

興、觀、群、怨，是詩的功能。詩人所寫的詩，必須讓讀者從中了解「人情物理」、「朝章世道」、「大小之政」、「升降汙隆之變」。詩與政道的聯繫密切，在〈龔子勤詩序〉中，李維楨云：

> 子勤以詩爲政，以政爲詩，劑量得中，而詩與政並有聲，所醖藉度越人遠矣，不然古人所以觀風觀志，寧獨言語文字已耶！（150-724）

詩人的責任重大，而詩承載的意義也十分重大。詩的意義既然如此重大，那麼就不能不爲這個理論，加上一正統的根源——《詩經》。

試看從李夢陽，也從《詩三百》之國風來談詩。〈詩集自序〉裡有段對話，當李夢陽質疑民間之歌：「其曲胡，其思淫，其聲哀，其調靡靡，是金元之樂也，悉其眞？」而王叔武對曰：「眞者，音之發而情之原也，非雅俗之辯也。」接著王叔武以「詩有大義，比興要焉」、「途巷蠢蠢之夫，固無文也，……無不有比焉興焉，無非情焉，斯足以觀義矣」、「詩者，天地自然之音」等語，說服了李夢陽，使李夢陽走向求眞之途。李夢陽聽了這些話，自述其「悔」——他從唐近體詩，轉而學六朝、學魏晉、古歌詩、四言，終於悔悟，原來「予之詩，非眞也」。李夢陽歷經上溯的「復古」工夫，有一求眞的學習路程，而我們不能忽略的是，求眞最終的目的，就在於留意其情以「觀義」。如李維楨在〈滇語序〉中，就是稱讚其詩「出入漢魏六朝三唐間，而大指道性情，歸極於三百篇」（150-580）。

他又從國風來談。〈隨在集序〉中有云：

> 今夫風之動物也，激謞叱吸，叫譹宎咬，大和小和，唱于唱喁，任萬竅之所自取而成聲。水之受風也，馳波跳沫，清漣淪直，鋪縠沸鼎，翔鷺騰馬，所駕軼、擢拔、揚汩、溫汾、滌訖，一切聽之於水而成象，雖心略辭給，未能縷形矣。詩之有風也，何以異是？世之爲詩者，拾唾效顰不足論，其或力追古，始鉤深索隱，急節高張，瓌琦亢厲，而無當於情境之實，如詩教何？士美詩名《隨在》，蓋宦轍所至，游覽紀述，宴會贈答，因其地、因其人、因其時、因其事，

感而遂通，迫而後起，不得已而應之，意在言前，而景與事會，穆然瑩粹，悠然閒靚，沖然若有餘，非深於風者，其孰能與于斯？古人學詩，必通於政，而上采詩以觀民風。……以一國之事，繫一人之本，謂之風；言天下之事，形四方之風，謂之雅。士美殆風雅兼備者乎！（150-728）

這段話可分幾個重點來看：首先，李維楨用了譬喻的方式來說明「風」，他引用〈七發〉的文字，說明詩之有《風》，就如同風之動物，水之受風，與這些自然景象彼此觸動的過程是一樣的；第二，爲詩之要，在於當情境之實；第三，他仍強調「感而遂通，迫而後起」的創作來源；第四，這種來自「感」、「迫」、「不得已」的創作，正與《風》相同；第五，他歸納出我們前面所論述的，即詩道與政道相通，一方面居上位者，可以采詩以觀民風，另一方面則是一國之事與一人之本相聯繫，使得詩人的個性有了社會性。至於這段文章最後說的雅，是最後才講這麼一兩句，很顯然是爲了在序文中極力稱賞其風雅兼備，才加上去的，故而不在此討論。重點在於，李維楨對於傳統詩教相當重視，尤其重視《風》。雖然李維楨認爲凡詩都是「觸情而出，即事而作」，但畢竟《風》是出於「閭閻田野細民婦孺之口」，「本質十九具在」，而若「詩受學問文詞束縛」，則「去風雅彌遠」（〈讀蘇侍御詩 153-622）。這與李夢陽「眞詩乃在民間」之論，是非常相似的。

再看一則引文。李維楨在〈潘方凱詩序〉中云：

詩以道性情，性情夫人所有，十五國風詩，或出婦孺之口，而上人稍損益潤色之，諧之律呂，奏之朝廟，垂之竹帛，爲天下萬世經，至於今，縉紳學士私以爲已物固已。（151-22）

李維楨完全把詩視爲公器，《詩經》之所以爲經，是由於詩承載最眞實的人的性情。寫詩者，既能抒發己意，又具有史料意義，而讀詩者，一方面可以觀政，一方面又以文人士大夫「稍損益潤色之」，又有了教化功能。對於創作者和讀者而言，《詩經》都兼具了道德與審美的雙重意義。而詩的發展，若終究爲文人學士所私用，與民風政道無關，就有負於《詩經》這個崇高而偉大的詩教傳統了。

四、性靈與性情的關係

在〈王吏部詩選序〉一文中，李維楨有云：

余竊惟詩始三百篇，雖風雅頌賦比興分爲六義，要之觸情而出，即事而作，五方風氣不相沿襲，四時景物不相假貸，田野閭閻之詠，宗廟朝廷之製，本于性靈，歸于自然，無二致也。迨後人說詩，有品、有調、有法、有體、有宗門、有流派，高其目以爲聲，樹其鵠以爲招，而天下心慕之，力驅之，諸大家名家篇什爲後進，盜襲捃摭，遂成詩道一厄，其弊不可勝原矣。（150-735）

這段引文是針對詩的創作而論。他的論述有幾個要點：第一，詩源自《詩經》，因此他論詩多由《詩經》論起；第二，風、雅、頌、賦、比、興六義，都是「觸情而出，即事而作」；第三，他將作者的身分區分雅俗，但無論是「田野閭閻之詠」或「宗廟朝廷之製」，都是「本于性靈，歸于自然」；第四，由於文體的發展，詩法愈趨嚴密，典律的形成，卻促成了文壇上剽襲模擬之弊。

李維楨批判「今學詩者工模擬而非情實，善雕鏤而傷天趣」，但他也同時不滿於「取里巷語，不加脩飭潤色，曰此古人之風」（〈綠雨亭詩序〉150-721），這兩種互相針對，卻又都帶來弊端的理論，李維楨兼論情感與性靈，又溯源自《詩經》，自然有其深刻的意義。其論述策略，即在於以此達到兼容「師心」與「師古」的效果。

此處還有一點值得注意，就是李維楨將「觸情而出，即事而作」與「五方風氣」、「四時景物」並提，是以情感是來自於與物的接應；而作者無論是什麼樣的身分，都「本于性靈，歸于自然」，則可以看出其「性靈」主要指的是心的本源。今之論者，多將情感論涵蓋在性靈說之中，認爲主情的人都可歸納在性靈派之中，但兩者實際指涉並不相同，在此先作一說明。

情和性靈，就其「發用」來說，兩者都屬於「師心」的範疇，但兩者是屬於不同的概念。黃卓越在〈情感與性靈：晚明文學思想進程中的一對內在矛盾〉一文中，已指出「情感論是緊密地糾纏在性靈說周圍的一個概念」，〔註13〕兩者是不能混同處理的。該文從情感論和心性論的衝突談起，指出七子派從李夢陽起，「突出情的變異性，以與正統的『性情』說相抗拒」，「偏向於爲鄙俗之情的正名」，「以補救儒家主導的公共性性情的不足」，〔註14〕他們所掌握、推崇的情「就會向某種特定的方向上偏斜，比如表現爲激揚亢奮、悲古雄渾、深情緬邈、凝重冲遠等，並帶有對受挫感與反抗感的眞實體

〔註13〕黃卓越：《明中後期文學思想研究》（北京：北京大學出版社，2005年11月），頁213。

〔註14〕同上註，頁214～215。

悟，而不是理學家們在性情、性理的名義下多要求的那種平和、中矩、通脫之情」。〔註 15〕在情感的議題上，七子與唐宋派的差異即在於，「前七子的論述所依據的思路主要是從創作論而至生命論」，而「唐順之等人的論述則主要是從生命論而向創作論上的開展」。〔註 16〕黃卓越也指出，前七子的主情和唐順之等人的心性論，「都具有反撥傳統理學的意向，即從對規定性義理的尊崇而轉向對人心、人性，亦人之生命主體狀態的集中眷注，由此而共同構成了中晚明文學思想的基調」。〔註 17〕

有關性靈，該文羅列出對性靈的界義：「（A）性靈源於心性本體，（B）爲一種心理的靈明或虛明狀態，（C）無始而無終，（D）具有心理的原眞性、（E）率眞性、（F）個位性、（G）創生性及（H）自適性等的特徵，活潑地，（I）始終處於自性的流動、多變之中，（J）發爲一種本色的靈趣或意趣、及（K）『韻』、（L）『秀』、（M）『慧』等。」〔註 18〕接著，也論述了正德、嘉靖以來「性靈」一語零星的出現，到後來在後七子部分成員大量運用的情形。該文的重點之一，就是指出若將前七子所提出的主情說作爲觀察座標的話，那麼後七子的批評活動，即成爲從前七子主情說到公安派性靈說之間的一個過渡。〔註 19〕

復古派所推崇的情感，確實爲「激揚亢奮、悲古雄渾、深情緬邈、凝重冲遠」等，但這種反抗現實、受挫的情感，雖可稍補儒家主導情感下，私領域的不足，但事實上，這些情感還是屬於宏大的、悲壯的，他們欣賞的仍是「性情之正」，這與道德的修養有極大的關聯：品格崇高的人，見不平之事，自然有不平之聲，如此所創作的詩文，一方面有助於個人的修養，一方面也有益於社會現實。試看李夢陽，即在〈詩集自序〉中談到王叔武告訴李夢陽，「眞詩乃在民間」，「途巷蠢蠢之夫，固無文也」，但他們行住坐臥所歌，「無不有比興焉，無非其情焉，斯足以觀義矣」。儘管〈詩集自序〉一文，爲李夢

〔註 15〕同上註，頁 218。

〔註 16〕同上註，頁 219。

〔註 17〕同上註，頁 223。

〔註 18〕同上註，頁 239。

〔註 19〕同上註，頁 235。此處不厭其詳地講述該文的一些論點，是欲借重黃卓越論述成果，一方面本文旨在討論李維楨對於性靈和性情的闡發，以本文篇幅，並無法處理整個明代性情和性靈的衝突、交涉的流變，該文可提供很好的考察觀點；另一方面則是，學術的成果爲積累而至，該文與本文所欲導向的結果相近，可爲本文極好的助力，故而用之。黃先生開出的視野，確實破除了既定的復古與反復古的二元論述框架，引出許多值得再深究的議題。

陽悔悟「予之詩，非眞也」的過程，但是從李夢陽和王叔武的論辯，可以看得出來，考察民間之詩是有目的性的，亦即「觀義」。也就是說，雖然重視民間的「途咢巷謳」，但並不等同於他們就要走向鄙俚、認可私人，他們的姿態是仍是知識份子，所檢討的則是「文人學子，顧往往爲韻言，謂之詩」，且「出之情寡而工之詞多也」。因此，復古派的情感論，相對於公安派，仍是帶有公共的目的性的。而公安派則較欣賞私人的情感，喜歡自適、自得，甚至是偏、癖，有時還帶著縱欲的傾向。同樣認爲詩文的創作乃發之於情，但此「情」的內容有所不同。

從李夢陽到李維楨，時間跨度將近百年，其間文壇數度轉折，而兩人所提出的檢討則極爲相似。李維楨在〈端揆堂詩序〉中云：

> 今之時，詩道大盛，哆口而自號登壇者，何所蔑有？要之模擬彫琢，誇多鬬妍，茅靡波流，吹竽莫辯。試一一而覆案，其人性情行事，殊不相合。夫詩可以觀，以今人詩觀今人，何不類之甚也！(150-720)

他強調「眞」，而「眞」會有雙重的面向——作者在作品中展現眞實情感，而作品亦可顯示作者所欲表達的情感。

文人在談「情」，有時候也說「性情」。「情」，或者我們說「情感」，從字面來說，較「性情」的涵蓋範圍要大得多，「情」或「情感」可泛指七情六慾，人的各種情緒、感官知覺都囊括在內；而「性情」之「性」乃是一種限定、條件，情發之於性，因此說「性情」。然而，所有的情本來就發之於性，何不就講「情」而要多講「性情」？我想，古人多講性情，主要還是從心性論的角度出發，是以性情即情，情即性情。他們或許在不自覺中就使用「性情」這一詞語，那是由於根深蒂固的價值觀使然。不過，晚明的文人所能容納的情感是更多樣的，情感論說有相當複雜的內涵，在此略作說明。

至於性靈，其和性情的差異，在於性情是經由與人世的應接而產生的情感，而性靈是源自於心性本體，爲心的靈明狀態，與人世無涉，和情的發用屬不同層次。復古派和公安派所講的性靈，皆有這樣的意思，只是相較來說，復古派有時會較偏向道德修養後的澄明，而公安派則與自由、自適有較多的關聯。

不過情感論和性靈論，兩者並無法簡單的按照流派去劃分、歸類，彼此是交錯綜橫的，交織成晚明文壇的紛雜圖景。像李維楨在〈讀蘇侍御詩〉即有對於公安派的評價。他先指出當時文壇的創作「非但與性情不干涉」，「即學問文詞剽襲補綴，口墮惡道矣」。而「吾鄉二三君子，起而振之，自操機杼，自開堂奧，一切本諸性情，以當於三百篇之指。雖不諧眾口里耳，弗顧也」（153-623）。也就是說，我們後世總認為公安派是「獨抒性靈，不拘格套」，是反對復古那一套的，但按照李維楨所說，公安派則是「本諸性情，以當於三百篇之指」，反而是復古實踐的佼佼者了。一方面這與詮釋權有關，李維楨建構歷史有他自身的立場，或有刻意「導正」公安派造成偏頗效應的用意；但另一方面也顯示出，本諸性情、發乎性靈，兩者有許多重疊交涉之處，共同形成當時人們所普遍接受的大概念。

晚明的性靈論，一直都極受學界的注意，研究成果也相當豐富。然而性靈論的研究仍普遍存在兩個問題：一是以公安派的「獨抒性靈，不拘格套」，作為復古派的對立面，使性靈論的研究，在偏見中獲得崇高的評價；二是將晚明各種與獨立個性、主體精神、主情的相關論述，通通置於性靈說當中，導致「性靈」的範圍過於寬泛。因此，我們應該貼近當時的論述語境，以探討其確切的概念與生成演變的軌跡。

前文所提及的黃卓越〈情感與性靈：晚明文學思想進程中的一對內在矛盾〉一文，已將「性靈」此一概念的衍生、倡行，以及其與情感論的交錯關係，做了很好的釐清與爬梳；該文中指出，「以情為核心建立起來的一個意義圈是性靈說之產生不可繞過的事實」〔註 20〕，並將後七子的批評活動，視作前七子的主情說到公安派性靈說的一個過渡。因此，我們發掘後七子後期的成員，如王世貞、王世懋、或者李維楨、屠隆等人使用的「性靈」一語的情形，必然有助於性靈論的演變中極重要的環節。

李維楨使用性靈的用語算是相當頻繁，分析起來，他說的「性靈」大抵有兩種用法：

第一種，可以概括為「自然」，即自己而然，自然而然，不假外力之意。

前面所引述〈王吏部詩選序〉，即由《詩經》來論，無論作者的雅俗，「田野閭閻之詠，宗廟朝廷之製，本于性靈，歸于自然，無二致也」（150-735）。而在〈馬德徵詩序〉中，李維楨用吳地的文風，對比地提出性靈之旨。他指出，吳地文風最盛，卻也常被批評「妖而浮」。他稱賞馬德徵雖為吳人，而詩非吳語，「刬削浮華，暢寫性靈，流便而有則，豐贍而有骨，宏放而有致，若近而遠，若小而大，若易而難，若下而高，若疎而密」（150-725）。將「性靈」與浮華對揚，其作品是發自本心，未經文辭修飾。

〔註 20〕同上註，頁 233。

李維楨在〈陳計部詩選序〉中云：「陳先生詩，直抒性靈，不雕斲溪刻而體裁中度，經緯成章以方盛覽。」（150-753）這裡的直抒性靈，與公安派用語幾乎相同，只不過，李維楨講求的是不經雕琢而自然的「體裁中度」，而公安派未從體裁來說，僅強調「從胸臆中流出」，相較之下，李維楨更重視節制和平衡。

另外，李維楨稱讚〈獨秀軒集敘〉：

> 集有時義、有詩，其體人所難兼，其長人所獨擅，而仲美皆具足。其時義與訓詁相表裏，其詩與唐人相出入，總之本於性靈，式於先進，文而不靡，法而不泥，余目中不多見也。（150-555）

舉業和詩難以兼顧，但兩者都「本於性靈」，由內心發出，不泥於成規。

第二種，是與理、道並提。如〈熊南集選敘〉中，李維楨提到「文」與「學」分裂之弊：「以學爲文者，博蓄而省用，其神常有餘；以文爲學者，襲取而嘗試，其力常不足。」他稱讚該集中之文「非積學之致，惡能與於斯文乎？」而他的結論是「凡學與文，未有不橐籥性靈，根極道理者？」（150-521）李維楨在這篇序文中也指出，本書作者周之龍，其受學於胡廬山、顏沖宇二位先生，「窮理盡性，進德居業」，而兩先生於黃宗羲《明儒學案》皆有傳：胡廬山即胡直，字正甫，號廬山，列於〈江右王門學案〉〔註 21〕中；顏沖宇爲顏鯨，字應雷，號冲宇，在〈蕺山學案〉之附案〔註 22〕中。由此看來，此處說的性靈，與儒學有極大的關聯，積學得以爲文，文與學都必須奠基於德行的修養。

再看〈張體敬二集序〉：

> 詩與舉子業本理道，原性靈，輔之以氣，潤之以辭，約之以格，能各有妙境。（150-557）

以及〈胡仁常制義題辭〉：

> 余讀其舉子業，才具宏通，學解深拔，韻致恬曠，詞藻明豔，一出一入，一經一緯，無不與古文辭合度，而根極理要，攄寫性靈，有先進大雅之風。（153-713）

性靈與理、道同列爲創作的本源。而這兩則引文，也都是在討論寫作舉業文章的問題。舉業文章主旨在代聖立言，所以士人必須深入研讀聖人的微言大義，

〔註 21〕黃宗羲：《明儒學案》，《黃宗羲全集》（臺北：里仁書局，1987 年 4 月）第七冊，卷二十二，頁 512～513。

〔註 22〕同上註，第八冊，卷六十二，頁 1602～1603。

方能有所闡發。然而爲求取功名，士子的學習未能深入，僅跟隨潮流時尚，淺薄好奇，偏離了道統；另一方面，士人爲準備科舉考試，根本無暇顧及詩的寫作，詩僅流爲應酬、唱和之用。因此李維楨才會呼籲，舉子業與詩、古文辭都一樣，必須本於理道、性靈，輔之以學問、法度，方能各臻妙境，有大雅之風。

而這個意義下的性靈，與上述的性情之眞、性情之正，如何產生聯繫、運作呢？前面說到徐復觀的論述，性情之正，正是詩人的個性與社會性統一的關鍵。從理想來看，這理論十分完整、全面，歷來的文人學者也多半這麼期望。然而就實際創作經驗而論，道德的修養，和文學美感的展現，在立場上常常是對立的。宋代理學家的言論，對文學美感的發展多少所扼殺，而復古派之所以反宋詩，就是在於宋詩主理不主調。如李夢陽在〈缶音序〉中云：「夫詩，比興錯雜，假物以神變者也；難言不測之妙，感觸突發，流動情思，故其氣柔厚，其聲悠揚，其言切而不迫，故歌之心暢而聞之者動也。宋人主理作理語，於是薄風雲月露，一切鏟去不爲，又作詩話教人，人不復知詩矣。」陳國球〈明代復古派反宋詩的原因〉〔註 23〕一文，從明人的文學史觀點、審美批評的角度，去評價、檢討宋詩，反對宋詩的主理不主調，有非常詳盡的論述，此不再贅。宋代的主理，與道德的追求有關，則「雕蟲小技，壯夫莫爲」的情結會阻礙情感的流瀉，以及詞采的工巧，所以李夢陽才會企圖歸納出千古不易之法，學習者只要按法度，即可追溯古人，他強調「以我之情，述今之事，尺寸古法，罔襲其辭」。〔註 24〕爲了文學美感，非求諸法度不可，一旦守法度，則「學之太過」，剽竊模擬，妨礙了情感的眞實。李夢陽從自身的創作經歷檢討到這一點，這檢討卻始終未能解決模擬失眞的問題，近一百年後的李維楨，仍然在立論，試圖改善這個弊端。

性情之眞如何確保性情之正，而性情之正又如何確保文學的美感？我以爲，李維楨的性靈之說，即是擔任此一溝通的環節（這當然非李維楨首創或獨創，而性靈論的內涵，尙有許多可深入探討之處，此處單就李維楨的論述作討論）。李維楨認爲，人有各種際遇，因此創作題材也各異。人的情緒、情感，都來自於外在環境的改變，物理無窮，情與之接應則有不同。我們若觀

〔註 23〕陳國球：〈明代復古派反宋詩的原因〉，《明代復古派唐詩論研究》（北京：北京大學出版社，2007 年 1 月），頁 22～64。

〔註 24〕李夢陽：〈駁何氏論文書〉，《空同集》，《景印文淵閣四庫全書》（臺北：臺灣商務印書館，1986 年 3 月）第 1262 冊，頁 566。

察後文即將談到的性靈論則可以發現，外在環境會改變，情感會流動，但與之對應的詩人之心是不變的——發乎性靈，性靈是指心性本體的、心理原初、靈明的狀態。而這種原初、靈明，前提是經過道德修養的，如同孟子說的「求其放心」，由這樣的心去與萬物應接，那麼他說的「性者，天下大本；情者，天下達道」，性情既眞且正，於是便形成了一個完整的詩道或文道相通的理論。「性情」一語，雖內容都是講「情」，但實則「性」包含在內，並且具優先性。性靈，則是在這個意義下的「性」，所開展出來的大的概念。

我們可以看一個例子，李贄向來被視爲性靈派的先驅，而其童心說也極爲後人所重視。〈童心說〉一文云：

> 童子者，人之初也；童心者，心之初也。夫心之初曷可失也！〔註25〕

而童心之所以失，是因爲外在聞見道理的學習，障蔽了本心，以聞見道理爲心，所爲都是假人言假言，無所不假。

他又在〈讀律膚說〉中云：

> 蓋生色之來，發於情性，由乎自然，是可以牽合矯強而致乎？故自然發於情性，則自然止乎禮義，非情性之外復有禮義可止也。惟矯強乃失之，故以自然之爲美耳，又非於情性之外復有所謂自然而然也。故性格清徹者音調自然宣暢，性格舒徐者音調自然舒緩，曠達者自然浩蕩，雄邁者自然壯烈，沉鬱者自然悲酸，古怪者自然奇絕。有是格，便有是調，皆情性自然之謂也。〔註26〕

這是很常見到的一段引文，引這段文字也多半是要說明，李贄將情提到極崇高的位置，反對「矯強」，主張自然，可作爲公安派的先驅，與復古派的格調、法度抗衡。然而，我們更應注意的是情性與禮義的關係，禮義並不是一個外在的約束，而是內在於情性之內。

我想，晚明文壇最爲人所關注的性靈和主情，不論是討論復古派還是公安派，或者李贄，都應該從這樣角度來看。理學對情感的流洩具有一定程度的約束力，而他們所講求的，就是在探討在審美的觀點下，如何在創作中表達出「情」，並有效地造成文學的美感。這對理學有一定程度的反撲。

然而情感和法度又時有衝突，李夢陽既要「尺寸古法」又要「罔襲其辭」，

〔註25〕李贄：〈童心說〉，《焚書》，《李贄文集》（北京：社會科學文獻出版社，2000年5月）第一卷，頁92。

〔註26〕李贄：〈讀律膚說〉，同上註，頁123。

執行上是有困難的，因此才有何景明的「富於才積，領會神情」之說。其後，法度對情感的表達影響更大，從主情的角度來談詩，也就勢在必然了。而從創作經驗來說，情感不可能毫無節制的傾出，既要主情，又要避免情感的浮濫，這時談情的人，就必然會從「性」來談，將人的主體性提昇，從儒家的心性說起，王學即成爲很好的輔助。這就是性靈說的開端。後七子的成員和李贄都是這樣談的，只是差別在於，後七子除了強調情性之外，對於法度仍相當重視，而李贄則是把情性的地位提高到可以完全主導文學美感。接著的公安派，一樣從情性的地方著手，更強調眞，更強調擺脫法度，這樣終究行不通，袁中郎晚年和袁小修都修正了理論的走向，承認復古派所發掘的法度，和取法對象之正。要之，整個明代文壇的發展，都在情與法度之間的平衡中不斷協調和拉扯。

第三節　創作的條件——才、學、識

一、才、學、識的提出

李維楨對於才、學、識，花了相當的篇幅來討論，認爲才、學、識是創作過程中極爲重要的要素。很有趣的是，才、學、識原來用來是論史的。唐代的劉知幾認爲：「史有三長，才、學、識，世罕兼之，故史才少。夫有學無才，猶愚賈操金，不能殖貨。有才無學，由巧匠無楩柟斧斤，弗能成室。善惡必書，使驕君賊臣知懼，此爲無可加者。」〔註27〕李維楨將史官的所應具備的「三長」用來論文學的創作，是把史和文學作了聯繫。事實上，李維楨很多時候的論點，甚至主張文學作品本身就具有史的性質，像他屢屢說的「聲音之道與政通」或「文章與時盛衰」，或如前文已論述過的，他在〈擄梧草序〉中說：「詩不亡則春秋可無作，而史求之三百篇止矣。左史記事，右史記言，詩則言與事俱在，非史而何？」（150-722）諸如此類，都是直接把文學作品視爲歷史。因此，李維楨將劉知幾的才、學、識挪用在文學創作上，除了爲提升作品的品質之外，更是將文學創作當作一種神聖、崇高的，具有歷史責任的事業。

他在〈丘庶子集敘〉談到文人的責任問題。他認爲，爲文須能經世濟民，

〔註27〕歐陽修、宋祈等撰：《新唐書・劉知幾傳》（臺北：鼎文書局，1976 年），頁 4519～4521。

則雖無相臣之名，而有相臣之實。他說：

> 夫相也，而第以文章取重哉！詩書所稱相臣，若禹皋陶之謨，伊摯之訓，傅說之命，周召之誥，與雅頌，天下文章莫大乎是。而後世如蘇頲、李嶠輩，第與騷人墨客競長聲偶句字間，抑末矣。雖然，良史三長，曰才，曰學，曰識，今相臣率起家史官，學必閎深，才必茂敏，識必精微，即宰天下，寧復有他道？文章不盡相業，而可徵相品，修此三者故全也。

文章乃經國之大業，不朽之盛事，因此文人寫作，必須修才、學、識三長，不能僅遊戲於筆墨之間。「以統總九流之學，驅馳千古之才，究極三靈之識」，如此發之爲文，則「文章家所稱眾美，無不具矣」(150-548)。文人的個性既具備了社會性，他所創發爲文，自然承載著道統，而這樣的文章也必然的有文章眾美。也就是說，好的文章，是兼顧道德和審美兩面的。

既然文與史是相通的，李維楨也從重要的史家——劉知幾和司馬遷來論起。在〈王奉常集序〉一文中，李維楨談及文之體不勝變，文體多而文法繁，故難以兼長，而自古以來文能兼長者僅有二人，即劉知幾和司馬遷。他說道：「劉知幾以才、學、識三長，而考亭稱司馬遷高於才、識，意若病其未學。」接著，他發表自己的看法：

> 余則以爲識先於學，而才實兼之，未有無識而可言學，無學而可言識，學識不備而可言才者。才者，天授，非人力也，故長於文或不得於詩，長於詩或不得於文，即其所長評之，而各體亦有至不至焉，其才使之然也。(150-529、530)

識優先於學，而才又凌駕乎兩者之上，學、識固然重要，缺一不可，但李維楨認爲才是一種天賦，會使人展現出對某些技能的獨到與偏向，「才」對於作品的優劣，仍有決定性的影響。

而在〈錢簡棲集序〉一文中，李維楨又說道：

> 海內名才者，大抵能詩，而於文未必兼長。獨吳王百穀先生，無所不名家。……客或以簡棲所爲文與詩，掩姓名視人，人輒躍然：此王先生筆也。王先生才何以高視一世，其學能蓄之，其識能擇而用之而已。(150-578)

他提到王百穀「才高視一世」的原因，即在於學能蓄之，識能擇而用之。學與識，對才有相輔相成的作用。

文學須擔負歷史的責任，反過來說，既已擔負了歷史責任，則該文學作品必能展現藝術的美感。李維楨認爲，具有若才、學、識三長，則詩文都可以作得很好。他常在序文中讚賞其人才學識兼長，如〈祁爾光集敘〉，李維楨稱讚其「自六經諸子諸史，無所不討論，而二氏亦領略焉。自漢至明諸家集，無所不捃摭，而稗官小說亦下采焉，用以爲文、爲詩，未嘗不出古人，而不襲古人餘唾，未嘗不越今人，而不駭今人拙目，闡發性靈，經緯倫常，寸管代舌，幅杵傳神，晶光激射，磊砢多奇。……非其才學識奄有三長，將能乎哉？」(150-522)又在〈楊道行集序〉中稱賞：「學與才識有大過人者，宜其言自開堂奧也。」(150-553)博取百家，出入古今，自開堂奧，這就是才學識兼長的妙用所在了。

二、才、學、識三者的關係

在王世貞的「才生思，思生調，調生格」，把才視爲創作過程中的主導概念之後，李維楨大量的論才，算是很值得注意的現象。按照龔鵬程的說法，他認爲才與學的發展歷史可分爲幾個階段：魏晉南北朝爲「由才入學」，唐、宋時期則爲「才與學的辨證」，金元明爲「才與學遞勝」，清爲「才與學的爭抗與融合」。〔註 28〕就明代來看，明初的宋濂、方孝孺，較重才而輕學，到了李夢陽講求法式，重才之風爲之一挫，開始走向以學以法爲主。後七子時，徐禎卿不顯法而顯才，王世貞時時論才，到了李維楨，論才先於法，也高於法，此時已漸漸走向一個重視才情的時代，才的重視，帶出了性靈說，而情感的重視與才亦有直接的關連。〔註 29〕因此，李維楨的論說，是一個重要的轉折之機。

我們可以看李維楨如何重視才。

李維楨強調才之難。如他在〈續環谷園詩跋〉也是這麼說的：

> 文章小技，詩又其小者也，而非才不能名一家，即名家矣，或視年力爲消長，故有還筆奪錦，才盡之後，若出兩人手者，即唐一代三百年，人才輩出，豈不相及？而其詩初盛中晚，升降汙隆，不同日語。甚矣才之難也！(153-630)

才完全是天生的稟賦，人人各異；而個人之才，又恐其有才盡之時；從歷史上來說，又與時代的升降有關。所以才根本無法學習，難以捉摸的。如此，

〔註 28〕龔鵬程：〈文才論的歷史〉，《才》(臺北：臺灣學生書局，2006 年 3 月)，頁 111～156。

〔註 29〕同上註，頁 125～135。

天才自然是難得。李維楨在〈潘景升如江集序〉一文，他欲推崇潘景升之才，於是先稱讚晉朝的潘岳（字安仁），把同爲潘姓的兩人作了跨千年的連結，將後人對潘岳的讚美之詞一一羅列，然後說「今去之千年，而甫有景升，信乎才之難也」。潘景升雖素有詩名，李維楨的序文，以千年難得之才來論這個聯繫，也未免有溢美之嫌。不過，由李維楨之說，仍可見其對才的看法。其後，李維楨又稱讚「景升能於排偶中不失古，於穠冶深沉中能淨能淺，故自勝耳」（151-8）。兼善並不容易，潘景升所顯示之才，即在於可以兼善，這是他獨特的、自有的稟賦，是別人難以超越之處。

才氣的橫溢，仍須受法的制衡。李維楨說：

> 其爲詩，體裁明密，節奏和諧，才具有餘，不軼法外。（〈山居吟序〉151-42）

又說：

> 才弘而斂之，就法不爲橫溢；思深而反之，近裏不爲隱僻；氣奮而抑之，守中不爲亢厲；學博而約之，求精不爲誇靡；詞修而要之，大雅不爲豔冶。其指流暢，其格重厚，其意和平，其度整暇，非遠非近，非淺非深，非華非素，非巧非拙，斌斌乎在茲矣。（〈韓宗伯集序〉150-545）

抗衡的力量是很重要的，它可以節制過多的、放逸的才思、才情，讓作品看來和平、流暢、渾厚，且不著痕跡，達到中和的境界。

但是李維楨也承認，法與才常常很難兼顧，且法往往無法束縛一個眞正有才氣的人。如他在〈任山甫詩跋〉中云：

> 詩在唐，即今舉子業也。少陵宗工，不能博一第，其以是得名者，若〈湘靈〉、〈霓裳〉，萬分一耳。蓋格不足以盡才，而才或至於舍格，誠兩難之矣。（153-670）

這是借用了《藝苑卮言》的文字。《藝苑卮言》卷四有云：「人謂唐以詩取士，故詩獨工，非也。凡省試詩，類鮮佳者。如錢起〈湘靈〉之詩，億不得一；李肱〈霓裳〉之製，萬不得一。」〔註 30〕科舉取士，必有其審美的標準，這標準來自法度。唐以詩取士，宗工如杜甫，卻不能一第，而錢起、李肱的作品，是極少數才高的出格之作，能受主考官青睞的。才氣縱橫，常可能衝破格律的界線，無法以格律來加以約束。又如李維楨在〈感懷詩跋〉中云：

〔註 30〕王世貞：《藝苑卮言》卷四，《全明詩話》，頁 1927。

詩之各有體也，始自一人創之，而後遂沿襲如矩矱不可易也。英儁之士，其才氣凌厲千古，往往與俗尚相左，感槩激昂，鬱抑侘傺，不得已而託之詩，時與體出入，蓋其變也。（153-678）

詩體的形成，本身就是法度的建立。李維楨是認爲須遵守法度的，但他對於「英儁之士」與俗尚相左所產生的詩體之變，他是採取開放且接受的角度，視爲文學史演變的軌跡。

而由於天才難得，天生稟賦差異，就成了難以突破的限制。在〈吳翁晉詩序〉一文中，李維楨說道：

夫輪扁之斵輪也，不疾不徐，得心應手，父不能踰之子，子不能受之父，按圖而索駿，將以蟾蜍爲千里馬，雖讀父書何益？故有富于蓄而拙于用，長于舌而短于筆，晰于一曲而闇于大較者，其才限之也。（151-25、26）

再好的規矩傳授，再好的學習環境，才不如人，終究也無法發揮運用得宜。

類似的觀點，可以再看〈太函集序〉。這是一篇對才與法的關係論述相當精采的序文，因爲全文較長，茲引幾段述其要點。

文章之道，有才有法。無法何文，無才何法。

法者前人作之，後人述焉。猶射之彀率，工之規矩準繩也，知巧則存乎才矣，拙工拙射，按法而無救於拙，非法之過，才不足也。

將舍彀率、規矩、準繩，而第以知巧從事乎，才如羿、輸，與拙奚異？

所貴乎才者，作於法之前，法必可述；述於法之後，法若始作；游於法之中，法不病我；軼於法之外，我不病法，擬議以成變化。若有法，若無法，而後無遺憾。

先生之文，上則六經，次則左氏內外傳、戰國策、屈、宋、老、莊，次則列、荀、呂覽、鴻烈、班、范之書、昭明之選，凡十三家，法如是止矣。然而讀其文者，不以爲六經、十三家之文，而以爲先生之文，何以故？其才能追琢埏埴之也。大、小、長、短、高、下、奇、正，隨所結撰，積句成篇，積字成句，有一不精麗者乎？即旁及二氏，如出一手，何以故？其才能牢籠驅馭之也。法一耳，而才有至不至焉。……才之所賦，天實爲之，人力其如何哉？

「文繁而法，且有委，吾得其人曰李于鱗；文簡而法，且有致，吾

> 得其人曰汪伯玉。」委不可盡法，法不可盡致，繁而法具備，與簡而法自足，其難易差等豈不瞭然哉？（150-526、527）

文章之道，必須兼論才與法，法是前人經驗的累積，故而後人須依法而行。然而人的天賦是件很殘忍的事，笨拙的人按法而無救於拙，這不能怪法，只能怪自己的拙。但李維楨話鋒一轉：若眞的捨棄了法，那麼再巧的人，也跟笨拙的人無異了。他又指出，有才之人，以才運法，可以擬議以成變化，絕去蹊徑。接著，他稱讚汪道昆學問之博，而能以才駕御。最後一段引文，李維楨引述了《藝苑卮言》裡的一段話，將李攀龍和汪道昆二人相比，王世貞的口吻原來是稱許二人各有所長，但李維楨延伸解釋的「繁而法具備」、「簡而法自足」，兩者高下立見，汪道昆的簡而法自足，是由於才氣之高，並能充分的掌握法度所致。

我們從這些文字可以看出，李維楨設定的理想狀態，是有才又有法，文章則可以神妙變化。然而，何以有才無法之人，將會笨拙至此，他卻沒有解釋，法的必然性於是顯得薄弱；而無才有法之人，用了法也無法挽救其拙，李維楨也沒有、或者根本不打算解決。現實的情形是，才氣縱橫的人並不多，所以才說天才難得，而資質普通，或者笨拙的人畢竟在多數，這段論述，根本就是要拙的人都別作詩作文了。

只有有才有法的理想狀況才得以成立，這也透露出一個訊息，那就是法度的重要性重要到不需解釋，而才又居於優先的、決定性的主導地位。龔鵬程在〈釋「才子」：才性論與文人階層〉一文中指出，從魏晉以來，才子逐漸成爲文士的專稱。〔註31〕李維楨的思路，大抵有這個脈絡隱含其中，而更加強調。

接著，我們再看學。李維楨主張博學，而復古派創立之宗，並不主張博學。「文必秦漢，詩必盛唐」，漢以後無文，大曆以後書勿讀，他們的取法是有限制的。到了王世貞，講求「師匠宜高，捃拾宜博」。〔註32〕李維楨的觀念與王世貞較相近，主張「師匠高而取精多」（〈張司馬集序〉150-528），他取法從六經、諸史、諸子，從漢代到明，無所不取，從他的取法方向來看，或許也與本身出身臺閣有關。〔註33〕

〔註31〕龔鵬程：〈釋「才子」：才性論與文人階層〉第五章，〈文人才子〉，《才》，同註28，頁20～23。

〔註32〕王世貞：《藝苑卮言》卷一，《全明詩話》，頁1886。

〔註33〕簡錦松指出，臺閣「以博學好古爲傳統，其文以典則正大爲風尚，詩主清婉，多興寄閒遠之思；故其體宗主歐陽修，並以博學而兼有李杜韓蘇乃至司馬遷之

有關學的作用，李維楨說：

> 顏介曰:「鈍學累功，不妨精熟，無才思而自謂清華，江南號詅癡符。」其家訓先勉學後，文章殆有深指，故學而不工者有矣，未有不學而工者，若不工而實工，若不學而實學，此學與工之詣極也。(〈汪生題詞跋〉153-681)

詩文創作之「工」，非力學無以能致。李維楨在〈弇州集序〉中云：

> 先生能以周漢諸君子之才，精其學而窮其變，文章家所應有者，無一不有。(150-526)

又在〈董元仲集序〉中云：

> 其書破萬卷，而約其言若一家，其體賅眾作而適其宜，無兩傷，無論三代、二京、六朝、三唐，即宋與近代名家，未嘗不輻湊並進，而操縱在首，曲暢旁通，如郢之斤，僚之丸，梓慶之鐻，輪扁之斲。師古可以從心，師心可以作古，臭腐爲神奇，而嬉笑怒罵，悉成章矣。(150-537)

學問之博，用力之勤，方能擬議而成變化。

而博學不能「誇多」，他批評時人的「刻劌以見法，馳騖以見學，卓詭以見才，藻豔以見情」(〈毛文簡公遺稿序〉150-545)，認爲應「學博而約之，求精不爲誇靡」(〈韓宗伯集序〉150-545)，他在〈唐類函序〉中也說：「學莫病於不博，博莫病於不雅，與其不雅也，寧不博。」(150-497) 學之博，最終目的是在雅。

至於才與學的關係，李維楨認爲須「雄才博學」(〈王吏部詩選序〉150-735)，「天授之才，人益之學」(〈邢子愿全集序〉150-533)，才與學一樣是相輔相成，才爲天賦，學習則是後天的，才加上學力，方能有所成就。不過學雖博矣，才還是決定成就高低的主要關鍵。李維楨在〈四留堂稿序〉云：「學之貴於博也。學博矣，如才不足，拾糟粕而遺精華，工形似而少變化，詳小物而闇大致，故偏至者不能具體，具體者不能詣極。」(150-568)

按照李維楨自己的論述，詩文的寫作，主要掌握在才士的手中，而這些規矩法度，就是由前面的才士所流傳下來，這些才士的作品，形成典律。文

風」。復古派與臺閣之間的衝突，一方面因爲政治上文權的轉移，另一方面與取法方向的不同有關。詳見簡錦松：〈論明代嘉靖以前之臺閣體與臺閣文權之下移〉，《古典文學》第九集，(臺北：臺灣學生書局，1987年4月)，頁313～356。

體的演變，來自於才逸出於法的可能性，從而造就了新的法度。如此一來，我們不禁要問，既然才爲「天授，非人力也」，前人之才，後人要如何學習？

李維楨思考過這個問題，他在〈張司馬集序〉中云：

> 夫詩文雖小道，其才必豐于天，而其學必極於人，就其才之所近而輔之以學，師匠高而取精多，專習凝領之久，神與境會，手與心謀，非可襲而致也。（150-528）

第一個重點就是「就其才之所近而輔之以學」。這與李夢陽「學不的古，古心無益」〔註34〕的學習路線是不一樣的。他並不像李夢陽將「準古」作爲第一義，而是以才爲第一義，學的作用是用以輔才，前提是，學習取法，還是以近於個人才性爲主。如他在〈滄浪生詩序〉中也說：「學焉，各得其性之所近，成其才之所宜。」（150-562）才、性之所相近、適宜者，這種學習才能與古人相互激發。第二個重點，是在於「專習凝領之久」。這點王世貞也說過，他說：「西京、建安，似非琢磨可到，要在專習凝領之久，神與境會，忽然而來，渾然而就。」〔註35〕學習不是只學法度，而是要不斷的操作、實踐，從長期的經驗累積，終究會領悟出一種無法言傳的、獨到的寫作技法，這絕不是光從技能的表面去學，就可以學到的。

最後談識。識的功能，就是針對廣博學習的選擇、鑑別。學習並不能毫無章法，博取不等於盲目，因此識見之明是很重要的。如〈滄浪生詩序〉有云：

> 文之有美惡，猶水之有清濁也。闇于識者，涇渭不分；忸于常者，潢汙可薦；限于世代者，江河不可返。子之先君子之文，句琢而字櫛之，必雅毋俚，必工毋拙，必正毋頗，必精毋雜，以清濯纓自取之耳。（150-562）

識見之明，則可以辨別美惡清濁，對於創作是很有幫助的，可雅、工、正、精，而不致陷入俚、拙、頗、雜的境地中。

識與學兩者，如同才與法，是相依相存的關係。我們看他在〈鄧太素詩序〉中說道：「識所獨造，學能通之；思所獨至，力能副之；氣所獨往，法能裁之。」（151-1）又在〈陸無從集序〉中云：

> 先生之爲文，識偉而學能副之，才逸而法能檃之，格高而氣能劑之，

〔註34〕李夢陽：〈答周子書〉，《空同集》，《景印文淵閣四庫全書》（臺北：臺灣商務印書館，1986年3月）第1262冊，頁569。

〔註35〕王世貞：《藝苑卮言》卷一，《全明詩話》，頁1886。

有風雅之溫厚和平，有騷些之淒緊深至，有兩京之樸茂雄渾，有六朝枝靡曼精工，有唐宋之舒緩流暢，各擷其勝，而調於適亦難以一家名。(150-571)

由此我們可以看出來，識與才、思、氣都屬於個人氣性的部份，識和才，都來自於天份。就創發爲文而言，才之橫溢，須要法來規範，法度亦須才方能運用得當，才與法是相互制衡的；而就學習的路徑來看，識之宏偉，須學來輔助，而學習亦須識來加以分辨和選擇。

從審美的角度看，才、學、識的兼備，即能夠使作品有很好的藝術性。李維楨在〈三子詩序〉中云：

詩之美，學欲博贍，氣欲宏深，致欲清遠，音欲和暢，調欲整潔，而非其識足以鑒別之，才足以運量之，則美者皆能爲病。(150-754)

透過學習固然可以知道創作的原理，若沒有才與識，所爲之「美」，終究只停留在理論，沒有個人的氣性和生命力，無法爲眞正的美。

第四節　創作的呈現

如何學習古人的詩歌傳統，一直是復古派集中討論的核心議題。從李夢陽、何景明開始，就一直在討論學習方法的問題，做了多方面的探索。

李維楨在〈程仲權詩序〉一文中，提到一個很重要的論點：

故爲詩文，取古人所已言而襲之，非也；必欲得古人所未言而用之，亦非也。臭腐可爲神奇，神奇亦可爲臭腐，存乎其人何如耳。仲權不欲拾三先生（歷下、弇州、太函）餘唾，自不易之論，而遖日三先生受後進好事評駁太甚，此非三先生之過，而襲三先生之過也。三先生誠作者，何能加於古人？學三先生者，不得其所自來，拙則效顰，僞則贗鼎，於三先生何尤？仲權詩文初亦若學書者，按古帖而點摹畫擬之，久之，妙解出焉。舞劒爭擔，皆足以發其思趣；草隸雖變，而本原篆籀之法，亦自可考。是以出入古今，備具諸體，藻秀豐贍，跌宕沉雄，度越流輩遠甚。(151-35)

由於復古派立訂的取法規則相當完整，人們最直接的學習，就是模倣歷下（李攀龍）、弇州（王世貞）、太函（汪道昆）三位先生。世人或受復古派的影響，僅襲取古人之言；或爲反復古，而欲求古人所未言者。這兩者都是不妥的。

李維楨於是對復古派作維護和辯駁。他指出，學習應「得其所自來」，理解復古派三位先生之學從何而來，並非學習表面，又將模擬僵化之罪歸咎於此三位先生。他認爲必須取法古人，但又絕不能拾古人餘唾。

另外，李維楨以書法臨帖的譬喻，來說明學習到轉化的過程。這個我們不妨追溯至李夢陽與何景明的辯論。李夢陽和何景明其實基本上都認同詩文有不可易之法，李夢陽認爲「尺寸古法，罔襲其辭」，終究可以「融鎔而不自知」；〔註 36〕何景明云「法同則語不必同矣」。〔註 37〕看起來，兩人主張是相同的。然而，兩人的爭論在於，李夢陽批評何景明的「乖於先法」，恐其舍筏登岸的追求，會造成法的權威性受到威脅，學習的路子可能會產生偏差。而何景明則質疑李夢陽「獨守尺寸」的結果，使其詩僅「間入於宋」，「爲詩不推類極變，開其未發，泯其擬議之迹，以成神聖之功，徒敘其已陳，修飾成文，稍離舊本，便自杌隉」，而李夢陽受了此刺激之後，他的〈再與何氏書〉即有類似意氣之爭的言論。他說：「夫文與字一也，今人模臨古帖，即太似不嫌，反曰能書。何獨至於文，而欲自立一門戶邪？」〔註 38〕李夢陽尺寸古法，是希望自立門戶的，但是觀其〈再與何氏書〉的語氣，很顯然被何景明給激怒了，才會說出那樣的話來。

謝榛也曾用過書法的譬喻。他認爲，「學詩者當如臨字之法」，「久而入悟，不假臨矣。」〔註 39〕李維楨除了也說模擬之久，妙解乃出之外，他又再補充一點，亦即學習演變之迹，則古今可考，明其源流之後，自然可出入古今，諸體皆備。

「妙解」就是「悟」，悟與積學有密切的關係。從宋代嚴羽即謂：「詩有別材，非關書也；詩有別趣，非關理也。然非多讀書多窮理，則不能極其至。」〔註 40〕積學窮理，而後有悟，這是一種境界的超越。李維楨在〈陳憲使詩序〉中云：

〔註 36〕李夢陽：〈駁何氏論文書〉，《空同集》，《景印文淵閣四庫全書》（臺北：臺灣商務印書館，1986 年 3 月）第 1262 冊，頁 566。

〔註 37〕何景明：〈與李空同論詩書〉，《大復集》，《景印文淵閣四庫全書》（臺北：臺灣商務印書館，1986 年 3 月）第 1267 冊，頁 291。

〔註 38〕李夢陽：〈再與何氏論文書〉，《空同集》，《景印文淵閣四庫全書》（臺北：臺灣商務印書館，1986 年 3 月）第 1262 冊，頁 568。

〔註 39〕謝榛：《四溟詩話》卷二，《全明詩話》，頁 1328。

〔註 40〕嚴羽：《滄浪詩話》，何文煥編：《歷代詩話》（臺北：藝文印書館，1991 年 9 月五版），頁 443。

> 今觀陳觀察抑之詩，無一不自學出，而中有妙悟，體物肖形，傳神抒意，新者非強造，澹者非枯寂，深者非鉤棘，淺者非輕率，奇者非沉滯，古法秩然，神采煥然，……詩如是，而後信學之有益；學如是，而後信詩之不易爲也。（150-748、749）

學與悟是密不可分的。「悟」是從造語的學習階段，走向融會貫通、無鏤刻之病的重要關鍵。李維楨立論的特別之處，在於從積學到悟的過程，天賦之才與識都在其中有著主導的地位。如李維楨在〈湯佛肩詩序〉中稱賞其「起而稱詩，未嘗句劘字琢，而神識領悟，自合作者，長篇短詠，雅語麗藻，種種具足，有詩人之才」（151-15），此處的「識」，前面冠以「神」字，也就是說，學習未經過神識領悟的階段，就只能學到字面的工夫，表現爲創作，也僅能「句劘字琢」而已。

前文已論及〈太函集序〉中的「所貴乎才者，作於法之前，法必可述；述於法之後，法若始作；游於法之中，法不病我；軼於法之外，我不病法，擬議以成變化。若有法，若無法，而後無遺憾」（150-526），以及〈張司馬集序〉中「就其才之所近而輔之以學，師匠高而取精多，專習凝領之久，神與境會，手與心謀，非可襲而致也」（150-528），都是在講才對於學習過程起的莫大作用，苦學之後，謹守法度，卻看起來「若有法，若無法」，與物之接應，也達到物我合一，情感之所至，即可發而爲詩，要到這樣的境地，就並非襲取可達到的了。

因此李維楨講求一種深思後，凝鍊的表達方式。就如同他在〈蘇明府集序〉中所說的：「博贍而出之爲簡潔，激昂而夷之爲和婉，詄宕而劑之爲雅馴，縟藻而收之爲澹泊。」（150-525）或如〈韓宗伯集序〉中說的：

> 才弘而斂之，就法不爲橫溢；思深而反之，近裏不爲隱僻；氣奮而抑之，守中不爲亢厲；學博而約之，求精不爲誇靡；詞修而要之，大雅不爲豔冶。其指流暢，其格重厚，其意和平，其度整暇，非遠非近，非淺非深，非華非素，非巧非拙，斌斌乎在茲矣。（150-545）

如此，會展現出一種平衡、折衷的美感，法度融於其中，無痕跡可循。

再看〈桂子園集序〉，李維楨說：

> 意授於思，言授於意，言妙而自工，意盡而遂止。不雕刻以傷氣，不敷衍以傷骨，捃拾博而師匠高，合而爲篇，離而爲句，摘而爲字，莫不有法度致味存焉。而先生則神與境會，倏然來渾然就矣。（150-535）

這段引文主要在說創作的過程，從篇、句、字都可見法度。然而最後兩句，稱讚《桂子園集》的作者王道行的創作爲「神與境會」，「倏然來渾然就矣」，法的痕跡已泯去，呈現出圓融、渾成的境界。

積學、領悟之後，自能通古今之變。李維楨曾推崇王世貞云：「先生能以周漢諸君子之才，精其學而窮其變，文章家所應有者，無一不有。」（〈弇州集序〉150-526）所謂的以古人之才，必然是對於古人積習之久，而能融古人之才爲我之才。既通古今之變，則文章之體自然是無所不入，無所不備。

第五節　結　語

李維楨對於創作的看法，主要是來自於師古與師心的調和。雖然沒有一個主張師古的文人說不要師心，也沒有一個傾向師心的文人說不要師古，但是正因爲兩者的片面、偏頗，使得各自都有了不足，因此李維楨的調和立場是有意義的，他希望能力求全面、均衡，既能重視性情的發抒，又不偏離詩法、偏離古道。

性情和性靈觀念的提出，並不是李維楨的創見，但在當時卻很具有代表性。這代表性一方面在於復古派的晚期，越來越多相關論述，顯見復古派自身有所修正和轉向；另一方面，則可以看出學界所謂的「晚明思潮」，確實有許多可待商榷之處：若復古派成員提出性情和性靈的觀點比公安派還要早，那麼文學史上所謂王學的影響，是如何運作的？而不論流派，都提出了性靈論，或張揚性情的重要，那麼晚明必然存在一種時代風氣轉向的契機，我想這都是可進一步再考察的。

至於李維楨主張重才學識，自然也與他史館背景相關。我們可以看出，他的「史」的責任感相當強烈，因此他才會以劉知幾說的才、學、識，引入創作的理論中，令才、學、識的充足和相互制衡的關係，成爲創作的必要條件。在李維楨的論述中，才與識都屬於天賦，而所謂學，則是博學，重視天賦、講求博學，都與原來復古派的理論有很大的不同，這也是李維楨的特出之處。最終，創作必須能出入古今，久之入悟，這也是文人們對於「成一家之言」的自我要求與期待。

第五章　李維楨的批評論

明人在詩文批評上取得相當高的成就。儘管文學批評本身自成一套語境脈絡，而可成爲一研究的客體，但文學批評一開始的目的不是爲了品鑑、分類或歸納文學史，它的終極目的，還是爲了創作，畢竟要掌握法式規矩，最有效的方法，就是對諸多現象加以統合分析。因此，批評論一方面對於創作具有指導的效果，另一方面則提供了標準，以檢視文本是否符合美感的要求。

而在探討李維楨的批評論述之前，必須說明的是，研究文本多來自序跋，並非理論、詩文評的專著，所以我們要掌握序跋評論的幾個特色：第一，對作品的細部批評較少，總體的掌握較多，包括對於該書、該作家，都是以總體評價爲主；第二，序跋中的論述主要爲讚賞，幾乎沒有負面評價。這麼一來，這樣形式的批評似乎顯得空泛而零散，那我們該怎麼進行討論呢？

我想，每個人的論點都有其立場，本文採取的做法是，從李維楨對創作現象的歸結，加以統整歸納，避免將序跋文中的評論全部當作實際批評，而是就其「規範性」來談——從李維楨序跋中對作家、著作的稱賞中，歸納出李維楨心目中理想的創作呈現，由此將零星、瑣碎的重要批評理論涵蓋於其中。

第一節　兼長的理想

兼長的理想，主要是來自於文人們對於「成一家之言」的渴求，他們希望能「自創一堂室」，在文學史上佔有一席之地。

陳國球在〈復古派的創作與唐詩〉一文中指出，「復古派在同輩間談詩論藝時，時常想到『孰可楷範』，希望通過學習鍛鍊，然後憑藉自己的優秀作品而成為文學史上的一家。」他並以胡應麟「古惟獨造，我則兼工」一語，囊括復古派文人們具時代性的自我期許。〔註1〕陳文新在〈同質異構的陽明心學與七子古學〉一文中提到「前後七子的突出個性是其化解不開的大家情結」，他也認為「眾體兼備」是明文人的一致的看法，偏至之化不算真正的化，「『集大成』的創作觀，其標準是與古人眾家相合，結果必然是模仿前人，相形之下，提倡偏勝獨造，卻有可能發揮個人的創造性。明代的主流詩人由於追求『集大成』的境界，從而窒息了『自創一堂室』的希望」。〔註2〕兩說都提到復古派對於成一家之言的追求，陳國球說，「胡應麟所謂『立門戶』是說另創新格，許學夷說二李『自立門戶』、『成家』是只能夠在文學史上爭一席位」。〔註3〕不論是另創新格還是爭一席位，都有「自創一堂室」之意。至於陳文新的說法，雖然從復古派發展的結果以及文學的現象，指出了復古派的弊端，但他忽略了復古派創立的宗旨，向來都反對邯鄲學步、守而未化。復古派所追求的集大成，成一家之言，是經過「化」的結果，——必須法極無迹，鎔鑄而不自知，其標準並不是如陳文新所說的，讓創作結果「與古人眾家相合」。他的說法與晚明時期對復古派的批判意見相似，而事實上復古派也早已反駁過了。如許學夷說：「論者謂『漢魏不能為《三百》，唐人不能為漢魏』，既不識通變之道，謂我明諸公『多法古人，不能自創自立』，此又論高而見淺，志遠而識疏耳。」〔註4〕

另外可注意的是，在復古派的前期，復古派成員「兼長」尚未有那樣強烈的要求，那是由於他們主張「立志需高，入門需正」，「漢以後無文，大曆以後書勿讀」，因此，他們雖一樣希望成一家之言，但兼長並不是他們所需討論的重點所在。到了晚明，復古派後期文人所期待的成一家之言，突出地表現為「集大成」的創作理想。在經過大量地檢視、歸納過文學史的發展之後，文人們更加深刻地認為，詩歌的發展，到了唐代都已發展完備，達到極高的成就，唐之後已經沒有別創一體的可能了，如果要勝過古人，只能以「兼工」來尋找新的出路。於是，後七子的謝榛、王世貞等，已不滿於取徑的狹隘，

〔註1〕陳國球：《明代復古派唐詩論研究》（北京：北京大學出版社，2007年1月），頁302～320。

〔註2〕陳文新：《明代詩學的邏輯進程與主要理論問題》（武漢：武漢大學出版社，2007年8月），頁55～62。

〔註3〕同註1，頁313。

〔註4〕許學夷：《詩源辨體・自序》，《全明詩話》，頁3159。

轉而主張博取眾家之長，如謝榛認爲需「由乎中正，縱横於古人眾迹之中」，〔註5〕王世貞則認爲應「師匠宜高，捃拾宜博」〔註6〕——通過廣博的學習之後，方能變通、轉化，成一家之言。胡應麟的說法亦可爲當時的代表：「盛唐而後，樂選律絕，種種具備，無復堂奧可開，門戶可立。是以獻吉崛起成、弘，追師百代；仲默勃興河、洛，合軌一時。古惟獨造，我則兼工，集其大成，何忝名世。」〔註7〕文人們將兼工、集大成，視爲寫詩的重要目標，這是在歷史發展的對照之下，所擔負的強烈責任感。

要之，欲成一家之言，必須轉化、通變，所謂「擬議以成變化」，終至無迹可尋；而其最重要的前提，就是兼長了。

一、「諸體兼備」的意義

李維楨在〈三子詩序〉中云：

> 高廷禮品彙唐詩有名家大家之目，蓋以偏至深造爲名家，以兼長入化爲大家。名家不必能大，而大家不擅一名，階級次第，故甚瞭然。唐人三百年惟杜陵氏以大家稱，其難如此。明詩過唐遠甚，余所見名家不可勝計，而大家未易數，遘比得三子詩，讀之豈不恢恢然大矣哉！（150-754）

大家與名家之目，出自高棅所編選的《唐詩品彙》。該書將各體的詩均列出分正始、正宗、大家、名家、羽翼、接武、正變、餘響、旁流等九品。兼長入化爲大家，偏至深造爲名家，當然，這是篇序文，說大家之難得，是爲了接著稱讚該詩集如何符合大家之實。而〈王吏部詩選序〉一文云：

> 高廷禮品彙唐詩，有大家有名家；大家可以兼名，名家或不足于大。明興，詩比隆李唐，而王司寇、奉常兄弟一家兼兩家之美。奉常名家詩可入選者多，司寇大家詩無所不有，不盡入選。江河之旹無算，人爭汲焉，大故也。持此說評二王，似符高廷禮之指，而不知王又有冏伯云。冏伯雄才博學，初尚經濟，已尚氣節，晚而歸之恬澹，其舉子義及策士文、他著作傳布人間……「驅使故實，痕跡渾融，

〔註5〕謝榛：《四溟詩話》卷三，周維德集校：《全明詩話》（濟南：齊魯書社，2005年6月），頁1343。本文所引出自《全明詩話》者，皆採此版本，以下不再註錄。

〔註6〕王世貞：《藝苑卮言》卷一，《全明詩話》，頁1886。

〔註7〕胡應麟：《詩藪》續編卷二，《全明詩話》，頁2737～2738。

風韻宛轉，精奇獨造」，則陳眉公之論也。「爲唐人者未必眞唐人，冏伯乃眞蘇子瞻」，則黃昭素之論也，「窮奇極變，種種不同，大都與二美鼎立」，則區用孺之論也。……余竊惟詩始三百篇，雖風雅頌賦比興分爲六義，要之觸情而出，即事而作，五方風氣不相沿襲，四時景物不相假貸，田野閭閻之詠，宗廟朝廷之製，本于性靈，歸于自然，無二致也。迨後人說詩，有品、有調、有法、有體、有宗門、有流派，高其目以爲聲，樹其鵠以爲招，而天下心慕之，力驅之，諸大家名家篇什爲後進，盜襲捃摭，遂成詩道一厄，其弊不可勝原矣。冏伯少私寡欲，滌除玄覽，大盈若沖，大巧若拙，故其詩有專致之境，有無方之用，有不盡之味，有長勝之勢。視司寇、奉常自爲一家，而于唐大家、名家不即不離若是也。……司寇善教，冏伯善繼，人不敢以司寇、奉常輕視冏伯，又不敢以冏伯輕視司寇、奉常，此之爲學，此之爲孝。冏伯所以得是詩而稱之，可爲知者道，難與俗人言也。（150-735）

王士騏，字冏伯，爲王世貞之子。在這篇序文，李維楨稱賞王世貞、王世懋兄弟的詩作兼有大家、名家之美，接著再將話題帶到主角王冏伯。這段引文有兩個重點：第一，大家可以兼名，而名家或不足于大，因此在理想的狀態下，要成一家之言，必須具備大家、名家之長，是眞正的大家；第二，眞正的大家，必須要能承繼前輩，以前面的大家作爲典範，深刻地學習，能與所學不即不離，而又自成一家。王世貞、世懋兄弟學習唐代的大家、名家，達到「一家兼兩家之美」後，又以此教導王士騏。王士騏既承繼了父、叔輩，又自爲一家。王士騏身爲大家，可以「驅使故實，痕跡渾融，風韻宛轉，精奇獨造」、「爲唐人者未必眞唐人，冏伯乃眞蘇子瞻」、「窮奇極變，種種不同，大都與二美鼎立」，讓人讀來餘味無窮，這是很高的成就。

大家兼長入化、不擅一名，因此說人是大家，讚稱人兼長，這樣的評價是相當崇高的了。李維楨的文集中，常常稱賞人諸體兼備，篇幅之多，可看出李維楨對於「諸體兼備」如何的重視。當他談到「諸體兼備」的時候，通常會從兩個層次來說：

第一，是對於各文體都有很好的掌握。比如李維楨在〈吳翁晉詩序〉說道：

古選律絕，眾體無所不備，正始大家勝場，無所不合。（151-26）

在〈閻汝用詩序〉（又）中云：

……則諸體兼備焉。總之，詞藻豐饒而氣韻生動，音調諧暢而風骨稜嶒；析之，樂府、古選之春容醞藉也，歌行之閎奧瑰琦也，近體絕句之高華整栗，沉著瀏亮也。（150-750）

又如〈董司寇詩集序〉中云：

公詩自四言以至五七言近體排絕，無所不具。自漢魏以至開元大曆，無所不合。有閎肆瑰奇者，有曠逸玄妙者，有優柔敦厚者，有莊嚴典則者，有簡朴古雅者，有酸楚淒緊者，有贍麗精工者，有感槩發揚者，有纏綿篤至者，有宛轉瀏亮者。（150-721）

以及〈荊玉堂鈔敘〉中云：

所著作詩文，諸體具備，有徐堅之典厚，李華之綿麗，柳宗元之卓偉，歐陽詹之切深，無強造、無襲取、無溢美、無弔詭，其比德于玉之君子乎！（150-523）

各個體類、各個時代的藝術特徵，無不具備；詩作的風格豐富多樣；詞藻、氣韻，音調、風骨，都能兼得。這些優點，必然是對前人作品有大量且深刻的學習，方能達到如此境界。這也是李維楨所談的第二個層次——絕去蹊徑——的前提。

李維楨談諸體兼備的第二個層次，就是在透過多方的學習之後，法極無迹，如同謝榛所說的「及乎成家，如蜂採百花爲蜜，其味自別，使人莫之辨也」。〔註 8〕上述〈董司寇詩集序〉一文的後段，即指出該詩作「要之景傳于情，聲諧于調，才合于法，蹊徑絕而神采流，風骨立而態韻勝。」（150-721）

我們看〈王奉常集序〉：

公神境傅合，無階級可躡尋，體無不具，法無不合，不可名以一家。（150-529）

以及在〈謝工部詩集序〉中說的：

故其詩率循古法，而中有特造孤詣，體無所不備，變無所不盡，杼軸自操，橐籥靡窮，斧鑿無痕，鑪錘獨妙。（150-738）

這兩則引文也都是在稱許一種兼長、通變的創作，對於法度熟悉掌握，最終，絕去蹊徑，無斧鑿痕跡，達到妙境。

「諸體兼備」是極爲崇高的評價。這些能夠「諸體兼備」的文人，都是學無常師，廣泛學習，明古今之源流，對於每一種「體」都能夠擅長，既合

〔註 8〕同註 1。

於古人的創作典範，又能無跡可尋，難度可說是相當高的了。

二、兼長之難

兼長固爲復古派文人們的理想，但實際上，兼長之難，李維楨是承認的。分析起來，兼長之難有兩種情形：第一種是就客觀環境而言。如他在〈王奉常集序〉中云：

> 子言之：「物相雜故曰文。」凡天下有形色者，孰非文哉？而後世乃獨舉而歸之立言之士已，又取其言有韻者別目爲詩，而文自爲體。體不勝變矣，三代而上，文之稱名博，就言而論文，其體簡，故專至易；三代而下，文之稱名專，就文而論體，其法繁，故兼長難。（150-529、530）

李維楨認爲，三代以前，「文」所指涉的範圍廣博，但三代以後，由於體類日漸區分，法度日益繁複，所以三代以前，專至相對得容易許多，而三代之後，文體發展分類繁多，要兼長就難了。這是文學史發展必然之勢。

第二種情形，是個人才性的侷限。李維楨舉了李夢陽、何景明兩位文壇前輩作爲例子：

> 詩自唐以後無如本朝，盛於詩無如德靖間，而繼往開來，歸功李何。李由北地，家大梁，多北方之音，以骨氣稱雄，何家申陽，近江漢，多南方之音，以才情制勝。天之所授，雖兩先生不能兼，其晚年持論故不相下，兩先生並驅中原，而中原言詩者輩出，要皆得其性之所近，爲李則李，爲何則何而已矣。（〈彭伯子詩跋〉153-672）

李、何對於學古的方法有不同的見解。而前面我們也談過，李夢陽認爲應「尺寸古法，罔襲其辭」，終究可以「融鎔而不自知」；〔註9〕何景明則認爲「法同則語不必同矣」。〔註10〕李夢陽批判何景明的捨筏登岸之說乃是「乖於先法」，何景明則質疑李夢陽「獨守尺寸」的結果，使其詩僅「間入於宋」。他們兩人的爭論，李維楨是以地域、氣質來說明：李夢陽爲北人，多爲雄健之音，何景明近南方，較以才情取勝。才性氣質爲天生，既然個人稟氣不同，兩人持

〔註9〕李夢陽：〈駁何氏論文書〉，《空同集》，《景印文淵閣四庫全書》（臺北：臺灣商務印書館，1986年3月）第1262冊，頁566。

〔註10〕何景明：〈與李空同論詩書〉，《大復集》，《景印文淵閣四庫全書》（臺北：臺灣商務印書館，1986年3月）第1267冊，頁。

論不下也就理所當然。

李維楨在〈胡孟弢集序〉一文中，以少陵之詩、昌黎之文為例，說明人各有專長，是因才性的關係。他說：

> 詩文才有偏長，而境有獨至，亦若山川物無兩大造物者豈其靳之耶？杜少陵於詩，韓昌黎於文，擬議變化，命世無雙，而未聞以少陵文敵其詩，昌黎詩敵其文者，況其他乎？（150-554）

他又在〈張司馬集序〉中說道：

> 工于詩不必工于文，工于文不必工于詩，即工于詩文，而或以理勝，或以詞勝，或以氣勝，或以格勝，不必兼也。（150-528）

詩與文兩個文類，寫作方法並不相同。李維楨以杜甫之詩、韓愈之文，來說明這兩位在詩文分別可稱為大家者，未必能夠跨領域。若令杜甫寫文、韓愈寫詩，也未能表現得好。既然杜甫、韓愈二人都難以兼工，其他人也不需非如此不可了。就算詩文兼善，理與詞、氣與格本來就有衝突的可能，因此會有偏勝的情形，因此，他乾脆就教人別以「兼」為目標。不過他強調，必須「才與學兩得之」，使「詞不奪理，而理不掩詞，氣不傷格，而格不靡氣」（〈張司馬集序〉150-528）。

李維楨在〈青蓮閣集序〉更詳細的說明這個看法。他批判當今為詩者的諸多弊端，其中之一為：

> 體各有宜，而才各有合，度材量力，自足以成一家言，而或欲苞舉諸體，囊括百氏，諱其短而行其所難，行歧路者不至，懷二心者無成，非馬非驢，類鶩類狗，此一失也。（150-717）

各種文體都有其本色，各人的才亦有所限定，需自己選擇合於自己才性者，專力為之即可，以此為目標，終究可成一家之言，否則貪多、不自量力，什麼都不會成功了。

李維楨還提出一個重要的觀念，就是「適」。他在〈亦適編序〉中說道：

> ……迺若才，人人殊矣，而適於其才者善。孟韋之清曠，沈宋之工麗，不相入而各擅其勝，貪而合之則兩傷矣。拾遺聖於律而鮮為絕，供奉聖於絕而鮮為律，瑕不掩瑜，諱而兼之，則均病矣。宗廟、朝廷、閨闈、邊塞、異地、禮樂、軍戎、慶弔、離合、異事、莊嚴、悽惋、發揚、紆曲、異情，雜而失之，則失倫矣。若然者，無論無才，用才之過，與無才等耳。（150-749）

李維楨分三個層次來說，「孟韋之清曠」、「沈宋之工麗」是屬於風格問題；陳子昂擅爲律，李白擅爲絕，是體類的問題；第三個問題即爲題材。人的才性各異，際遇不相同，發而爲詩，表現自然也不同，他認爲應當直接承認、面對這個侷限。

因此，李維楨能接納、欣賞偏至。如他在〈胡仁常詩序〉中云：

> 吟詠結撰，惟意所適，取才博而寄趣深，布格高而琢句工，不依古人影響，不徇今人非譽，洸洋自恣，適已而已。（150-759）

又在〈沈茂之詩序〉中云：

> （爲詩）不狗古，不鶩今，不爲格束，不爲學使，順情赴景，瑕瑜不相掩蓋，其自道云：「爾夫人性有殊尚，而才難兼收，偏嗜者必奇，偏長者必勝。」茂之率其性以取適，就其才以窮詣，無世俗義哭不哀，巧笑不歡之態，恥學步壽陵，學顰東家，善於用少，不拙於用多。其詩以一家名之，不得，則古，故有率其性，就其才，爲其詩者，以諸家名之，不得，則茂之之性、茂之之才，所爲茂之之詩也。（151-40）

「適」是很重要的觀念。凡創作取適於己之才性者，不受法度拘束，率性而爲，這非常接近於公安派的理論。更重要的是，沈茂之「偏勝必奇」、「偏長必勝」的主張，李維楨是讚賞的，並以此來檢驗其詩，認爲茂之之詩確實無法以古人度衡，就是沈茂之自己的詩，符合他自己之才性，如此強調個人才性之殊，這與其他復古派成員的看法是不太相同的。

第二節　對各體的掌握

諸體兼備，來自於嚴格的辨體要求，明人多有論述。他們一方面從文學源流的探討，幫助自己找尋歷史定位，另一方面則透過對於「本色」的掌握，助於訂立典範。李夢陽即曾說道：「夫追古未有不先其體者也。」〔註11〕復古派創立之初，辨體主要是爲了歸納「入門需正」的門徑，而到了晚明則轉向博采泛覽，但博學不能漫無目的，於是辨體成了首要之務。如王世懋說：「作古詩先須辨體，無論兩漢難至，苦心模仿，時隔一塵。即爲建安，不可墮落

〔註11〕李夢陽：〈徐迪功集序〉，《空同集》，《景印文淵閣四庫全書》（臺北：臺灣商務印書館，1986年3月）第1262冊。

六朝一語。爲三謝，縱極排麗，不可雜入唐音。小詩欲作王、韋，長篇欲作老杜，便應全用其體。第不可羊質虎皮，虎頭蛇尾。詞曲家非當家本色，雖麗語博學無用，況此道乎？」〔註12〕作詩須先辨體，李維楨對此亦多有論述。

一、對「體」與「格」的界定

李維楨在〈米仲詔詩序〉稱讚米仲詔云：

> 四五六七雜言、古選、歌行、長律、絕句，體以代變而不失其體；三百篇而下，漢魏六朝，格以代殊而不失其格。春水夏雲，秋月冬松，各有至境。迥拔孤秀，仰翠微之色，心腑澄瑩，類岑嘉州；茹古涵今，無有端涯，鯨鏗春麗，驚耀天下，類韓退之；以古比興就今聲律，麗曲逸思，奔發感動，天機獨得，非師資所獎，類皇甫補闕；柳陰曲路，風日水濱，窈窕沿洄，忽見美人，類王摩詰。太沖爲三都用，而仲詔能用三都……（150-752）

從李維楨稱賞其「不失其體」、「不失其格」、「各有至境」，可見他們對於詩的學習，是對於各個時代，各個體製的藝術樣貌，都有極爲細緻的揣擬。唯有透過這種貼近、深刻的學習方式，才能終究「不失其體」、「不失其格」、「各有至境」。這顯然是經過理想的學習過程，所達到的完美結果。

值得注意的是，「體」與「格」都是隨時代而改變，一時有一時之格，一代有一代之體，那麼，這些體和格必然都會表現出一時代的精神與審美的風尙。

陳國球曾指出，文學的分期，乃是由「時間」和「規範系統」兩者交互制衡，當一時期的大部分文學作品都遵從某些準則，包括主題、思想、風格等，一個規範系統便產生了。〔註13〕陳國球由此談到「時期本色」的問題，胡應麟即是以本色論來展開他的詩學理論。李維楨雖不太用「本色」一詞，但從他的論述中我們可以看出，李維楨的文學史觀、辨體觀，也都是以這樣的概念來論述的。文人們相信，不同的語言形式的組成，會表現不同的風格；而歷史的發展，文學的演進也是他們所關注的；個人與宇宙萬物的接應，都會眞實的展現在作品中。也就是說，在法度的規範下，作家與時間、空間產

〔註12〕王世懋：《藝圃擷餘》，《全明詩話》，頁2152。

〔註13〕陳國球：〈胡應麟詩論中「變」與「不變」的探索〉，《鏡花水月》（臺北：東大圖書有限公司，1987年12月）頁102～108。

生了聯繫，作品就是這樣產生的。

而各代之格、各時之體該是如何？我們從上述引文中是看不出來的。由此我們也可以知道，體、格的相關問題，文人們心中已有一套由前人創作經驗累積出來的藝術成規，有時在論述時，甚至是不需要再明說的。當然，細部探討，訴諸文字的時候還是有的，我們對於體、格的理解，還是必須從這個部份來加以掌握。比如李維楨在〈閻汝用詩序〉中即云：

> 余讀民部閻汝用詩，蓋灑然異之焉。因體而別其詣，古選之意象馴雅，歌行之才氣宏肆，近體之律韻均調，絕句之風神詄宕；因格而求其似，漢魏之樸茂醇深，典則清舉，六朝之靡曼藻麗，盛唐之雄贍妍秀，抑何其足具也。(150-750)

古選、歌行、近體、絕句等「體」各有表現方式；而漢魏、六朝、盛唐等「格」也各自有其展現樣貌。接著，李維楨在稱賞其「諸體皆備」時說道：

> 總之，詞藻豐饒而氣韻生動，音調諧暢而風骨稜嶒；析之，樂府、古選之春容醞藉也，歌行之閎奧瑰琦也，近體絕句之高華整栗，沉著瀏亮也。(150-750)

按照李維楨論「體」與「格」的方式，以下我們摘錄數則較重要引文，以表格的方式說明諸「體」、「格」的內容爲何：

表一：體

	樂　府	古　選	歌　行	近　體	絕　句
〈閻汝用詩序〉(150-750)		意象馴雅	才氣宏肆	律韻均調	風神詄宕
〈閻汝用詩序〉(又)(150-750)	春容醞藉		閎奧瑰琦	高華整栗，沉著瀏亮	
〈王行父集序〉(150-569)〔註14〕	酌於淺深質文之間，古意勃鬱	窮阮左之趣，采潘陸之華，而兩京建安，時有傅合	(七言)闔闢縱橫，意高格遠，而位署都雅，脉理聯絡	(近體、長律、絕句)慷慨、磊落、宛轉、穠麗、深沉、溜滯、儇俏、平澹，各得其調之所宜	

〔註14〕〈王行父集序〉:「今以行父集觀之，其爲樂府，酌於淺深質文之間，古意勃鬱；其爲選，窮阮左之趣，采潘陸之華，而兩京建安，時有傅合；其爲七言歌行，闔闢縱橫，意高格遠，而位署都雅，脉理聯絡；其爲近體、長律、絕句，慷慨、磊落、宛轉、穠麗、深沉、溜滯、儇俏、平澹，各得其調之所宜；其爲騷、賦、序、記、贊、頌、箴、銘、書、牘之類，篇法、句法、字法，靡不取裁古人，多所肖象。」(150-569)

〈王太古詩序〉（151-38）〔註 15〕	太工若樸，太盈若沖	沉鬱頓挫，縱橫軼蕩	（律絕）時韶秀，時嚴整，時簡潔，時宏肆，時幽靚，時宕逸，時藻蔚，時質直，經緯宮商，絡繹輻輳

表二：格

	詩三百	騷	兩京	建安	六朝	唐	宋
何无咎詩序（151-36）〔註 16〕	溫厚和平	悽惻篤至	渾朴	高華	工麗	秀朗	
閻汝用詩序（150-750）			樸茂醇深，典則清舉		靡曼藻麗	（盛唐）雄贍妍秀	
陸無從集序（150-571）〔註 17〕	溫厚和平	淒緊深至	樸茂雄渾		靡曼精工	舒緩流暢	

大抵說來，明人對於這些藝術特徵的歸納，大同小異。比如王世貞談古樂府時說道：

> 擬古樂府，如《郊祀》、《房中》，須極古雅，發以峭峻。《鐃歌》諸曲，勿便可解，勿遂不可解，須斟酌淺深質文之間。漢、魏之辭，務尋古色。《相如》、《瑟曲》諸小調，係北朝者，勿使勝質；齊、梁以後，勿使勝文。〔註 18〕

胡應麟說：

> 《國風》、《雅》、《頌》，溫厚和平；《離騷》、《九章》，愴惻濃至；東

〔註 15〕〈王太古詩序〉：「樂府古選，太工若樸，太盈若沖，歌行沉鬱頓挫，縱橫軼蕩，律絕諸體，時韶秀，時嚴整，時簡潔，時宏肆，時幽靚，時宕逸，時藻蔚，時質直，經緯宮商，絡繹輻輳，蓋無一不從古法出，而深思遠致，脫然筌蹄之外，詩如是，可以獨步江東，並驅中原矣。」（151-38）

〔註 16〕〈何无咎詩序〉：「三百篇之溫厚和平，離騷之悽惻篤至，兩京之渾朴，建安之高華，六朝之工麗，唐人之秀朗，靡不饜飫而枕籍之，於以發之觚翰。」（151-36）

〔註 17〕〈陸無從集序〉：「先生之爲文，識偉而學能副之，才逸而法能禦之，格高而氣能劑之，有風雅之溫厚和平，有騷些之淒緊深至，有兩京之樸茂雄渾，有六朝之靡曼精工，有唐宋之舒緩流暢，各擷其勝，而調於適亦難以一家名。」（150-571）

〔註 18〕王世貞：《藝苑卮言》卷一，《全明詩話》，頁 1885。

西二京，神奇渾璞；建安諸子，雄贍高華；六朝俳偶，靡曼精工；唐人律調，清圓秀朗；此聲歌之各擅也。《風》、《雅》之規，典則居要；《離騷》之致，深永爲宗；古詩之妙，專求意象；歌行之暢，必由才氣；近體之攻，務先法律；絕句之構，獨主風神；此結撰之殊途也。兼裒總挈，集厥大成；詣絕窮微，超乎彼岸。軌筏具存，在人而已。〔註19〕

王世貞《藝苑卮言》或胡應麟《詩藪》，對於各體有個別的詳盡論述，此不再一一舉述。從這兩個表格我們可以發現，李維楨的說法，其實有許多與他們所論類似，李維楨對於「體」以及「格」的分期，並不算太細緻。這當然是由於這些論述來自於序文，並非專門的文學理論專著，不能與諸如王世貞《藝苑卮言》、胡應麟《詩藪》甚或後來許學夷的《詩源辨體》等相比。李維楨的論點未必有特出之處，但這些來自序跋文的論述，是一個粗略的大框架，代表著當時文人心中重要的法度依歸、審美準則。

進一步指出典律的，我們可以看〈鸞嘯軒詩序〉：

所流覽，自六籍諸子史外，濬源蘇李，揚波鄴下，衍□潘陸，掇葩顏謝，貞觀大曆之間，時奉盤匜奔走，故比物連類，博而有委，麗而有則，窮理極境，句鍊字琢，不欲以一纇損連城；相如腐毫，子雲湛思，故婉而深，近而工。爲雅頌，則冠冕佩玉之度，朱絃疏越之響；爲樂府，則擊筑易水之哀，橫槊臨江之雄；爲雜選絕律，則右丞鮮潔，左思簡澹，工部沉著，青蓮豪爽之致；爲齊梁小調，則迴風豔雪，玉樹金荃之態，古人所長，靡不具體，是其所爲《鸞嘯》也。(151-9)

這裡說的是李維楨的友人潘之恒，字景升。李維楨指出，由於潘之恒的取法是這樣的廣博，因此寫雅頌則能「冠冕佩玉之度，朱絃疏越之響」，寫樂府，則能「擊筑易水之哀，橫槊臨江之雄」，寫雜選絕律，則符合「右丞鮮潔」、「左思簡澹」、「工部沉著」、「青蓮豪爽」，寫齊梁小調，則有「迴風豔雪，玉樹金荃之態」。這固然是對於潘景升諸體詩作的評價，但同時也看得出來，這些風格樣貌，正是符合李維楨的美感取向的。此處還有幾點可進一步說明：第一，王維、左思、李白、杜甫在此處並提，雖然知道李維楨的用意是要說潘之恒的風格多樣，但我們也可以由此看出，李維楨的評論當中，並未眞正著力於

〔註19〕胡應麟：《詩藪》內編卷一，《全明詩話》，頁2484。

家數的辨別；第二，李維楨雖拈出齊梁小調的部分，但李維楨極少在他處提到齊梁詩。他曾在〈李杜分體全集序〉中說道：「杜以王、楊、盧、駱當時體劣於漢魏，恐作齊梁後塵，別裁之而親風雅。夫李杜學詩必本三百篇，人安能舍三百篇學李杜？」（150-494）以《詩經》的「風雅」傳統來說，齊、梁的纖靡詩風遠遠地偏離了這個傳統，復古派的文人是不會取法齊、梁之詩的。雖然李維楨在此提出齊梁詩，是因爲潘之恆的詩作中有這樣一個類別，但是我們不妨也參考王世貞說的一段話：

> 世人《選》體，往往談西京、建安，便薄陶、謝，此似曉不曉者。毋論彼時諸公，即齊、梁纖調，李、杜變風，亦自可采，貞元以後，方足覆瓿。大抵詩以專詣爲境，以饒美爲材，師匠宜高，捃拾宜博。〔註 20〕

西京、建安是代表著風雅雄渾之氣，而陶、謝詩，何景明說：「詩溺於陶，謝力振之，然古詩之法亦亡於謝。」〔註 21〕陶淵明的詩平淡清遠，與漢魏雄渾之風相較之下，自是顯得弱了；謝靈運雖在情感上強度勝於陶，但是謝靈運在形式上漸要求典麗，這又與漢魏詩的剛健、渾融的「古風」很明顯的不同。王世貞認爲，陶、謝詩是該受到重視的，除了陶謝詩之外，齊梁纖靡之調等等也有可觀之處。總之，他的重點是在於博採泛覽，因此觸及了復古派的理論中所不會接觸的詩風，畢竟王世貞仍是重視「師匠宜高」的。李維楨此處與王世貞的立場頗爲相似，他對其梁詩風極少提及，看起來也並不怎麼欣賞，但他特意將此詩風拈出，作了評論，似乎也不能不說曾受了王世貞的影響。李維楨對於六朝詩的態度，將在下文討論。

二、古選法漢魏六朝

李維楨認爲，學詩必須取法漢魏、六朝、初盛唐。如他在〈張司馬集序〉中說：「文法先秦兩漢，詩法漢魏六朝初盛唐。」（150-528）又在〈南征集序〉一文中說：「其詩之體，出入六朝、初盛唐，而不爲大曆以後。」（150-518）在〈滇語序〉中亦稱賞其詩「出入漢魏六朝三唐間」（150-580）。而詩又區分爲古、近體，李維楨說：「蓋唐以前詩之體一第有三四五七雜言，與其篇句長

〔註 20〕王世貞：《藝苑卮言》卷一，《全明詩話》，頁 1886。
〔註 21〕何景明：〈與李空同論詩書〉，《大復集》，《景印文淵閣四庫全書》（臺北：臺灣商務印書館，1986 年 3 月）第 1267 冊，頁 291。

短參差不齊而已。唐以後，古體近體始分，是以唐前詩凡稱律者，以諧韻爲律；唐後詩凡稱律者，以偶字偶句爲律。」然後他接著指出：「律詩用日繁，幾不知古選爲何物。」（〈李杜五言律詩辯註序〉150-495）他又在〈蘇明府集序〉中說：「蓋今嘐嘐稱作者率以詩，詩僅近體耳，于古選、樂府存而不論，而騷賦不識爲何物矣。」（150-524）

李維楨指出了一個當時文壇的弊端，就是律盛古衰的問題。六朝以來，詩的格律逐漸形成，唐以後發展爲所謂的「近體」，律詩之體，成熟的時間猶晚，形式也發展得最爲完美。形式美則美矣，卻也會傷害了古詩的淳厚渾融，與古體詩處於對立的地位。然而文人們所不能忽視的是，律詩——尤其是七律，其應用範圍最廣，也最爲普及，因此他們討論律詩的體源問題，探討其特色，和古詩的作法加以區隔，一方面確保古詩的純粹，不使沾染律體的色彩，二者致力由古詩入手，通過深刻、細膩的學習，融會古人精神，以避免撰寫律體時，僅追求形式美感，而忘了詩教的傳統。因此，人們區別古、近體，作古、律之辨，一方面固然是爲研究寫作方法，另一方面，主要還是來自對古衰律盛的反省。

早在李東陽時就指出「古詩與律不同體，必各用其體乃爲合格」，〔註22〕又說：

> 律猶可間出古意，古不可涉律，古涉律調，如謝靈運「池塘生春草」、「紅藥當堦翻」，雖一時傳誦，固已移於流俗而不自覺。若孟浩然「一杯還一曲，不覺夕陽沉」，杜子美「獨樹花發自分明，春渚日落夢相牽」，李太白「鸚鵡西飛隴山去，芳洲之樹何青青」，崔顥「黃鶴一去不復返，白雲千載空悠悠」，乃律間出古，要自不厭也。〔註23〕

而李東陽爲了振興古風，並擬作古樂府。從李東陽爲古、律體做了區分之後，古律界線應當嚴明，大抵是文人們的共識。〔註24〕而古、律之辨，和古、律的尊卑問題，復古派的文人有非常多的討論，不在本文討論範圍內，故而不論。

〔註22〕李東陽：《麓堂詩話》卷一，丁仲祜編訂：《續歷代詩話》（臺北：藝文印書館，1983年6月），頁1637。

〔註23〕同上註。

〔註24〕如謝榛認爲：「作古體不可兼律，非兩倍其功，則氣格不純。」許學夷認爲：「古律之詩雖各有定體，然以古爲律者失之過，以律爲古者失之不及。」謝榛語見《四溟詩話》卷四，《全明詩話》，頁1370。許學夷語見《詩源辯體》卷十七，《全明詩話》，頁3283。

〔註25〕要之，古體和律體，必須區以別之。而我們所熟知的復古派的「詩必盛唐」，是有漢魏古風作爲依歸，而學習漢魏古風，終究是要回歸詩三百的傳統，這是有一「上溯」的理路。但這樣的說法還要再更細分，在實際寫作時，取法必須分體進行，因此更進一步說，應該是「古體法漢魏，近體法盛唐」。

關於「古體法漢魏」之說，陳斌所撰《明代中古詩歌接受與批評研究》一書，其中〈明七子與「古體宗漢魏」〉一文中，即詳盡地論述了「古體宗漢魏」在明代確立的過程，與其後的發展。陳斌認爲，「宗漢魏是宋元以來律盛古衰局面下，重振古體意識在明代強大復古思潮下的順延與強化性結果」。〔註26〕他分析了律盛古衰的現象，沿襲著宋元以來的習慣，明初的高啓等大家，在寫古體詩時，取法徘徊於唐、漢間，並未有「古體宗漢魏」的意識。接著由李東陽作《擬古樂府》，開啓振興古風的局面，李夢陽、何景明挖掘了元明之際的詩人袁凱，通過刊行袁凱的《海叟集》，正式推廣古體「必自漢魏來」的復古主張。由此，他們爲衰頹的古體建立典範，並樹立「氣格雄渾」的理想。前七子的古體創作觀基本上都是同一論調，徐禎卿的《談藝錄》就是對「古體宗漢魏」理論的深化。徐禎卿指出漢魏詩是古體的界線，學習古體者，當由漢魏入手，上薄風雅，不能沾染晉格以下，對於六朝詩，是全盤否定的。陳斌同時指出，明代前七子提出古體宗漢魏的命題，主要是針對古體衰微的反思，將詩史引向更高古的傳統；然而後七子重新提出古體宗漢魏，並不是簡單的模仿而已。陳斌在該書另文〈嘉靖六朝派及其詩學承擔〉論析了「六朝派」的文學活動及理論——他按照地域、楊愼建立的詩史以及正、嘉時期的六朝詩風，到七子派與六朝派之間理論的重疊與衝突，作了詳細的梳理。要之，後七子所針對的，是六朝派的清綺靡麗，希望能重振氣格雄渾的古詩傳統。然而，後七子成員對於古體

〔註25〕可參陳國球：《明代復古派唐詩論研究》，同註4，頁155～163。陳斌對謝榛的古律辨體理論亦有詳述：謝榛認爲古體「起語比少而賦興多」，「貴乎平直」，彷彿胸中自然流出而不經營構，「隨筆意生，順流直下，渾成無迹，此出於偶然」，與律詩先立「警句」、命意措詞追求精致圓熟不同。這是迥然不同的創作機制。他指出謝榛認爲以作律的心態做古體，會導致「氣格不純」，當法純正的漢魏詩。而後人又往往恐作古體有入律之嫌，就刻意迴避煉句煉字，以致於流於淺俗，謝榛認爲此不可取。由此，陳斌認爲，謝榛對古、律的探討最爲全面，而謝榛較淡化古律的尊卑意識，許學夷又轉向了先古後律的傾向。見陳斌：《明代中古詩歌接受與批評研究》（上海：上海三聯書局，2009年3月），頁236～241。

〔註26〕陳斌：〈明七子與「古體宗漢魏」〉，《明代中古詩歌接受與批評研究》，同上註，頁13。

典範的宗法認知並不一致，有些成員甚至本身就有學習六朝詩的經歷。宗臣、梁有譽都學習過六朝詩。宗臣將潘、陸、江、鮑都列入學習的範疇，而梁有譽的五古以選體爲門徑，至於王世貞，固然重視師匠宜高，但不能否認的是，他的取徑較爲寬泛廣博。總的說來，後七子「更留心揣摩、體味漢魏詩之格調、文辭、風神，比前七子的籠統感悟，更注重形式的辨識與法度的掌握，並結合切身體會進行一定的理論總結，推動了中古詩歌辨體論的發展，這正是後七子對漢魏詩歌之接受在詩學批評方面的最大創獲」。〔註 27〕

引述這一篇文章，主要是藉助前輩的成果，將他所歸納出來的這段文學史，作爲本文論述的參照。漢魏的概念，李維楨仍是尊崇的，漢魏的神聖性依舊，但「古體宗漢魏」的發展脈絡到了李維楨時，有所轉變——他所說的是「古選法漢魏六朝」。如他在〈蘇明府集序〉中稱賞其「樂府、古選法漢魏六朝，近體法唐，集唐人詩爲七言律，如出一手，劌琢之極，妙合渾成。」（150-524）我們綜觀李維楨的文集，提及「古體」者非常少，而多以「古選」來論。而提及宗法漢魏之時，李維楨都不忘將六朝並列，這似乎顯示取法有擴大的趨向。至於李維楨所說的「古選」，基本上他將選體置入古詩的範疇進行討論，至於選體有沒有明確的限定，或者六朝是否有專指某朝代，我們無法從他的行文中看出來。

首先我們看李維楨對於「選」的概念。他在〈選詩補序〉中云：

> 六朝選詩者，梁昭明《文選》、徐孝穆《玉臺新詠》；評詩者，劉彥和《文心雕龍》、鍾仲偉《詩品》。《玉臺》輯閨情一體，殊傷大雅；劉、鍾揚扢當矣，不載全什，惟昭明所選，裁鑒精美，其評論不少，槩見要以俟後人自悟。而今劉憲使敬甫、顧小侯所建，始爲補若干篇。蓋自六朝以前，名家吟詠，賴昭明之選，迄今不絕，而宋人多求于選者，至目之拙陋，則補所繇作也。（150-489）

《文選》的選詩精美，而《玉臺新詠》則有艷情詩，補選的目的，就是沿續選體符合大雅的傳統，再補入新的、更能針對時弊、提供學習方針的典範。而李維楨將《文選》和《玉臺新詠》拿來比較，認爲二者有雅、鄭之分，李維楨並不喜歡玉臺體，他主張取法的是《文選》。

「選體」的概念當然是從《文選》而來，那麼選體指的是什麼體呢？宋代嚴羽在論詩體時，提到「選體」，於其下有注云：「《選》詩時代不同，體製

〔註 27〕同上註，頁 42。

隨異，今人例謂五言古詩爲選體，非也。」〔註28〕也就是說，至少從宋以來，由於觀念的混淆，選體已經成了五言古的代稱。而鍾惺〈詩歸序〉指出了他對「選體」的看法：

昭明選古詩，人遂以其所選者爲古詩，因而名古詩爲「選體」，唐人之古詩曰「唐選」。嗚呼！非惟古詩亡，幾并古詩之名而亡之矣。何者？人歸之也。選者之權力，能使人歸，又能使古詩之名與實俱徇之，吾其敢易言選哉！〔註29〕

許學夷也說道：

梁《昭明文選》，自戰國以至齊、梁，凡騷、賦、詩、文，靡不採錄，唐、宋以來，世相宗尚，而詩則多於漢人樂府失之。又子建、淵明，選錄者少，士衡、靈運選錄最多，終是六朝人意見。且漢、魏、六朝，體製懸絕，世傳《文選》以類分，而不以世次，非昭明之舊。今人知學《選》而不知辯，故其體不純耳。〔註30〕

由此看來，學選而不辨其體，選體與古體的混淆，似乎是很普遍的風氣。雷磊在〈選體及其特徵〉〔註31〕一文中，曾論述了選體的的概念，他指出，選體爲五言古詩的代名詞，原因在於選體是五言詩歌的典範作品。而選體的風格特徵，亦即《文選》的選錄標準——翰藻、典雅、新創，與六朝體有緊密的關係。而前述王世貞「世人《選》體，往往談西京、建安，便薄陶、謝，此似曉不曉者」云云，陳國球指出，這裡所謂的選體，即是五言古詩的代稱。〔註32〕綜觀《藝苑卮言》，鮮少談「選體」者，我們可以看兩個例子。王世貞論李杜時說道：「五言古、《選》體及七言歌行，太白以氣爲主，以自然爲宗，以俊逸爲貴；子美以意爲主，以獨造爲宗，以奇拔沉雄爲貴。」〔註33〕又在評論高、岑時說道：「《選》體時時入古，岑尤陟健。」〔註34〕如此看來，雖

〔註28〕嚴羽：《滄浪詩話》，何文煥編：《歷代詩話》（臺北：藝文印書館，1991年9月五版），頁415。

〔註29〕鍾惺：〈詩歸序〉，《隱秀軒集》（上海：上海古籍出版社，1992年9月）卷十六，頁235～236。

〔註30〕許學夷：《詩源辯體》卷三十六，《全明詩話》，頁3384。

〔註31〕雷磊：《楊慎詩學研究》（北京：中國社會科學出版社，2006年12月），頁25～39。

〔註32〕同註4，頁140。

〔註33〕王世貞：《藝苑卮言》卷四，《全明詩話》，頁1920。

〔註34〕同上註。

然古、選所指涉內容並不清楚，但從文字上來看，古與選兩者應該是區別開來的。而由於「選體」一詞用得極少，因此無法完全確認王世貞是否即為嚴羽、鍾惺、許學夷等人所指的觀念混淆的人。

有趣的是，李維楨幾乎不說「古體」，而大量使用「古選」一詞，這有兩種可能性：第一種，就是他正是古選不分、觀念混淆的人，習慣性地就使用這個詞來論述；第二種，是在觀念清楚的情況下刻意為之。我想，復古派向來致力於辨體，或許應當有能力、有自覺地自外於流俗。而他若是刻意提出「古選」的概念，那麼，他就是在提供一個新的取法方向，因為復古派成員們，包含謝榛、王世貞、胡應麟等，都不太使用「古選」這一詞。若如此，他欲提供的這個取法方向即有兩個意義可說，第一是在「古體宗漢魏」的基礎上，擴大取法範圍為「古選法漢魏六朝」，此「博采泛覽」的觀念，是與王世貞一脈相承的；第二是對時代的限定——「古選法漢魏六朝」的「古選」，可將時代精確地限定於唐以前。徐禎卿的古體宗漢魏，認為漢魏是古體詩的界線，一落入晉，就不能稱之為古詩；而李攀龍所提出「唐無五言古詩而有其五言古詩」之說，認為唐代的五言古自成一格，與漢魏的「正宗」五古不同。因此從漢魏古到唐古，是有「流變」或者甚至「正變」的觀念在其中，故他說「古體宗漢魏」的古體，時間的界線是被消弥的，而李維楨的「古選法漢魏盛唐」，則更能與「近體法盛唐」成對揚之勢。

不過李維楨就算是刻意提出古選的概念，他也並未對選體多做說明，而《文選》所選的朝代跨度很大，許學夷批判人們學選卻未能辨體，會造成「體不純」，李維楨確實在這個論點上較為粗疏。我們只能說，李維楨的「古選」概念，確實證明了復古派的觀念到晚明是有轉變的。

而前面我們提過，李維楨對於時人作選體的評價，如「其為選，窮阮、左之趣，采潘、陸之華，而兩京建安，時有傅合」(〈王行父集序〉150-569)，李維楨認為選體應該具有「阮、左之趣」、「潘、陸之華」，他也進一步說明，若能符合兩京、建安的古風，那就更理想了。胡應麟在論述古詩的譜系時說道：

> ……陳思以下，諸體畢備，門户漸開。阮籍、左思，尚存其質。陸機、潘岳，首播其華。靈運之詞，淵源潘、陸。明遠之步，馳驟太沖。有唐一代，拾遺草創，實阮前蹤。……〔註35〕

「阮、左」和「潘、陸」在曹植以下，分別開啓兩條不同風格的路子。那麼

〔註35〕胡應麟：《詩藪》內編卷二，《全明詩話》，頁2501。

以此對照，大致可知李維楨所言，是一種溯源的期待：掌握文與質兩種風格的起源，再上溯至渾融未分的時代。

另外，李維楨說的「古選之意象馴雅」（〈閻汝用詩序〉150-750）、「樂府、古選之春容醞藉」（〈閻汝用詩序〉（又）150-750），也可以看出，他心目中選體的理想，是與古體共同享有「意象馴雅」、「春容醞藉」的特徵。

至於五言古，我們可以看〈謝工部詩集序〉：

> ……賦則旁引廣譬，窮能極思，馳騁不失，興寄殊遠，平子、文考、安仁、士衡之流也。樂府則豐約文質適得，其中〈房中〉、〈鐃歌〉之流也。俯而爲六朝，〈白苧〉、〈子夜〉之流也。五言古贍而不俳，華而不靡，或樸茂渾成，或清虛曠逸，鮑、謝、陶、韋之流也。七言古音節鮮明，氣勢沉鬱，抑揚闔闢，變幻超忽，高、岑、王、李之流也。五七言律與長律，比耦精嚴，骨力勍挺，刻畫不過巧，瑰麗不近誇，盛唐諸子之流也。絕句意在筆先，韻在言外，春容警策，短長合度，太白、少伯之流也。……詩家之美集大成矣。抑何修而臻此？蓋詩有法存焉，離之者野狐外道，泥之者小乘縛律。（150-737、738）

由此我們還是可以看出，他並未著力於細緻地辨別家數，此處仍是指出一個大要的梗概罷了。他將五言古，區分了「樸茂渾成」、「清虛曠逸」兩種風格來說，舉出「鮑、謝、陶、韋之流」作爲代表，他沒有明說是否「樸茂渾成」指的是鮑、謝，而「清虛曠逸」指的是陶、韋，而胡應麟說：「曹、劉、阮、陸之爲古詩也，其源遠，其流長，其調高，其格正。陶、孟、韋、柳之爲古詩也，其源淺，其流狹，其調弱，其格偏。」〔註 36〕與李維楨的區分相當類似，但胡應麟的區分顯然細緻許多。曹、劉、阮、陸的古詩是高古雄渾之詩，屬於正格，而陶、孟、韋、柳自然曠逸的詩風，胡應麟將之列爲偏格。至於李維楨此處說的七言古，代表人物都是唐人，他也並沒有要在這裡區分唐古與古體詩的問題。

再談李維楨對「六朝」的看法。明人對於學習六朝詩，經歷了頗爲複雜的轉折。「六朝派」的詩人如何擬作六朝詩，又如何與復古理論相衝突或交涉，上述陳斌的〈嘉靖六朝派及其詩學承擔〉一文已有詳盡的論說，此不再贅述。重點是，對於六朝，文人大抵有褒、貶兩種態度：褒者，是從詩史的發展，

〔註 36〕同上註，頁 2504。

認同六朝詩的文學美感，開啓了唐代詩歌盛世；抱持貶抑態度的，則是否定其詩風的纖靡。復古派主張「格以代降」，於是他們往往從政治的角度著眼，如李夢陽說道：「六朝偏安，故其文藻以弱。」政治上的偏安，造成柔弱的文風，因此他認爲：「大抵六朝之調悽宛，故其弊靡；其字俊逸，故其弊媚。」〔註37〕何景明在論述六朝風格時亦云：

> 繼漢，作者於魏爲盛，然其風斯衰矣。晉逮六朝，作者益盛而風益衰，其志流，其政傾，其俗放，靡靡乎不可止也。〔註38〕

他的理路是，從漢、魏、晉到六朝，文風日益衰落。今不如古，是主張復古的文人們所普遍認同的意見。他眼中的六朝，政治衰頹，人心敗壞，到了「靡靡乎不可止也」的地步。這都是從「格以代降」的史觀來進行思考的。

至於顧璘，則是以自身的經驗，奉勸後學不可習作六朝文。他在〈文端序〉中云：

> 文始於六經正學也，其大壞乃有六朝綺麗之體，衰宋瑣弱之習……若夫《文選》、《文苑》諸書，正詞人雕蟲小技，吾方悔其少習，乃所願諸生，勿蹈吾後也。〔註39〕

從他的反省中可以看到，《文選》其實在他的認知裡，是詞人的雕蟲小技。我們在此以湯顯祖自述爲學過程的一段文字與之並觀：

> ……弱冠，始讀《文選》。輒以六朝情寄聲色爲好，……學道無成，而學爲文。學文無成，而學詩賦。學詩賦無成，而學小詞。學小詞無成，且轉而學道。猶未能忘情於所習也。〔註40〕

《文選》、情寄聲色不等同，但從文氣上是接續的，而且看來與「學道」有所牴觸。雖然顧璘和湯顯祖時代上有差距，但我想說的是，選體在六朝詩中固然不算傷及大雅，六朝詩（包含選體）的藝術性、文學性是文人們所共識，而他們在受到六朝詩風的吸引之後，心中又往往感到矛盾，怕耽溺於這種美

〔註37〕李夢陽：〈章園餞會詩引〉，《空同集》，《景印文淵閣四庫全書》（臺北：臺灣商務印書館，1986年3月）第1262冊，頁516。

〔註38〕何景明：〈漢魏詩集序〉，《大復集》，《景印文淵閣四庫全書》（臺北：臺灣商務印書館，1986年3月）第1267冊，頁301。

〔註39〕顧璘：〈文端序〉，《憑几集續編》，《景印文淵閣四庫全書》（臺北：臺灣商務印書館，1986年3月）第1263冊，頁328。

〔註40〕湯顯祖：〈與陶景鄴〉，徐朔方箋校：《湯顯祖全集》（北京：北京古籍出版社，1999年1月），頁1436。

感中，偏離了儒家道統。

王世貞的立場，是將六朝視爲詩史轉變的關鍵，同意六朝開啓唐詩盛世。他說：

> 六朝之末，衰颯甚矣，然其偶儷頗切，音響稍諧，一變而雄，遂爲唐始。〔註41〕

謝榛則是對六朝詩風的藝術性讚賞有佳。他說：

> 詩以漢、魏並言，魏不逮漢也。建安之作，率多平仄穩帖，此聲律之漸。而後流於六朝，千變萬化，至盛唐極矣。〔註42〕

謝榛從聲律的發展來看待詩的流變，免去了政治卑弱的因素之後，更能就其藝術性來給予評價。

值得注意的是，李維楨雖是個很傳統的儒者，他強烈地主張「聲音之道與政通」，但他並不留心六朝的政局，並將六朝詩風作爲取法的對象之一。事實上，在他歸納的詩史中，「聲音之道與政通」往往無法成立。他直接承認的例外就是唐代，他說「以詩論世易，以唐詩論世難」，「貞觀開元二帝，以豪爽典則先天下，詩宜盛，而最闒弱者；中宗能大振雅道，即德文兩朝不及，中晚人才樸遬，詩宜衰，彼元白錢劉柳州，姑無論昌黎望若山斗，猶且服膺工部、供奉，而避其光焰……」，李維楨分析了原因，是由於學士大夫皆寫詩，詩之盛衰不再如古代那樣是由人主主導。（〈唐詩紀序〉150-490）而明代詩歌發展也無法以「聲音之道與政通」來檢驗。他稱賞明代文風之盛，說道「高皇帝驅胡元沙漠，還中華千古帝王相傳之統，精神氣象榮鏡宇宙，是以一代文章之士，與漢唐比隆，垂二百年」（〈太函集序〉150-527），又以天下之分合大勢來說「明合最久，故詩最盛」（〈李少保詩序〉150-719），極稱明代之盛，乃是「天開人」、「人成天」的結果。（〈廷尉陳公壽序〉151-129）但是他根本無法在他感嘆「詩道陵夷」的時候，解釋這與時運、政局有什麼相關。

對於六朝，李維楨不談其政治的傾頹，也不談其衰颯之氣，他對於六朝的靡曼、藻麗、精工給予正面的評價，儘管他承認六朝可能有的缺點是「強造不根，誇多傷煩」（〈邢子愿小集序〉150-532），但是六朝才學之富，李維楨極爲推崇。李維楨在〈邢子愿全集序〉一文說道：

> 今所在文章之士，皆高談兩京，薄視六朝，而不知六朝故不易爲也。

〔註41〕王世貞：《藝苑卮言》卷四，《全明詩話》，頁1921。

〔註42〕謝榛：《四溟詩話》卷一，《全明詩話》，頁1305。

> 名家之論六朝者曰:「藻豔之中,有抑揚頓挫,語雖合璧,意若貫珠,非書窮五車,筆含萬化,未足語此。」又曰:「文考靈光,簡棲頭陀,令韓柳授觚,必至奪色。」某有六朝之才而無其學;某有六朝之學而無其才,才學具而後爲六朝,非脩習日久,實見得是,寧知其然?(150-532、533)

這段話接著,李維楨以《文心雕龍》「宗經則情深而不詭」、「風清而不雜」、「事信而不誕」諸語品評邢子愿之詩文,以爲皆合;又以「賈生俊發」、「子雲沉寂」、「子政簡易」等等品評其人,得到的結論是:「天授之才,人益之學,囊括千古,驅役百氏,建构秇苑,傳播夷裔,名下故無虛士。頃日,後進廣先輩之說,謂爲僞兩京易,爲眞六朝難。眞能爲六朝如子愿,豈不難哉!」(150-533)對邢子愿推崇備至。而李維楨論六朝的那段文字,類似的話,王世貞早已說過:

> 吾於文,雖不好六朝人語。雖然,六朝人亦那可言。皇甫子循謂藻豔之中有抑揚頓挫,語雖合璧,意若貫珠,非書窮五車,筆含萬化,未足云也。此固爲六朝人張價,然如潘、左諸賦及王文考之〈靈光〉、王簡棲之〈頭陀〉,令韓、柳授觚,必至奪色。然柳州〈晉問〉、昌黎〈南海神碑〉、〈毛穎傳〉,歐、蘇亦不能作,非直時代爲累,抑亦天授有限。〔註43〕

「時代」固然會限制文學的成就,但眞正侷限人的,是天賦。學養的充足是必要的,但是還需要充分的才氣方能運用,使所學變化萬千。才與學均需極盛,方能爲六朝,可見爲六朝之難。因此李維楨亦將六朝視爲學詩取法的其中一環,主要原因,就是「才學俱足」的理想。

須進一步說明的是,李維楨屢屢強調師法六朝的重要性,並不是因爲人們不知道要師法六朝,因爲學詩須法漢魏六朝,早已是當時人的共識。李維楨多次指出,「嘉隆間才人寖盛,海內三尺之童,知厭薄大曆,高譚六朝漢魏」(〈朱宗良集序〉150-713),這在當時,甚至是連孩童都知道的基本常識。而他之所以要一再提出這個論點,第一個原因是如上述,人們以輕率的態度學習六朝;第二,則是他所詰問的:

> 蓋今之能爲詩者,所在而有其法,取嘉隆以來諸公,上及三唐而止,不能求諸六朝漢魏,安問三百?(〈鸞嘯軒詩序〉151-9)

〔註43〕王世貞:《藝苑卮言》卷三,《全明詩話》,頁1915～1916。

以及〈黃禹鈞詩草跋〉中所說：

> 樂府古詩承三百篇之流，而開唐以後近體之源。三百篇不可尚已，漢魏及六朝取法非難，而近代多攻唐體。頃又取中晚及宋元俚俗之調爲眞詩，欲與三百抗衡，而漢魏六朝置不省矣。（153-696）

詩的發展，自有其源流，人們不明究裡，隨波逐流，人云亦云，盲從時尙，不去探求其所以然，取法有了偏差，詩道自然就衰微了。李維楨說的漢魏六朝、古選樂府，是上溯三百篇的重要關鍵。許學夷曾提出一個很特殊的論點：

> 學李杜由高、岑諸公而進，此升堂入室之次第；學漢、魏由六朝而進，則謬甚矣！漢、魏、六朝，由天成以變至作用，由雕刻以變至綺靡，學者必先有得漢、魏，時或降格而爲六朝，乃易爲力；苟先習於六朝，而欲上爲漢、魏，豈易能乎？〔註44〕

這個說法，等於是把整個復古派理論的「上溯」理路通盤否定了。文人們對於六朝，或批駁否定，或略而不見，或者承認其繼漢魏開盛唐的地位，不管怎麼說，六朝的「文」與漢魏古風、詩三百的「質」畢竟相牴觸，才會有這麼多的論辯。李維楨的「古選法漢魏六朝」之說，雖沒有經過精細的辨體，但由此大致可以看出，傾向重「質」的復古派，發展到李維楨時，有向「文」的方向略爲調整。

三、詩莫難於七律

七言律是所有詩體當中成熟最晚者，由於形式優美，配合聲律，加上篇幅足以敘事，因此最爲人們所喜愛，其應用也最爲廣泛。李維楨談論最多的詩體，就是七律。有趣的地方在於，復古派文人往往以古體爲尊，儘管古尊律卑或古律平等的態度各有不同，但是古體的學習應該是理論的重點。而七律的普及，許多文人確實會加以關注，對於源流、作法，都有許多的論述，但是李維楨的論述中，談七律的篇幅，遠遠高出其他詩體的論述，算是個很特出的現象。尤值得注意的是，李維楨創作的七言律約兩百五十餘首，佔了所有詩體總數量的百分之四十四，比例非常高，再對照他的五言古二十一首，佔了不到百分之四，七言古二十五首，約百分之四，與七律數量差距之大，可說是相當驚人了。〔註45〕

〔註44〕許學夷：《詩源辯體》卷三十四，《全明詩話》，頁3363。

〔註45〕依據筆者粗略的估算，謝榛的五言古詩有二十三首，七言古詩約一百八十五

創作數量的比例如此之高，李維楨仍屢屢稱七律難作。如他〈皇明律範序〉中說：

> 合諸體而論之，律爲難；析律體而論之，七言爲難。唐五言律，自初及中，得一長以成一家言者甚眾；至于七言，初則體未嚴，中則格已降。雖當盛時，合作者鮮。（150-497）

七律是所有詩體當中最難作的了。唐代爲詩歌盛世，七律也未能達到很高的成就。那麼，七律如何難？李維楨說：

> 詩莫難於詠物，莫難於七言律。（〈林若撫詩跋〉153-673）
>
> 詩以七言律爲難，詠物猶易傷氣格。（〈僊都詩志跋〉153-633）
>
> 詩七言律最難合作，詠物最易傷體。（〈鴈字詩跋〉153-624）
>
> 詩莫難於詠物，必據古確審，庀材宏博，擬仿明切，而後合作；詩莫難於七言律，必聲響諧和，字句工麗，意興流暢，而後合作。二難詎易得兼。（〈荊豔題辭〉153-621）

很顯然的，七律之難，主要是來自於其可以詠物的性質，而詠物，最容易傷害詩體。更難的是，詠物詩的創作者必須有廣博的學問，而七律的形式最爲完備，法度嚴明，謹守法度卻又要「意興流暢」，因此要作得好非常難。

然而七律儘管難，卻由於體製的關係，可承載的題材多樣，於是成了詩人最喜愛的詩體。最難的詩體一旦最爲普及，那麼俗、濫似乎就不可避免。李維楨批判道：

> 七言律體最晚出，而用最濫，遂與塡詞等，大氐麗姓名、象品地、摭舊蹟、綴節物，援引故實，博會牽合，以蕪蔓爲富，險僻爲新，纖巧爲奇，矜誕爲雄，而作者之指，蕩然無復存。（〈青蓮閣集序〉

首，古體詩的比例非常低；五言律八百餘首，約佔全部詩作的百分之三十；七言律接近六百首，約莫全部詩體的百分之二十三。王世貞的《弇州四部稿》五言古詩有五百餘首，七言古詩三百餘首，五言律和七言律都各有一千三、四百首。《弇州山人續稿》五言古約四百餘首，七言律五百餘首，數量較爲接近，數量最多者爲七言絕句，有近六百首。由此可大略可以看出，七言律詩確實是創作的重點，而他們創作七律的比例都未如李維楨高。至於《弇州續稿》，則顯示出王世貞創作重心的轉向。當然這個統計可以再更細緻，譬如其他詩體，甚或其他同詩人的創作情形，但本文只取古、律的對照，是按照李維楨理論的重心來看的；而以謝榛、王世貞爲例，是因爲前文所述，謝榛對於古、律的看法是較爲持平的，而王世貞主張博采泛覽，故而取此二人與李維楨作一概略比較。

150-716、717）

又說道：

> 律詩出，而才下者沿襲爲應酬之具，才偏者馳騁爲誇詡之資，而選古幾廢矣！好大者復諱其短、強其所未至，而務收各家之長，措諸體之盛，攬擷多而精華少，模擬勤而本眞漓。（〈唐詩紀序〉150-491）

〈唐詩紀序〉的這段文字其實要說的批判時人「不善學唐」，但是他指出一個重點，就是律詩的應用範圍廣，一方面容易淪爲應酬之具，一方面則用來炫才使能，詩變得浮誇、奇險，遠離了詩教的傳統。

前已論及，律詩由於講求形式的工整，題材又多變化，這與氣象渾融、難以句摘的古詩，是完全對立的。使事、詠物之所以傷體，也正是來自這種觀念。如果按照淳厚、古樸、渾融的美感來看，作「意」最爲重要，作者和作品的品格高，立意高，詩自然作得好；如果詩的內容是事、物，相對來說，品格就低了。但是七律的普及是不可抹煞的事實，李維楨儘管尊古，但他並沒有古尊律卑的想法。他以體的發展，持平地看待七律詠物、使事的特色。李維楨在〈唐詩類苑序〉一文對此提出很重要的觀點：

> 蓋聞之，先進言詩者，總諸詩之體而論，以詠物爲傷體；就一詩之體而論，以使事爲傷體。是苑也，爲詠物使事設耳，如詩道何？夫詩三百篇，何者非事？何者非物？多識草木鳥獸之名，孔子固有定論矣。然當是時，詩體與今異，試取《易》之卦象爻象，《書》之典謨訓誥，與《詩》之風雅頌而並觀之，其相別幾何？故詠物使事，累用之而無嫌。至漢魏六朝而後，詩始有篇皆五言者；始有篇皆七言者。漢魏古詩以不使事爲貴，非漢魏之優於三百篇也，體故然也。六朝詩律體已具，而律法未嚴，不偶之句語不諧之韻，往往而是。至唐而句必偶，韻必諧，法嚴矣。又益之排律，則勢不得不使事，非唐之能超漢魏六朝而爲三百篇也，體故然也。六朝詩律體已具，而律法未嚴，不偶之句與不諧之韻，往往而是。至唐而句必偶，韻必諧，法嚴矣，又益之排律，則勢不得不使事，非唐之能超漢魏六朝而爲三百篇也，體故然也。使事善者，必雅，必工，必自然，不則反是，而詩受傷矣。詩使事者，篇不必句有事，句不必字有事，其傷詩差小；詠物者，篇不得有無事之句，句不得多無事之字，其傷詩滋大。故詩詠物而善使事爲尤難，非近體之難於古選也，體故

> 然也。使事而爲古選，譬之金屑，不可入目。其可以極命庶物，百出不窮者，排律耳；七言古次之，五七言律次之，體故然也。唐之律嚴於六朝，而能用六朝之所長，初盛時得之，故擅美千古。中晚之律自在，而犯六朝之所短，雅變而爲俗，工變而爲率，自然變而爲強造，詩道陵遲，于斯爲極。好古之士，遂爲之厲禁，曰：「無讀唐以後書，無閱大曆以下詩。」（150-491、492）

關於使事、詠物的問題，李維楨分了兩個層面探討。第一，按時代區分，《詩經》的篇章都是詠物、使事之作，漢魏古詩則「以不使事爲貴」，六朝是律體開始形成的時期，至唐發展完備，因此「不得不使事」。第二，以各體而言，古選絕不能使事，最適合使事、且最能變化萬千者是排律，其次是七言古、五七言律，但這些都沒有高下的問題，純粹只是詩史發展的結果。至於唐代律詩的發展就有高下之別了，初盛唐能「用六朝之所長」，所以成就高，中晚唐則因爲用律不嚴，「犯六朝之所短」，俗、率、強造，詩道於是衰微。李維楨由此說明，復古理論爲何要以盛唐爲學詩的界線，不是沒有原因的。不過他也同時強調，時代的風尚各有不同，人的才識亦有不同，「擇其善者從之，其不善者改之」，學習者是可以選擇的。

另外不可忽略的，是律體與六朝之間承繼的關係。李維楨說過，「夫詩自六朝而使事之體興，鋪張馳騁，排偶猥雜，大傷氣骨，病在誇多，不能割愛耳」（〈龔子勤詩序〉150-724），六朝之優點，是在於才學具足，但是其缺點就是炫技，使事之體，正是由六朝開啓的。律體的形式，也是從六朝開始。李維楨在〈劉居敬詩啓序〉中說：

> 律詩昉于六朝，四六文盛于六朝，字必偶，事必切，意必貫，音必諧，詞必華，兩者若相爲用，而實不同。文無定裁，伸縮由人，律詩有定體，不可損益。六朝以其爲四六之文者爲詩，或坐牽合，或出強造，或競詭僻，或涉重複，而詩病矣。唐初一變而五七言近體，爾雅精工，爲千古絕技。（150-554）

四六文、律詩，都是講求形式工整的文體。李維楨的觀點，似乎認爲六朝是基於某種大的時代風氣，才會發展出這樣的文體來。唐以來的詩人一掃六朝的浮豔故習，方能達到如此高的成就。

律詩要作得好很難。李維楨說：

> 嘗竊聞諸先正之論詩矣，詩之有五七言律也，猶刑之有律例也，一

成而不可變，猶樂之有律呂也，一不調而不可爲樂，積字成句，積句成篇。非才不運，而才不得過騁；非思不深，而思不得過苦；非學不贍，而學不得過用；非氣不暢，而氣不得過奮；首尾項腹，開闔抑揚，虛實緩急，各有定則，而不得露迹；風神骨力，趣味色象，音響脉絡，各有妙合，而不得襲取，穠麗平澹，雅馴奇崛，簡潔縟靡，各有至境，而不得畸重。(〈皇明律範序〉150-496)

律詩之法極爲嚴明，除了謹守法度之外，作者須具備極高的才學，方能變化萬千。李維楨屢稱明代是如何的詩歌盛世，說明代的律詩成就如何超越唐人，但李維楨之所以不斷提到律詩之難，自然是由於時人等閒視之，並且作得不好的緣故了。上面的這段引文除了要人多學習多思考較爲具體之外，其他部分很空幻玄妙，很難有指引後學的效果。

對於如何選擇典範，李維楨的態度也是非常猶疑。李維楨在〈律詩千首題辭〉中云：

詩莫難於七言律，以唐之盛，工不數人，人不數篇，思深者易晦，情勝者易淺，氣壯者易麤，詞工者易靡，調平者易弱，古今選諸名家，簡一篇壓卷，迄無定論，可不謂難乎！(153-626)

余憶楊汝士賦詩，自謂壓倒元白，今所傳「文章舊價」、「桃李新陰」〔註46〕二語，雖事實稍切，風格卑卑，似未堪令元白短氣。然香山「雲裡高山」、「海中仙果」、「沉舟側畔」、「病樹前頭」小有意耳，而劉賓客亟賞之。〔註47〕徐凝「白練青山」〔註48〕之句，風斯下矣，白殊喜誦，皆不可解。大抵元和而降，唐詩寖以陵夷，即名作者，

〔註46〕原詩爲《宴楊僕射新昌裏第》:「隔坐應須賜御屏，盡將仙翰入高冥。文章舊價留鸞掖，桃李新陰在鯉庭。再歲生徒陳賀宴，一時良史盡傳馨。當時疏廣雖云盛，詎有茲筵醉綠醽。」《全唐詩》(臺北：宏業書局，1977年6月)卷四八四，頁1376。

〔註47〕應爲劉禹錫所作〈蘇州白舍人寄新詩，有歎早白無兒之句，因以贈之〉:「莫嗟華髮與無兒，卻是人間久遠期。雪裏高山頭白早，海中仙果子生遲。于公必有高門慶，謝守何煩曉鏡悲。倖免如新分非淺，祝君長詠夢熊詩。」〈酬樂天揚州初逢席上見贈〉:「巴山楚水淒涼地，二十三年棄置身。懷舊空吟聞笛賦，到鄉翻似爛柯人。沉舟側畔千帆過，病樹前頭萬木春。今日聽君歌一曲，暫憑杯酒長精神。」《全唐詩》，同上註，卷三六〇，頁4062。李維楨此處誤將劉禹錫、白居易二人說反了。

〔註48〕徐凝〈廬山瀑布〉:「虛空落泉千仞直，雷奔入江不暫息。今古長如白練飛，一條界破青山色。」《全唐詩》，同上註，卷四七四，頁1346。

好尚評論如此，此七言律所以爲難也。（153-626、627）

明人討論何人的七律爲妙，確實很難有所定論。唯一的定論就是杜甫。李維楨說：

詩之有七言律也自盛唐而體始定，工其言者代不不數人，惟杜工部獨攬大家，錯綜變化，多多益善，信乎書窮萬卷，光騰萬丈矣。（〈蔡伯達七言律詩引〉153-626）

他又在〈霍中丞七言律詩題辭〉中說道：

五七言律體，至唐始定，故號近體。而七言更後於五言，篇不能合律，律不能合體，而七言更難於五言。唐名家大氏無慮百千人，取七言律衡量之，備有眾美，其人幾何，維杜工部古今絕技耳。明興，七子外，嗣響殊鮮，蓋有説矣。王敬美云：「今人律詩，多從中對聯起，得聯多而韻不協，既不能易韻以就我，又不忍以長物棄之，因就一體，衍爲眾律。聯雖旁出，意盡聯中，而起結別生枝節，浩博者犯重，貧儉者彌窘，〈秋興〉八首寥寥難繼，忽悟少陵諸作，多有漫興，時於篇中取題，意興不窮。」胡元瑞云：「少陵體調極正，正中有變，規模極大，大而能化，宋人黃陳諸公學杜，於變化未徹，而倣其□體以爲奇，不得頓挫開闔之妙，遂使輕薄子以學杜爲大戒，即北地亦所不免，然其才力雄健，尚可並驅。熊士選、鄭繼之、殷近夫輩七言，遂無一字平整。」此二論極有商榷學杜之大法戒也。霍中丞少時好學工部，又好其七言律，覃精極思，且四十年。故詩于七言律有偏至焉。中州士人行公詩百篇，皆七言律，皆懷古游覽之作，而倡和寄憶才百之一二，則敬美所謂漫興法也。以獨詣爲宗，自然爲致，才不借資，意不牽會，語不輳泊，韻不差互，則元瑞所謂不作□體法也。巧于用長，故善于師古耳。（153-667）

李維楨引述了王世懋和胡應麟的說法，探討了時人律詩之所以做不好的原因：先從中對聯開始，以致於接下來必須配合該聯、該韻，又往往捨不得所想到的對句或者欲使之事。杜甫的妙處，正好是學詩最好的典範：所謂漫興之法，是隨興之所至，隨手而得之意。杜甫的律詩既有法度，又能夠變而化之，規模宏大。此處的作者，學習杜甫，浸淫數十年，而能「以獨詣爲宗，自然爲致，才不借資，意不牽會，語不輳泊，韻不差互」。律體最爲普及，承載的題材又最容易傷體，愈是容易傷體者，越難作得好。

四、分體批評的重要

由於明代作詩非常普及，於是出現了按題材來分類的詩選本。按照題材分類的好處就是，當作詩者須要撰寫某類的題材的詩作時，即可翻閱該題材的選詩，迅速達到提點、指導效果。如此一來，作詩更爲普及，更爲俗濫，詩教之旨喪失，這也正是李維楨所大聲疾呼的。

張之象（字玄超）的《唐詩類苑》就是按題材分類的唐詩總集。李維楨在〈唐詩類苑序〉中針對前人認爲的「以詠物使事爲傷體」，提出反駁。前面已經提過，李維楨認爲詠物、使事乃是體的發展所不得不爾，沒有高下優劣的問題。他並以此回應人的質疑：「是苑也，爲詠物、使事設耳，於詩道何？」如此看起來，他是接受這樣的選詩方法的，但是他卻在文章的後段說道：

> 玄超之爲苑也，始終唐一代，又漫然無所簡擇，是誠何心哉！其詠物同，其使事同，以時求之，而唐詩與時高下，若妍媸也；以類求之，而唐人才識高下，若蒼素也。擇其善者從之，其不善者改之，存乎其人耳。不然，而第以供詠物、使事之用則率。更類聚外，若虞之《鈔》、徐之《記》、白之《帖》，綽有餘裕，而何以類必取詩，詩必取唐也？烏喙殺人而醫之以起疾，錫可養老而盜之以黏門牡，知我罪我，爲余言矣。若乃揚扢今古造作者以爲程，弇州諸君子之論炳如也。（150-492）

另外，《詩雋類函》是李維楨的友人俞安期（字羨長）所編選。李維楨在〈詩雋類函序〉說明其成書的緣由：

> 始友人俞羨長以張玄超所爲《唐詩類苑》屬於序，余謂其漫無詮擇，蓋自苑之體宜然，非貶辭也。其人意不懌，而羨長亟善余論，退而作《詩雋》。余度其名義，或就苑中詩詮擇之已耳，久之告成，則上古、三代、兩漢、六朝及唐，三千年具在矣。是時齊人劉惟衡作《詩宿》，體與羨長略同。……索之彌廣，而簡之彌精，析之彌詳，而合之彌確。其類詩不能多者，即不盡佳，不汰其類，詩多而不盡佳者，爲之鉤纂不盡錄。唐人中晚之篇，刪者亦幾半。蓋羨長嘗作《唐類函》矣，會萃唐人五類書而成，意專比事，雖詩文亦事也。《雋》意專屬辭，而以詠物，物皆備以徵事，事皆備以爲詩，詩體皆備，筆者可法，削者可鑒，譬之於室，《類》庀材具，《雋》則繩墨規矩；譬之於醫，《類》儲藥物，《雋》則方脉服食。二書相爲用而相成，

> 不可無一者也。其有功於詩爲大。試據一目以評詩，事同、物同、興致同，而出乎唐之上，及唐一代前後，文質繁簡，如明鏡別妍醜矣。今天下三尺之童皆知有唐詩，唐之所以目爲唐而不媿古，所以自爲唐而不及古，所以自爲唐而初、盛、中、晚區別，《雋》實悉之。……焦弱侯、顧泰初兩太史，秇苑宗工也，焦之言曰：「《文選》、《類聚》、《初學記》爲前茅，《雋》爲後勁，《詩紀》、《英華》爲羸師百萬，《雋》爲精騎三千。」顧之言曰：「登納菁英，滌盪蕪穢，抽思染翰，畢與題傅，毋泛濫域外，以開後世嘽緩澶漫之門。」嘉獎是書，幾於隻字千金。（150-492）

《詩雋類函》的編選，正是基於李維楨在〈唐詩類苑序〉中的議論，而有此編選。李維楨於是在序言中首先回應了張之象的情緒，他澄清，雖曾在〈唐詩類苑序〉稱其編選漫無簡擇，但他並無貶意，純粹是指出「苑」的編選原則而已。我們對照兩段引文，其實可以看得出，李維楨接受、也承認「苑」一類選本的編選方法，這乃是由於詩的普及化，於是收詩範圍廣泛，加以題材的歸類，是具有實用性質的。然而，李維楨仍認爲，若要識得詩道，還是必須以辨明源流爲優先，區分體類、區分時代，演變之迹既明，才是學詩的正途。《詩雋類函》的編選體製不僅分類，也區分時代，辨別各家、各作品的優劣，因此他給予極高的評價。

李維楨重視分體的批評，也可以從〈李杜分體全集序〉中看得出來。他稱賞劉世教（字少彝）所編選的《李杜分體全集》「蓋垂二十年，二家分體全集始成」，「其集以古近諸體分，而先後仍本編年；古賦及雜文如之，其體則古近律絕，各以類從，而刪長短句之目」，李維楨認爲，能夠評選精要而無遺憾，「要領莫重於分體」。他又接著說道：

> 蓋論二家詩者，楊誠齋以李爲神，如列子御風，無待者也；以杜爲聖，如靈均乘桂舟、駕玉車，有待而未嘗有待者也。允矣，而體未分也。王弇州以李五七言絕爲神，七言歌行爲聖，五言次之；杜五言律、七言歌行爲神，七言律爲聖。而總論二家五言古選，各有所主、所宗、所貴。體分矣，而體所從來未晰也。少彝以李好稱古，於近體若不屑，而於古離之不啻遠；杜若不屑古，而象貌色澤，若未盡離。李趨風，故詄蕩，杜趨雅，故沉鬱。即弇州亦言：「讀李使人飄揚欲仙，讀杜使人情事欲絕。」第就歌行一端論，而少彝則以

全集舉矣。夫詩至唐而體備，體至李杜而眾長備，而李杜所以得之成體者，則本三百篇。學記曰：「三王之祭川也，先河而後海，或原也，或委也，此之謂務本。」後人知有李杜，不知有三百篇，是以學李學杜，往往失之。少彝爲之分體，直指其本於風雅，學人得所從來，可以爲李，可以爲杜，可以兼爲李杜；可以爲風，可以爲雅，可以兼爲風雅，可以自爲聖，可以自爲神，不至爲李杜作使。寧惟有功二家，其于詩道豈小補哉？（150-494）

李維楨稱賞劉世教編撰《李杜分體全集》時，以「體」來明辨源流優劣得失，這樣的論述方法頗得要領。歷來論李杜者，皆未嘗分體而論。五言、七言、古詩、律詩，李杜兩人各有所長，李維楨認爲，要學李杜，要分體而論，否則無法眞正窺李杜詩的奧義所在。最重要的是，在仔細解讀、歸納之後，就會發現李杜二人成就如此之高，其所學的來源，即是詩三百。詩人的歷史責任，就是要上溯詩三百，傳承道统。學詩必須「務本」，因此分體而論，才能使源流清晰。

第三節　結　語

由於李維楨的理論多出於序跋，嚴格說起來，序跋文都是文學批評的範疇，而前文亦已交代，若坐實了這些評論，以這些評論爲實際批評來探討，則理論就顯得架空了。因此本文所採取的方式，是以其規範性來談。

欲談創作的規範性，「辨體」絕對是最大的前提。我們從李維楨的論述裡，其實很清楚可以看到他有許多鮮明的立場，但卻未見詳論。他並沒有系統的論述，也並沒有進一步深化理論的意思，當然一方面是由於序跋文體製的關係，另一方面，也是由於他個人的關係，因爲如李夢陽、何景明等人，他們重要的理論，也都來自序跋文。李維楨的文章中，應酬的性質相對的較多，批評的眞實性也就較難依恃。儘管如此，由李維楨的立論立場來考察，仍是可以看得出復古派到了晚期的一些轉向。

我們可以看到，李維楨設定了心目中的理想，但他也會考慮與現實的差距，比如說他追求兼長，但他能體認兼長之難，欣賞偏至；他有慕古的傾向，但是他承認體、格隨時而變，認爲應當掌握各時期的風格；他與其他復古派成員一樣，主張學習古體，但是他花了更多的筆墨和精力，去留心七律的寫法，他創作七律的數量，佔了全部詩作的比例相當高。這樣看來，李維楨的理論看似有矛盾之處，但是換個角度說，他是較能面對現實的文人。他會基於現實的考量，來調整他的立論，也使得他的論點較能關注到更多的面向，雖然理論未必深入，但卻能更全面，更能針對文壇的弊端而發，有導正的功能。當然，效果如何，則又是另一層次的問題了。

第六章　結　論

李維楨是一個以復古自任的文人。他在詩中感嘆著「滿地詞場客，何人似古風」（〈邗溝喜遇黃元幹投贈〉150-352）、「詩道陵遲日，紛紛出異途」，而「寄語西方美，同心矢莫渝」（〈答季風、尊生、子斗、宗侯贈詩，兼寄青門社諸子〉150-404）一語，更表明他堅守復古立場的決心。然而也因爲晚明文壇紛雜的環境，與他所承接的傳統有所衝突，他勢必需要做調整。因此，我們從他的著述當中，很容易便可看出他文學論述當中鮮明的復古色彩，也很難不注意到他對於當時對立的文學理論之間修正、兼容的態度。

就一個理論家的標準來看，李維楨絕對稱不上第一流的理論家；但是，首先，李維楨身爲復古派後期的重要人物，其次，他是萬曆年間的文壇盟主，第三，他與各流派之間的關係，他在文壇活躍的時間，佔據整個萬曆朝。也就是說，他目睹並參與了整個晚明的時代動向。因此，李維楨的理論展現出全面、融合的特色，他的理論確實值得我們注意。

本文對李維楨的文學思想進行考察，目的不在於平面的展示和分類，而是透過對李維楨的通盤了解，爲其在晚明文學史的發展給予一適當的定位，然後以本論題爲基礎，我們可以探討許多文學理論的演變軌跡，有助於更深刻地理解晚明文壇，這是我撰寫本論題的期望。以下將總結與回顧本論題的研究成果，對於李維楨的論述加以評價，以呈現李維楨的研究在文學史上的價值。

第一節　李維楨的論述立場

一、「折衷」與「調和」

前文曾經提及，「兩個偏勝、極端之間，是否有所聯繫或溝通？流派走向末流之際，是否只能等待下一個偏勝、極端來改革，而沒有折衷、調和的聲音出現？」我認爲，李維楨就是在流派之間溝通的其中一個聲音。他的論點，無一不展現出調和論的色彩。

李維楨主張折衷、主張兼善，他希望分裂或極端的路線，能走向一統、融合。這樣的傾向表現在各方面，比如他談論後七子所帶來的「重文輕儒」(〈夢古齋稿略序〉(150-544))之成心，以及李攀龍所說的「憚於脩辭，理勝相掩」，他欲調和的是「文」與「學」、「理」與「辭」的分裂；他又希望文章與政事合一，習舉業同樣能兼長古文辭，希望詩與文同樣能敘事，具有承載史的功能。就連論創作的風格亦然，他追求的美感，是「博贍而出之爲簡潔，激昂而夷之爲和婉，詄宕而劑之爲雅馴，縟藻而收之爲澹泊」(〈蘇明府集序〉150-524、525)、「弘而斂之，就法不爲橫溢；思深而反之，近裏不爲隱僻；氣奮而抑之，守中不爲亢厲；學博而約之，求精不爲誇靡；詞修而要之，大雅不爲豔冶」(〈韓宗伯集序〉150-545)，這是一種平衡的、兼而得之的取向。最重要的，就是他對於「師心」、「師古」調和，這很值得我們談一談。

復古派主張以古爲典範，帶來了模擬的弊端，這是不容否認的事實。因爲復古派的學習方式，正是透過精細的揣擬，久之入悟，然後變而化之。人們未能變而化之，停留在揣擬的階段，就會被批駁剽竊模擬。爲了矯模擬之弊，又有許多文人爲此做了很多努力，譬如公安派、竟陵派，都提出了許多改革的意見。

由此看起來，晚明的文壇確實存在復古和反復古兩股相互拉扯的勢力，復古的人主張師古，而反復古的人主張師心，兩者一旦往偏至、極端的方向發展，兩種立場就走向截然的對立。李維楨即指出「師古者排而獻笑，涕而無從，甚則學步效顰矣」,「師心者冶金自躍，覂駕自騁，甚則驅市人野戰」(〈書程長文詩後〉153-675)，兩種立場都會各自帶來弊端。

但是我們細看復古派的立場，他們從來都沒有說不要師心，事實上他們也講求神情，講求性情，講求眞；而被歸類爲傾向師心的文人，也未曾說過他們不要復古。他們雖然抨擊模擬，或主張個人情性，或主張各朝代都各有特色，或主張轉變宗法的對象，但總之，他們反對的，是亦步亦趨的模擬。他們由於一些較偏激的言論而導致無法、無古的批判，他們對此有所回應。如袁宏道說：「近代文人，始爲復古之說以勝之。夫復古是已，然至以剿襲爲復古，句比字擬，務爲牽合，棄目前之景，摭腐爛之辭……」〔註 1〕袁中道亦云：「隆及弘嘉之間，有縉紳先生倡言復古，用以救近代固陋繁蕪之習，未爲不可。而剿襲格套，遂成弊端……」〔註 2〕他們的理路，也是認同師古的。也就是說，兩者在走向偏頗時，各自展現了自身的缺點與不足，而他們在當時對此也都有所認知，因此兩個傾向，終究會走向融合一途。因此李維楨在此時所展現的論點，就會以全面考量爲主，一方面對於既有的弊端加以修補，另一方面對新起的、可能的弊端加以防堵。比如他在〈張觀察集序〉中所說的：

> 自有文字以來，成法具在，而師心者失之，若驅市人而使戰，若捨規矩準繩而爲輪，與師古泥之，與無法同。（150-519）

因此，復古與所謂「反復古」的衝突，只是在學習古人的方向上有了歧見，畢竟沒有人可以完全丟棄傳統的。復古派的人，以學古爲重，因此對於未能跟隨這樣路徑的人，恐其背離古道，因此斥責他們背古。三袁未嘗不贊同復古，卻被抨擊背古師心，一方面是因爲他們本身是一流派的領導者，而流派的宗主之所以爲宗主，就是因爲他們提出的理論，具有強悍的改革力道，旗幟鮮明，才能吸引群眾的跟隨，那麼這種理論的訴求必然是偏至而不是全面，他們確實有一種刻意作對的立論方式，所以更容易引起這樣的質疑；另一方面，則與跟隨者有關，跟隨者既眾，偏差在所難免，因此所謂的「末流」，往往都是偏離了原本流派的立意，走向一種更偏頗的道路。他們的立意是反對擬古，而理論提出時，很顯然並未能直指核心展開對話，而是針對模擬所衍生的問題，或企圖改變典律，或更注重個人情性的放縱，如此一來，結果偏離了復古之途。

我們在第一章曾談過這個問題，而這時再看郭紹虞所說明代文學批評的特徵時所說的：「偏勝，走極端，自以爲是，不容異己。因此，盲從、無思想、隨聲附和、空疏不學，也成爲必然的結果。」〔註 3〕以這段話來重新檢視這些

〔註 1〕 袁宏道：〈雪濤閣集序〉，《袁中郎全集》（臺北：世界書局，1964 年 2 月），「袁中郎文鈔」，頁 7。

〔註 2〕 袁中道：〈解脱集序〉，《珂雪齋集》（上海：上海古籍出版社，1989 年 1 月），頁 452。

〔註 3〕 郭紹虞：〈明代文學批評的特徵〉，《照隅室古典文學論集》（臺北，丹青圖書

流派的衝突，確實指出了部份實情。

我們由此可以再思考，復古派的人，和這些所謂「反復古」的人，看起來確實是對立的，既然各自都會走上極端、偏頗，若我們還是以爲這兩股勢力如何的拉扯，使得復古派的人們不得不往性靈派的方向修正，就大錯特錯了。這彼此拉扯的關係或不如我們想像中的強烈，兩者對抗的力量也不是如我們所想像的運行。李維楨的調和立場，與其說受到性靈思潮的衝擊而轉變想法，或者對於復古派理論的自我批判，還不如說他所看到的狀況，是時人所共見，是一個時代學風整個出了問題，是一個人云亦云，失去了核心價值可依歸的時代。如袁宏道曾批判復古派帶來的「剽竊成風」，「見人有一語出格，或句法事實非所曾見者，則極詆之爲野路詩」，又嘆「今之爲詩者，才既綿薄，學復孤陋，中時論之毒，復深于彼，詩安得不愈卑哉！」他因此「感詩道昔時之盛而今之衰」。〔註4〕我們看到中郎的慨歎，可能會覺得非常熟悉，因爲這論點與李維楨所提出，是何其類似。

正因爲世道的衰頹，流派的宗主才會有這樣強悍的改革意識，他們從不同方向著手，這些殊性，正是流派之間之所以區隔的重要因素，而李維楨的特色，就是看到了這些弊端，因此他會以一種全面性的思考，試圖把分裂的聯結起來、極端的加以調和。以一個具有歷史責任感的文人來說，他是歡迎各種改革的聲音，也願意隨時修正自己的立場。他自己的論點中，若有理想與現實相衝突之處，他一樣會加以調整。我們在前面也談過，具強悍改革力道的理論，通常並不追求全面，但是引人注目。李維楨的論點在以往較少爲人所注意，他理論的特色，與他生活的時代有絕對的關係。

二、理想與現實：難以避免的矛盾

從李維楨的論述中可以看出，他是個考量較全面的論者，他會針對現況，調整他的論點。但是這樣一來，卻往往因爲標準不同的，而有不同的論述，導致他理論中不可避免的矛盾。

比如，他不斷大嘆詩道陵夷：

友人吳非熊嘗與余言：「今詩極盛矣，而有衰徵三：尚清者寒儉而弱，

出版公司，民國74年），頁337～341。

〔註4〕袁宏道：〈敘姜陸二公同適稿〉，《袁中郎全集》（臺北，世界書局，1964年2月），「袁中郎文鈔」頁8。

尚新者僻怪而晦，尚質者簡率而卑，皆自負專門名家，其說成理，熒惑人視聽，潛移人心志，而詩道陵遲，將不可復挽。」(〈范穆其詩序〉151-44)

又說：

縉紳治舉子業，經術通明而不暇爲詩，布衣不習舉子業而爲詩，經術缺如。縉紳折節布衣以取好士聲，恥于見短而時假手布衣以文其陋；布衣貧困好爲游，或以其長傲縉紳，不然者，行卷充贄，冀脂膏餘潤而已。蓋上者殉名，下者殉利，追趨逐嗜之意多，而匠心師古之指少，詩道陵遲，無惑其然。(〈桃花社集序〉150-773)

詩道的衰頹，李維楨沉重感慨。但是再看他對於明代文壇的熱情讚揚，是「天開人」、「人成天」，文風鼎盛的盛世(〈廷尉陳公壽序〉151-129)。

他主張「一代之才，即有一代之詩」，不過從他的論述中，其實他宗唐的傾向非常明顯。而他宗唐的同時，他也提出「唐與古殊」，檢討「學唐太過」的情形。

在批評和創作的觀點上也是一樣，他其實心目中是追求兼長的，但是他知道諸體皆備的難度極高，因此他轉而欣賞偏至；他看到七言律詩創作之普及，因此他雖然在理論上聲稱重古體，但是他從體的發展，說明七言律詩在明代發展如何之盛、該如何才作得好。而他知道從使事、詠物對詩體傷害不小，他乾脆從詩的演變，來說明「體固然耳」。他顯然知道，與其尊古貶律，還不如從史的角度，爲七律建立更好的地位，對於詩道之存，更有助益。

這些論點的矛盾，並不是由於他立場的擺盪。一方面，我們當然要考量他寫作時間、寫作對象的不同，所要對治的問題亦有所不同；另一方面則是因爲現實與理想確實存在著差距，文學環境本來就複雜，爲了考量全面，而不得不在理論上做調整。且不論其中可能會有粗陋之處，但他確實針對了時弊，而有諸多針對、反省和修正。

第二節 指出復古派轉向的路徑

復古派到了後期，其理論因爲整個文學環境的改變，而必須有所調整。李維楨對復古派理論有許多修正，可說是此中重要的環節。當然，他提出的修正未必都是他所獨創，但是這些修正，代表復古派理論到了晚明，可以找尋的新出口。按照本論題開展的次序，可分爲三個範疇來談：

一、從文學歷史的觀點來看

復古派詩歌主張取法盛唐。李維楨至遲在萬曆十三年時，即提出了「學唐太過」的檢討——在〈唐詩紀序〉〔註5〕一文中，李維楨從政治上、詩歌體製的發展以及音樂性的演變，列了許多項「唐與古殊」，並且說道：「不佞竊謂今之詩，不患不學唐，而患學之太過。」又說：「今懼其格之卑也，偏求之於悽惋悲壯，沉痛感慨，過也。」（150-489）他以「古」作爲衡定的標準，刻意地對唐代詩歌的價值稍加貶抑，不僅重申了詩教的傳統，更重要的是他提出呼籲，人們不應將眼界侷限在學唐，而造成偏頗。這對於復古派理論之弊，確實有很強的針對性。

其後，李維楨在〈宋元詩序〉〔註68〕中說道：

> 詩自三百篇至於唐，而體無不備矣。宋元人不能別爲體，而所用體又止於唐人，則其遜于唐也。故宜明興詩求之唐以前，漢魏六朝；唐以後，元和大曆，駸駸窺三百篇堂奥，遂厭薄宋元人，不復省覽。二三大家王元美、李于田、胡元瑞、袁中郎諸君，以爲一代之才，即有一代之詩，何可廢也。（150-496）

李維楨未必欣賞宋元詩，但他反省復古派取法的偏狹，並以學習者的同理心，說明唐詩已達到極高的成就，後世的文人必然從唐詩入手，思考了宋元人亦學唐詩的情形：

> 宋元人何嘗不學唐？或合之，或倍之，譬之捧心在颦，在西施則增妍，在他人則益醜。譬之相馬，在伯樂得其神，則不論驪黃牝牡，在其子，按圖則失之蟾蜍，差以毫釐謬以千里。安知今學唐者不若宋元者哉？（150-496）

他以「聲音之道與政通」的原則，來檢視文學史的發展與流變，並從國風來談「審音觀政」，說明宋元詩亦不可偏廢。他雖然與復古派的立場一樣認爲「格以代降」，但他是肯定文學歷史前進、演變的客觀事實，而不是以貴古賤今角

〔註5〕李維楨所序之《唐詩紀》一書，爲萬曆十三年（乙酉）郭郡吳氏校刊本。

〔註68〕李維楨所序之《宋元詩集》一書，爲萬曆四十三年（乙卯）新安潘氏原刊本，李維楨此序不知撰寫於何時。張惟任於萬曆三十九年撰寫〈大泌山房集序〉，而刊刻時間與序文撰寫時間或有差距，僅能推測〈宋元詩序〉的撰寫時間當於萬曆晚期。

度去看的。

由此來談，也就開啓了另一個議題，就是各時代的文學各有勝場。由於復古派向來有貴古賤今的傾向，李維楨提出「二三大家」所說的「一代之才即有一代之詩」，反對復古派的袁中郎置於此間，當然也極具調和流派之間衝突的意味。不過換個角度來看，李維楨的說法也指出了一個事實，「學唐」、「貴古賤今」仍是主要的文壇風氣，當時已經有許多對於文壇有影響力的人物，共同對此風提出反省和質疑。不過儘管有這些反省和質疑的聲音，李維楨仍須繼續去強調、呼籲，顯見當時文壇的風氣並未眞的改善。

袁中郎所說的「唯夫代有升降，而法不相沿，各極其變，各窮其趣，所以可貴，原不可以優劣論也」。類似的立場，李維楨在〈祁爾光集敘〉有更進一步的闡發：

> 文如先秦西京，詩如十九首、古樂府，建安黃初區以別矣。六朝之文，俳偶藻麗，唐宋諸名家之文，平正通達，六朝之詩，雕繪妍媚，至唐而歌行、近體、長律、絕句，以迨中晚，丰神色澤，日異而月不同。因乎其人，則材具有短長，格調有高下，規模有宏隘，造詣有淺深；因乎其時，則好尚有新故，體裁有損益，風氣有偏全，師承有彼此，如書契之不可復返爲結繩，如魯宋逢掖、章甫之不可觭重，則各有所當也。慕古之士，東唐以後書不覯，必若所云，人世亦何用有今？（150-522）

每個時代的文學，都會展現出不同的風貌。這是由於每個時代的人各有專長、各有其稟性，而隨著時間的推移，風尚習氣都會有所改變，由古到今，本來就是個客觀存在的事實，不能一味的「慕古」，不觀唐以後書。李維楨主張對各個時代的文學特徵都能加以掌握，這是他更開放且包容力更大之處，也同時是復古派後期文人們共同的傾向——汲取並總結前人的創作經驗，達到「兼長」的目標。

二、從創作的見解來看

關於創作，李維楨有別於復古派的理論，首先可以看「才」、「學」、「識」的提出。「才」、「學」、「識」是史學的觀念，他將此觀念納入文學創作中，顯見他的取法、學習，是帶著歷史的責任感。其對於復古派的突破在於：

第一，他所提出的「學」，是博學。復古派原來並不主張博學，在「立志需高，入門需正」的要求下，他們的取法是有限定的。從王世貞提出「師匠宜高，捃拾宜博」〔註7〕以來，復古派的文人也注意到博學的重要性，李維楨的論述，即是由這樣的觀念繼續闡發的。

第二，他重視個人的的才性，並認爲個人才性對作品優劣，有決定性的影響。按照李維楨的說法，三者的層次如他在〈王奉常集序〉中所云：

> 余則以爲識先於學，而才實兼之，未有無識而可言學，無學而可言識，學識不備而可言才者。才者，天授，非人力也，故長於文或不得於詩，長於詩或不得於文，即其所長評之，而各體亦有至不至焉，其才使之然也。（150-529、530）

而在〈錢簡棲集序〉一文中，他提到王百穀「才高視一世」的原因，在於「其學能蓄之，其識能擇而用之」（150-578）。總的說來，「識」是對於「學」的鑑別能力，而「才」指的是個人氣性而言，凌駕於兩者之上，統攝學與識。「識」與「才」在不同層次上，皆與天生稟賦有關。也就是說，在博學的基礎上，如何去鑑別，使得學習的效率更高，然後如何發揮出所學的成果，完成詩歌的創作，都必須仰賴天賦。

順著李維楨對天賦的重視，他對才與法的討論，也很值得我們注意。復古派文人重視法度，李維楨亦然。李維楨所說的學與識，就是爲了對法度有更好的掌握。李維楨認爲，個人的才性必須受到法的限制，如他說「才弘而斂之，就法不爲橫溢」（〈韓宗伯集序〉150-545）以及「才具有餘，不軼法外」（〈山居吟序〉151-42），都是強調法的規範性，由法來節制過多的才思，讓作品看起來中和、渾厚、流暢。然而李維楨與傳統復古派文人不同的地方，是他承認並欣賞才溢出法的情形。如他在〈感懷詩跋〉中云：

> 詩之各有體也，始自一人創之，而後遂沿襲如矩矱不可易也。英儁之士，其才氣凌厲千古，往往與俗尚相左，感槩激昂，鬱抑侘傺，不得已而託之詩，時與體出入，蓋其變也。（153-678）

李維楨雖重視法度，但對於「英儁之士」突破俗尚，產生詩體之變，竟然是抱持開放且接受的態度，將之視爲文學史演變的軌跡。這就與傳統復古派的理論大相逕庭了。

另外，李維楨在〈太函集序〉中說：

〔註7〕王世貞：《藝苑卮言》卷一，《全明詩話》（濟南：齊魯書社，2005年6月），頁1886。

法者前人作之，後人述焉。猶射之彀率，工之規矩準繩也，知巧則存乎才矣，拙工拙射，按法而無救於拙，非法之過，才不足也。……將舍彀率、規矩、準繩，而第以知巧從事乎，才如羿、輸，與拙奚異？（150-526）

這個觀點相當特殊，法固然必須遵守，但是李維楨也強調，無才的人，就算是按照法度，也無救於拙，這不是法的問題，只能怪自己拙。但李維楨話鋒一轉：若真的捨棄了法，再巧的人也將跟笨拙的人無異。

因此，李維楨是希望能透過廣博的學習，了解前人的法度，然後以「識」來加以選擇，再以才氣，完成理想的創作。然而有才無法，何以會笨拙至此？有法無才，無救於拙，法的必然性何在？這些李維楨都沒有討論。這樣的理想狀態，一般人根本難以迄及，如此也顯示出李維楨理論不足的地方。

三、從批評的準則來看

復古派的後期，文人對於「成一家之言」的理想，更體現在「兼長」上。李維楨也用了許多篇幅，論述「諸體兼備」的重要。然而，李維楨注意到兼長非常難，一方面由於文體的發展日益繁複，另一方面由於人的才性各有偏向，李維楨認為應當承認這種侷限。至遲在萬曆十八年〔註8〕，李維楨即提出了這個看法：

體各有宜，而才各有合，度材量力，自足以成一家言，而或欲苞舉諸體，囊括百氏，諱其短而行其所難，行歧路者不至，懷二心者無成，非馬非驢，類鶩類狗，此一失也。（〈青蓮閣集序〉150-717）

欲成一家之言，不必貪多，只要把握各體的特色，以及自身的才性偏向，專力為之，否則什麼都作不好了。

而他提出「適」的觀念也相當重要。如李維楨在〈沈茂之詩序〉中說：

茂之率其性以取適，就其才以窮詣，無世俗義哭不哀，巧笑不歡之態，恥學步壽陵，學顰東家，善於用少，不拙於用多。其詩以一家名之，不得，則古，故有率其性，就其才，為其詩者，以諸家名之，不得，則茂之之性、茂之之才，所為茂之之詩也。（151-40）

在〈亦適編序〉中說道：

〔註8〕《青蓮閣集》刊刻於萬曆十八年。

……是故格由時降，而適於其時者善，體由代異，而適於其體者善。

迺若才，人人殊矣，而適於其才者善。（150-749）

以才適體，以體適格，以格適時，層次分明，各適其宜，不論是對學唐、追求格調之高，或者對於「兼工」的要求，李維楨此論，都提供了很好的修正。

第三節　本文的回顧、檢討和展望

本文的撰寫，是基於對文學流派框架的質疑，基於對典範性論述的質疑，也基於對文學思潮演變的質疑，儘管專家研究並不是開展這些問題的直接方法，但是畢竟是個基礎工作。必須說明的是，本文的研究，並不在於凸顯李維楨理論的偉大——儘管他確有獨特創發之處——而在於如實的展現。這種展現的目的，是爲了對晚明的文學史有所補充。專家的研究，在文學史的研究中，只能算是很基礎的一小部份，若要在本論題中，展開對文學史面面俱到的論述，實際上是很難的。但是，在這樣的基礎之上，是可以累積出更宏大的視野，對文學史的研究必然有所助益。

至於本論題的開展，有意識地避開一種僵化的、簡單的背景式的寫法。這種寫法雖具有介紹性的功能，但如此一來，恐怕僅能提供表面的架構，並侷限了思考深入的可能性，我所希望的，是能夠去處理更多紛雜的線條。

這當然並不是說我是去歷史地撰寫本文。把研究對象置於某個位置來討論，比如它屬於哪個流派、哪個立場，事實上都蘊含了研究者的的歷史觀點，這些觀點來自於參照其他的作品、參照各種文學體裁和風格、參照在文學的流變中，各種文學經驗和知識，這都是具有價值判斷在裡頭。

如按照理想的狀態，應該是透過大量的閱讀之後，累積了足夠的文學觀念，有深厚的文化視野，來看待研究的對象，這樣的研究成果會更具深度。不過，正因爲按照這樣的方向進行研究，更深切的體認己身的不足，學識的補充永遠都有新的可能，永遠也補充不完。

而撰寫時的種種困境，更印證李維楨所說的：

余惟今作者苦不學，故初則境易窮，末則氣易索，羨長博學孳孳如不及，取之無盡，用之有餘，情之所蓄，無不可吐出；景之所觸，無不可寫入。（〈余羨長集序〉150-566）

他所說的「初則境易窮，末則氣易索」，原是說文學創作上的問題，其原因就是他批判的，是時人不學的風氣。「博學」正是對治這種寫作困境的最好辦法。這也在我的研究過程中，產生了警示的意義。而在本論題的寫作期間，類似的經驗，不斷在知識上和個人的生命經驗上，給予不少啓發。

除此之外，尚有幾個議題，因限於本論題的篇幅以及論述架構，未加以著墨，但實則可作爲其他研究論題的重要參考者，在此一併列出：

第一，是李維楨的地域詩學觀念。比如他論述同是楚人的吳國倫，先以「北沉雄或寡致態，南綺靡或傷古體」說明南北風氣不同，李攀龍爲北方人，王世貞爲南方人，兩人因其生長地而風格迥異，然後說「楚於今幅員南北道里均，先生得其中，恭和不偏，則地靈會矣」（〈甔甀洞續稿序〉150-531）。其他比如「詩道之興，在北爲盛，何李邊薛諸君子，皆關河齊魯產也，閩則有鄭善夫應之」（〈鄧使君詩序〉150-726），或者「往余序李司馬于田詩，以爲北地、歷下及公三李，皆自西北起，事奇甚矣」（〈綠雨亭詩序〉150-721），諸如此類。他按照區域，歸納了文人的創作風格，這都可作爲研究地域詩學的重要參照。

第二，是李維楨所參加的結社活動。詩人因爲想法志同道合而結盟，互相往來唱和。萬曆以來，詩人的結社雖仍與宗派有關，但是更多地帶著遊宴的性質。隨著延攬的人數增加，成員的組成愈見複雜，唱和應酬的成分多了，產生不少附庸風雅之作，不過結社畢竟還是關係著詩派群體的興衰，以及詩風的變遷。

李維楨所參加過的詩社，如萬曆十二年，加入汪道昆所主持的白榆社，到萬曆三十七年加入陸弼的淮南社，然後有米萬鍾的湛園詩社，期間還有白門社，青門社，與萬曆四十六年鍾惺主持的俞園社等。從李維楨與詩社成員酬答的詩文來看，他的交遊相當廣泛，其思想更見複雜性。若一一細考，則晚明文人的群體關係，可以繼續探討，交織成巨大的網絡。

第三，是關於李維楨的生活型態。李維楨與山人的往來，他參加宴飲的園林，以及他「遊」的經歷——包括他所撰寫的遊記，以及他將出任外吏視爲「遊」，都可作爲研究晚明文人生活型態的印證，李維楨的生活與心態，都與晚明文人的重要典型相當符合。

總結的說來，本論題的研究所獲，也可分爲三點來談：

第一，以相對來說，李維楨此人還是較少爲人所注意的。在緒論中我曾提到，我們的文學史論述，通常都是已經有所篩汰、擇取，排列過誰重要、誰不重要，都有一定的次序。但若是換個角度、換個標準、換別的意識形態，誰重要誰不重要，或許就會有別的判準。當然這意思並不是說李維楨就會因此變成第一流的理論家，而是，可能以往認定他並不重要，但在時代變遷之後，新的研究議題不斷開發，這些古代的人物總會在新的時代展現新的意義、新的位置。這幾年著手撰寫這篇論文，觀察學術界的狀況，我認爲李維楨逐漸受到重視，在這個趨勢、潮流中，是有代表意義的。

第二，李維楨的研究，對於晚明文學研究有補充、修正的意義。如前面所述，李維楨多次談到「性靈」，談到「師心」，這些觀念在王世貞的文章中陸陸續續有提到，但是李維楨是比較大量加以闡發的人。他提出這些觀點的時後，公安派甚至尚未成形，那麼也就代表著，以往人們認定公安派如何反抗復古派不遺餘力，或者到後來說李維楨如何受到公安派的衝擊只好修正自己的觀點，這都顚倒了發生的次序，忽略了復古派自己發展的環境，有自我修正轉向的可能性。由此也可以看出，流派的遞禪轉移，並不是取而代之的，而是有許多混雜、兼容的情形。

第三，李維楨的研究，可看出復古派後期文人所關注的焦點，以及復古派理論的轉向。這並不是說他就是絕對的引領修正或改變的那個人，但他會是個很好的研究切入點。我們必須要注意到他在當時在文壇的影響力，他雖然沒有理論專著，但他撰寫的文章很多，交往的文人也很多。他可能也必須做一種統合、關照全面，對於諸多現況、時弊有所回應。比起「偏勝、走極端、不容異己」的宗主特質，他的理論強悍度削弱許多，但這些理論必然的，具有回應當代問題，統合眾人觀點的用意，當然也就具有一定意義的指標性。

以本論題爲基礎，我期望以此作爲考察晚明文壇的切入點，爲一些歷史上模糊、糾葛之處，提供對照和補充。目前，與李維楨同時的屠隆、胡應麟，已有較多的學者投入研究；對於李維楨所往來交游的，如王世懋、汪道昆與汪道貫兄弟這些與復古派關係密切者，也都有不少關注。至於其他與李維楨友好，如潘之恆、俞安期、王百穀等出入於各流派之間，又在當時享有盛名的文人，其實都可以再進一步討論。李維楨的門人郝敬，亦提出了不少捍衛復古理論的觀點，而他又與竟陵派的往來亦相當密切。從不同的群體概念，去看待這些文人，所能歸納出來的晚明文學史，其內涵是相當豐富而多元的。從李維楨文學思想的研究，期能作縱向的連貫，以及橫向的聯結，呈現晚明的文壇錯綜、紛雜的樣貌。

附錄一　李維楨簡要年表

時　間	西元	歲數	事　件	其 他 大 事
嘉靖二十六年丁未	1547	1	出生。	李攀龍三十四歲；王世貞二十二歲；汪道昆二十三歲；李贄年二十一歲；徐渭二十七歲；歸有光四十二歲；屠隆五歲。
嘉靖二十八年己酉	1549	3		王世貞與李攀龍定交。
嘉靖三十年辛亥	1551	5		胡應麟生。
嘉靖四十三年甲子	1564	18	娶王氏。	
嘉靖四十四年乙丑	1565	19	舉於鄉。	
隆慶元年丁卯	1567	21	隨祖父宦赴大梁。	
隆慶二年戊辰	1568	22	中進士第，任翰林院編修。 從沈肩吾讀中祕書。	袁宏道生。
隆慶三年己巳	1569	23		嚴嵩卒。
隆慶四年庚午	1570	24		袁中道生。 李攀龍卒，年五十七歲。
隆慶五年辛未	1571	25		歸有光卒，年六十六歲。
萬曆二年甲戌	1574	28		鍾惺生。
萬曆三年乙亥	1575	29	陞翰林院修撰。 劉臺上疏彈劾張居正，李維楨受牽連，因蜚語而外補，任陝西參議，提學副史，並參與討番。	謝榛卒，年八十一歲。

萬曆四年丙子	1576	30	爲陝西督學。	王世貞《弇州山人四部稿》刊成
萬曆五年丁丑	1577	31		張居正父喪。
萬曆九年辛巳	1581	35	以關西督學使者知河南政事（大梁）。 王世懋來訪。 父喪歸。	
萬曆十年壬午	1582	36	守父喪。	錢謙益生。 張居正卒。
萬曆十一年癸未	1583	37	守父喪。	王世貞作〈重紀五子篇〉、〈二友篇〉、〈末五子篇〉、〈八哀篇〉、〈四十詠〉、〈十詠〉。
萬曆十二年甲申	1584	38	游吳越。 加入汪道昆所主持的白榆社。其後與汪道昆的弟弟汪道貫，同游武林，訪王世貞。	吳國倫、汪道昆、胡應麟、張佳胤等人先後訪王世貞。
萬曆十四年丙戌	1586	40		譚元春生。
萬曆十六年戊子	1588	42	在蜀。	
萬曆十七年己丑	1589	43	試長安諸生，謁選人。 起家大梁，大梁之役共三年。	
萬曆十八年庚寅	1590	44		公安三袁初見李贄於公安柞林。 王世貞卒。
萬曆十九年辛卯	1591	45	秋，移虔州（江西宜分），病。	
萬曆二十年壬辰	1592	46	病免里居。	
萬曆二十一年癸巳	1593	47		徐渭卒，年七十三歲。 汪道昆卒，年六十九歲。
萬曆二十三年乙未	1595	49		袁宗道任吳知縣。
萬曆二十六年戊戌	1598	50		公安袁氏三兄弟組織「葡萄社」。
萬曆二十七年己亥	1599	53	春，起家入蜀。 冬，領浙憲。	李贄《藏書》刊刻於南京。

萬曆二十八年庚子	1600	54		袁宗道卒，年四十歲。
萬曆二十九年辛丑	1601	55	辛丑外計，謫居壽春（安徽壽縣），領潁上兵事。 仲冬，奔母喪	
萬曆三十年壬寅	1602	56		李贄自刎獄中。
萬曆三十一年癸卯	1603	57	爲鍾惺撰寫〈玄對齋集序〉。	
萬曆三十二年甲辰	1604	58		譚元春過訪鍾惺，二人定交。
萬曆三十三年乙巳	1605	59		江盈科卒。 屠隆卒，年六十三歲。
萬曆三十四年丙午	1606	60	季冬，入晉	
萬曆三十七年己酉	1609	63	秋，自晉遷秦，上書病免。 仲弟急難，爲之周旋留滯江淮間。 陸弼（無從）招入淮南社。	
萬曆三十八年庚戌	1610	64		袁宏道卒。 鍾惺、錢謙益中進士第。
萬曆四十二年甲寅	1614	68	撰寫〈章章甫詩序〉，稱鍾惺「執詩壇牛耳」。	
萬曆四十六年戊午	1618	72	八月十五，鍾惺邀請李維楨與諸詞人集俞園，迎鄒迪光至南京。時鄒迪光七十歲。鍾惺有〈喜鄒彥吉先生至白門以八月十五夜要同李本寧先生及諸詞人集俞園〉詩記之，並作〈鄒彥吉先生七十序〉。	
天啓五年乙丑	1625	79		鍾惺卒
天啓六年丙寅	1626	80	李維楨卒。	

附錄二　重要理論繫年

理　　論	書籍刊刻時間	出處
詩以道性情，性情好尚，辟諸草木，區以別矣。發而爲詩，各得其性之所近，天籟萬竅，紛然不齊，詩成而選，亦各就其情之所好，非可強同也。	嘉靖三十一年	〈選詩補序〉150-489
夫詩自六朝而使事之體興，鋪張馳騁，排偶猥雜，大傷氣骨，病在誇多，不能割愛耳。子勤詩不爲事使，清通簡要，彼其產吳宦越，處財貨之湊，澹然自守，紛華靡麗無所愛，可以觀矣。**詩本乎情，發於景，好奇者求工於景所本，無求飾於情所不足，狥人則違已，師心則垂物，穿鑿附會，若木偶衣冠，形神不相繫**。子勤詩以景生情，以景造言，不立門戶，不□本實，……可以觀矣。**詩教溫柔敦厚，而患其調與格之弱者，一以雄麗爲宗**，子勤詩婉轉流便，點綴硬媚，隨語成韻，隨韻成趣，不爲峭峻溪刻之態，風神獨暢，彼其襟度沖夷，無眾寡貴賤，平等一相，飲人以和而意自消，可以觀矣。能詩之士，劌心濡首，沉吟孤賞，遺棄世事，授之以政，不達，遂謂詩能窮人；精覈吏志者，以雕蟲小技，非壯夫所爲，或終其身於諸體諸韻，了不入目……子勤以詩爲政，以政爲詩，劑量得中，而詩與政並有聲，所醞藉度越人遠矣，不然古人所以觀風觀志，寧獨言語文字已耶！	萬曆十二年 《尚友堂詩集》萬曆十二年自刻本	〈龔子勤詩序〉150-724
（唐與古殊） **不佞竊謂今之詩，不患不學唐，而患學之太過。**	萬曆十三年	〈唐詩紀序〉150-491
余則以爲**識先於學，而才實兼之，未有無識而可言學，無學而可言識，學識不備而可言才者**。才者，天授，非人力也，故長於文或不得於詩，長於詩或不得於文，即其所長評之，而各體亦有至不至焉，其才使之然也。	萬曆十七年	〈王奉常集序〉150-529

明興，才士無如太倉司寇王先生，而其弟奉常公晚出，而與之齊名。…**自北地、信陽，肇基大雅，而司寇諸君子益振之，海內詩薄大曆，文薄東京，人人能矣，然大抵有所依託模擬**，而公神境傳合，無階級可躡尋，體無不具，法無不合，不可名以一家。		
今夫唐詩祖三百篇而宗漢魏，旁采六朝，其妙解在悟，其渾成在養，其致在情而不在強情之所本無，其事在景而不益景之所未有，沉涵隱約，優柔雅澹，故足術也。世之爲詩者曰：有道之士，辭富貴而甘貧賤，惟詩亦然。談容顯繁華則俗，詠窮愁老病爲佳，於是嘆飄零、傷遲暮，無疾而呻吟，其情景與人了不相涉，此一失也。反此則有詩讖之戒，而避忌滋多，沉溺驚喪，不以贈遠短促凋衰，不以稱壽單降免失，不以獻達官落遺下出，不以文新進、長□短幅、行卷累帙，一切爲應付供給之語，而情景與人亦了不相涉，此一失也。七言律體最晚出，而用最濫，遂與塡詞等，大氐麗姓名、象品地、摭舊蹟、綴節物，援引故實，博會牽合，以蕪蔓爲富，險僻爲新，纖巧爲奇，矜誕爲雄，而作者之指，蕩然無復存，此一失也。體各有宜，而才各有合，度材量力，自足以成一家言，而或欲苞舉諸體，囊括百氏，諱其短而行其所難，行歧路者不至，懷二心者無成，非馬非驢，類鶩類狗，此一失也。惟寅在朝言朝，在野言野，在軍旅言軍旅，**觸境以生情而不迫情以就景，取古以証事而不役事以騁才，因詞以定韻而不窮韻以累趣，緣調以成體而不備體以示瑕**。（共四失）	萬曆十八年	〈青蓮閣集序〉150-716、717
法者前人作之，後人述焉。猶射之彀率，工之規矩準繩也，知巧則存乎才矣，拙工拙射，按法而無救於拙，非法之過，才不足也。	萬曆十九年	〈太函集序〉150-527
余讀民部閻汝用詩，藹灑然異之焉。因體而別其詣，古選之意象馴雅，歌行之才氣宏肆，近體之律韻均調，絕句之風神詄宕；因格而求其似，漢魏之樸茂醇深，典則清舉，六朝之靡曼藻麗，盛唐之雄贍姸秀，抑何其足具也。 ……則諸體兼備焉。總之，詞藻豐饒而氣韻生動，音調諧暢而風骨稜嶒；析之，樂府、古選之春容醞藉也，歌行之閎奧瑰琦也，近體絕句之高華整栗，沉著瀏亮也。 ……詩至於今，體無所不有，名家大方，源流師承，苟求其故，較然明白。**惟步趣形骸，割裂飣餖者，口實法古而去古彌遠，害古彌甚，大復先生是以有舍筏之喻，豈其信心縱腕，屑越前規，要在神明默成，不即不離。**	約萬曆十九年後 虔州之後	〈閻汝用詩序〉150-750

夫詩文雖小道，其才必豐于天，而其學必極於人，就其才之所近而輔之以學，師匠高而取精多，專習凝領之久，神與境會，手與心謀，非可襲而致也。	萬曆二十二年 《居來先生集》萬曆二十二年張叔璽刻本	〈張司馬集序〉150-528
及談文事，其指若曰：「人有心而行之於言，言必文，然後可傳遠。」**故文論理必別是非，論事必明得失，一切可喜、可哀、可怒、可愕、可懼，情狀如在目前，使人覽之不覺失笑，盱衡髮立，舌吐齒齘，而涕欲下乃可耳。**	萬曆二十三年 明萬曆乙未（二十三年，1595）錢塘知縣湯沐刊本）	〈楊道行集序〉150-553
嘉隆間才人寖盛，海內三尺之童，知厭薄大曆，高譚六朝漢魏。……**夫嘉隆諸君子善學六朝漢魏與唐者也，舍六朝漢魏與唐，而惟嘉隆諸君子之求，故宗門漸遠而蹊徑易窮。**抑或以嘉隆諸君子取重，恭稱師，倨稱友，近稱同社，遠稱神交，故情賞不諧，而梔蠟輒敗此一時也。	萬曆二十五年	〈朱宗良集序〉150-713
陳先生詩，**直抒性靈，不雕斲溪刻而體裁中度，經緯成章以方盛覽。**	萬曆二十五年後 從兒時算起，垂五十年	〈陳計部詩選序〉150-753
夫詩無今古，而有今古。自《風》、《雅》、《頌》，爲《騷》，爲五言，爲七言，爲律，爲絕，而**體由代異**矣。自唐虞三代爲春秋戰國，爲漢，爲魏，爲六朝，爲三唐，而**格由時降**矣。《三百篇》、《騷》、《選》、歌行、近體、絕句，**莫不有成法焉，有至境焉，異曲而同工，古不必備，今不必劣也。是故格由時降，而適於其時者善，體由代異，而適於其體者善。迺若才，人人殊矣，而適於其才者善。**孟韋之清曠，沈宋之工麗，不相入而各擅其勝，貪而合之則兩傷矣。拾遺聖於律而鮮爲絕，供奉聖於絕而鮮爲律，瑕不掩瑜，諱而兼之，則均病矣。宗廟、朝廷、閨闈、邊塞、異地、禮樂、軍戎、慶弔、離合、異事、莊嚴、悽惋、發揚、紆曲、異情，雜而失之，則失倫矣。若然者，無論無才，用才之過，與無才等耳。	萬曆二十七年 刊刻時間未知，年代乃據文中推知。	〈亦適編序〉150-749
海內名才者，大抵能詩，而於文未必兼長。獨吳王百穀先生，無所不名家。弇州公弟兄生時，已推遜之，今巋然魯殿靈光矣。……客或以簡棲所爲文與詩，掩姓名視人，人輒躍然：此王先生筆也。王先生才何以高視一世，其學能蓄之，其識能擇而用之而已。貧士衣食於奔走，日不暇給，安所得書？自宋沿晚唐之弊，迄乎今茲舉子業、臺閣體、村學究語，浸淫人心，無之非是，雖好讀書者，束縛汩沒其中，不自振拔，	約萬曆二十八年後 據文意，該序爲合集之序，各集多在萬曆二十八年時刊刻，此序文當在二十八年之後	〈錢簡棲集序〉150-578

以此爲文，墮惡道固宜，簡棲於五經、左、馬、班、范、六朝諸史，先秦、兩京、唐、宋名家諸集，三百篇以迨三唐諸詩，柱下、漆園、呂覽、鴻烈、荀揚諸子，爾雅、方言諸稗官，歐陽率更、虞永興諸類書，本朝諸典章故實，悉所討論，而後用之於文，其有韻者與其不盡韻者，投之所向，輻輳泉湧，必含商吐角，遏雲繞樑，以爲音調；必秋月明霞，輝山媚澤，以爲精采；必郢斤宋楮，累丸削鐻，以爲工巧；必蜀錦齊紈，鮫綃龍繡，以爲綺麗；必巫山行雨，洛浦淩波，以爲姿態；必姑射米雪，金莖沆瀣，以爲清絕；必未央阿房，建章甘泉，以爲宏壯；必夷堅齊諧，甘　諾皐，以爲奇異；必二酉羣玉，太乙玄夷，以爲博洽；必盤盂科斗，竹簡漆韋，以爲古雅；**今其集具在匠心鑄詞，淵源自遠，而意象若新，非學何以庇材，非識何以錯勝人才哉！**		
蓋聞之，先進言詩者，總諸詩之體而論，以詠物爲傷體；就一詩之體而論，以使事爲傷體。是苑也，爲詠物使事設耳，如詩道何？夫詩三百篇，何者非事？何者非物？多識草木鳥獸之名，孔子固有定論矣。然當是時，詩體與今異，試取《易》之卦象爻象，《書》之典謨訓誥，與《詩》之風雅頌而並觀之，其相別幾何？故詠物使事，累用之而無嫌。至漢魏六朝而後，詩始有篇皆五言者；始有篇皆七言者。漢魏古詩以不使事爲貴，非漢魏之優於三百篇也，體故然也。六朝詩律體已具，而律法未嚴，不偶之句語不諧之韻，往往而是。至唐而句必偶，韻必諧，法嚴矣。又益之排律，則勢不得不使事，非唐之能超漢魏六朝而爲三百篇也，體故然也。六朝詩律體已具，而律法未嚴，不偶之句與不諧之韻，往往而是。至唐而句必偶，韻必諧，法嚴矣，又益之排律，則勢不得不使事，非唐之能超漢魏六朝而爲三百篇也，體故然也。使事善者，必雅，必工，必自然，不則反是，而詩受傷矣。詩使事者，篇不必句有事，句不必字有事，其傷詩差小；詠物者，篇不得有無事之句，句不得多無事之字，其傷詩滋大。故詩詠物而善使事爲尤難，非近體之難於古選也，體故然也。使事而爲古選，譬之金屑，不可入目。其可以極命庶物，百出不窮者，排律耳；七言古次之，五七言律次之，體故然也。唐之律嚴於六朝，而能用六朝之所長，初盛時得之，故擅美千古。中晚之律自在，而犯六朝之所短，雅變而爲俗，工變而爲率，自然變而爲強造，詩道陵遲，于斯爲極。好古之士，遂爲之厲禁，曰：「無讀唐以後書，無閱大曆以下詩。」	萬曆二十九年	〈唐詩類苑序〉150-491

……三尺童子與之言詩，必杜少陵，讀書萬卷，下筆有神，少陵詩所從來固不易矣。而孤陋寡聞之士，以爲詩本性情，眼前光景口頭語，無一不可成詩；少年治經生業，既恐詩妨本，務不暇及，比入官取功名，富貴之途多端，于詩稍染指，以供應酬而已。而**宋元以來，膚淺庸俚之體，入人易而誤人深，不能自拔，**即少陵詩未舉其凡，寧能求於少陵所讀之書乎？井蛙醯雞，所見幾何而已，抗顏談詩矣，無書不讀，昔人以爲美事，而今人中分之而相詭，執是詭以衡人，病無書者十九，病不讀者十一，若之，何能爲少陵詩也？……故**其材具宏富而不儉狹，其興致卓越而不靡弱，其結撰精嚴而不苦窳，其音節俊爽而不噍殺，其華藻鮮麗而不昧蔆，其氣韻寬綽而不趨數，能讀少陵書，則能爲少陵詩，固宜然耳。**	約萬曆二十幾到三十幾年 「與公別三十許年」	二酉洞草序 150-738
學莫病於不博，博莫病於不雅，與其不雅也，寧不博。	萬曆三十一年	〈唐類函序〉 150-497
……新安人以司馬重，即號能言者，往往在司馬法中。吳太學茂文則不然，茂文世受賈，至其父迪功而賈，遂雄於鄉。茂文獨治博士業，又以爲無當於作者，去而治古文辭，古文辭不可應舉，迪功弗善也，去而之太學，應舉者十一，脩古者十九，迪功沒而使專肆力於古。其所爲古，不規規司馬氏，最後遊楚而見吳明卿、瞿睿夫兩先生，益大悟司馬之與楚兩先生各自爲古也，大丈夫當如是矣。故茂文之古文辭，無論司馬，即以質楚兩先生……詩文體無不具，而則無不中，意不在人外，而語不在人後，蓋戛戛然務去僻怪、猥雜、纖靡諸聲病，善乎巨源之評之也。**情與才合，調與格諧，軌轍所符，時有超然**，蓋張融不因循寄人籬下，祖珽自成一家風骨，則茂文之謂乎！	萬曆三十二年	〈蓀堂集序〉 150-579、580
公詩自四言以至五七言近體排絕，無所不具。自漢魏以至開元大曆，無所不合。有閎肆瑰奇者，有曠逸玄妙者，有優柔敦厚者，有莊嚴典則者，有簡朴古雅者，有酸楚淒緊者，有贍麗精工者，有感槩發揚者，有纏綿篤至者，有宛轉瀏亮者。	約萬曆三十三年後 文中有「從公游三十年」，從秦地後推三十年	〈董司寇詩集序〉 150-721
蓋今之作者，爭言好古，奉若功令，轉相倣以成風，勝粉澤而掩質素，繪面貌而失神情，故有無病呻吟，無歡強笑，師其俚俗以爲自然，襲其呼叫以爲雄奇，字濯句劇，拘而不化，麇而虎皮，鷙而鳳翰，迹若近，實愈遠，于以命令當世，取須臾之譽，猶夫色厲內荏，穿窬之盜耳。	萬曆三十六年	〈快獨集序〉 150-517

（王世貞）接武嗣響，雲蒸霧湧，而鄒彥吉先生實爲冠首……其學博矣……其識高矣……其才敏矣……	萬曆三十六年 刊刻年不知，據其自序所云	〈調象庵稿〉150-534
四五六七雜言、古選、歌行、長律、絕句，體以代變而不失其體；三百篇而下，漢魏六朝，格以代殊而不失其格。春水夏雲，秋月冬松，各有至境。逈拔孤秀，仰翠微之色，心腑澄瑩，類岑嘉州；茹古涵今，無有端涯，鯨鏗春麗，驚耀天下，類韓退之；以古比興就今聲律，麗曲逸思，奔發感動，天機獨得，非師資所獎，類皇甫補闕；柳陰曲路，風日水濱，窈窕沿洄，忽見美人，類王摩詰。太沖爲三都用，而仲詔能用三都……	萬曆三十六年後 自云爲官四十餘年	〈米仲詔詩序〉150-752
試據一目以評詩，事同、物同、興致同，而出乎唐之上，及唐一代前後，文質繁簡，如明鏡別妍醜矣。今天下三尺之童皆知有唐詩，唐之所以目爲唐而不媿古，所以自爲唐而不及古，所以自爲唐而初、盛、中、晚區別，《雋》實悉之。	萬曆三十七年	〈詩雋類函序〉150-492
先生之爲文，**識偉而學能副之，才逸而法能禦之，格高而氣能劑之**，有風雅之溫厚和平，有騷些之淒緊深至，有兩京之樸茂雄渾，有六朝枝靡曼精工，有唐宋之舒緩流暢，各擷其勝，而調於適亦難以一家名。	萬曆三十七年 刊刻年未知，據文中推知再萬曆三十七年後，進入淮南社之後	〈陸無從集序〉150-571
夫詩爲五經之一，而體裁與諸經迥別，以諸經爲詩則不合；舉子業必本經學，而體裁與詩迥別，以詩爲舉子業則不合。作經者，其人皆聖明也，且不得兼求詩與舉子業。 詩與舉子業本理道，**原性靈，輔之以氣，潤之以辭，約之以格，能各有妙境。**	約萬曆三十九年 在穎川時爲萬曆二十九年，此序約作於後十年	〈張體敬二集序〉150-557
後人知有李杜，不知有三百篇，是以學李學杜，往往失之。少彝爲之分體，直指其本於風雅，學人得所從來，可以爲李，可以爲杜，可以兼爲李杜；可以爲風，可以爲雅，可以兼爲風雅，可以自爲聖，可以自爲神，不至爲李杜作使。寧惟有功二家，其于詩道豈小補哉？	萬曆四十年	〈李杜分體全集序〉150-439
詩自樂府、五、七言古律絕句皆備，而詩餘附焉，爲漢魏則漢魏，爲六朝則爲六朝，爲唐則唐，爲宋元則宋元，**不守一隅，可以觀其才矣**。 **故文之異，在氣格高下，思致深淺，不在裂句磔章，隳廢聲韻也。人之異，在風神清濁，心志通塞，非可倒眉目，反冠帶也**。今文章家頗好異，而在山林爲尤甚，橫口鼓舌，自負隱居，放言憤世疾俗之不已，而弁髦古法，狂逞奔軼，若醉者罵坐，夢人嗥藝，卒亦何異之有？	萬曆四十年 劍吹樓詩十卷尺牘六卷筆記四卷〔明曹司直撰　明萬曆四十年刻本	〈曹應麟遺集序〉150-560

蓋本朝人文極盛，成弘而上，不暇遠引，百年內外，約有三變：當其衰也，幾不知有古。德靖間二三子反之，而化裁未盡。嘉隆間二三子廣之，而模擬遂繁。萬曆間二三子厭之，而雅俗雜糅，一變再變，觭于師心。	萬曆四十年《繁露園集》萬曆四十年刊本	〈董元仲集序〉150-537
蓋唐以前詩之體一第有三四五七雜言，與其篇句長短參差不齊而已。唐以後，古體近體始分，是以唐前詩凡稱律者，以諧韻爲律；唐後詩凡稱律者，以偶字偶句爲律。 律詩用日繁，**幾不知古選爲何物。**	萬曆四十一年	〈李杜五言律詩辯註序〉150-495
凡說詩之指有二：謂今必不同於古，非古不可爲詩，則三百篇多明聖所述作，而閭巷田野婦人女子語，奚以並列也？謂古必不能爲今，即今而詩自足，則十五國之風，閭巷田野婦人女子語，奚以必潤色而後被之管絃也？	萬曆四十一年	〈詩源辨體序〉150-488
詩自三百篇至於唐，而體無不備矣。宋元人不能別爲體，而所用體又止於唐人，則其遜于唐也。故宜明興詩求之唐以前，漢魏六朝；唐以後，元和大曆，駸駸窺三百篇堂奧，遂厭薄宋元人，不復省覽。頃日，二**三大家王元美、李于田、胡元瑞、袁中郎諸君，以爲一代之才，即有一代之詩，何可廢也。** 宋元人何嘗不學唐？或合之，或倍之，譬之捧心在顰，在西施則增妍，在他人則益醜。譬之相馬，在伯樂得其神，則不論驪黃牝牡，在其子，按圖則失之蟾蜍，差以毫釐謬以千里。安知今學唐者不若宋元者哉？	萬曆四十三年	〈宋元詩序〉150-496
自有文字以來，成法具在，而師心者失之，若驅市人而使戰，若捨規矩準繩而爲輪，與師古泥之，與無法同。	萬曆四十三年（澹然齋小草）	〈張觀察集序〉150-519
今之時，詩道大盛，哆口而自號登壇者，何所蔑有？要之模擬彫琢，誇多鬬妍，茅靡波流，吹竽莫辯。試一一而覆案，其人性情行事，殊不相合。夫詩可以觀，以今人詩觀今人，何不類之甚也！ 發於情之當然，事之已然，而無強造	約萬曆四十三年後 按文意推算，兩人相知四十年	〈端揆堂詩序〉150-720
文之有美惡，猶水之有清濁也。闇于識者，涇渭不分；忸于常者，潢汙可薦；限于世代者，江河不可返。子之先君子之文，句琢而字櫛之，必雅毋俚，必工毋拙，必正毋頗，必精毋雜，以清濯纓自取之耳。 學焉，**各得其性之所近，成其才之所宜。**	萬曆四十五年《刻孫齊之先生松韻堂集》 萬曆四十五年孫朝肅刻本	〈滄浪生集序〉150-562

<table>
<tr><td>今所在文章之士，皆高談兩京，薄視六朝，而不知六朝故不易爲也。名家之論六朝者曰：「藻豔之中，有抑揚頓挫，語雖合璧，意若貫珠，非書窮五車，筆含萬化，未足語此。」又曰：「文考靈光，簡棲頭陀，令韓柳授觚，必至奪色。」某有六朝之才而無其學；某有六朝之學而無其才，才學具而後爲六朝，非脩習日久，實見得是，寧知其然？
天授之才，人益之學…</td><td>萬曆四十六年《來禽館集》萬曆戊午史高先襄陽刊本</td><td>〈邢子愿全集序〉150-532、533</td></tr>
<tr><td>文如先秦西京，詩如十九首、古樂府，建安黃初區以別矣。六朝之文，俳偶藻麗，唐宋諸名家之文，平正通達，六朝之詩，雕繪妍媚，至唐而歌行、近體、長律、絕句，以迨中晚，丰神色澤，日異而月不同，因乎其人，則材具有短長，格調有高下，規模有宏隘，造詣有淺深，因乎其時，則好尚有新故，體裁有損益，風氣有偏全，師承有彼此，如書契之不可復返爲結繩，如魯宋逢掖、章甫之不可觭重，則各有所當也。慕古之士，東唐以後書不觀，必若所云，人世亦何用有今？
自六經諸子諸史，無所不討論，而二氏亦領略焉。自漢至明諸家集，無所不捃摭，而稗官小說亦下采焉，用以爲文、爲詩，未嘗不出古人，而不襲古人餘唾，未嘗不越今人，而不駭今人拙目，闡發性靈，經緯倫常，寸管代舌，幅杵傳神，晶光激射，磊砢多奇。……非其才學識奄有三長，將能乎哉？</td><td>崇禎六年《淡生堂集》，山陰祁氏家刊本</td><td>〈祁爾光集敘〉150-522</td></tr>
</table>

主要參考書目

一、李維楨著作

1. 李維楨：《大泌山房集》，《四庫全書存目叢書》集部第 150～153 冊，臺南：莊嚴文化事業公司，1997 年。

二、史傳、筆記（依朝代、作者姓名筆劃排列）

1. 〔宋〕歐陽修、宋祈等撰：《新唐書・劉知幾傳》，臺北：鼎文書局，1976 年。
2. 〔明〕王世貞：《弇山堂別集》，北京：中華書局，1985 年 12 月第 1 版，2006 年 6 月第 2 次印刷。
3. 〔明〕沈德符：《萬曆野獲編》，北京：中華書局，2004 年。
4. 〔明〕何良俊：《四友齋叢説》，北京：中華書局，1959 年第 1 版，1997 年第 3 刷。
5. 〔明〕黃佐：《翰林記》，收於傅璇琮、施德純編：《翰學三書》，瀋陽，遼寧教育出版社，2003 年。
6. 〔清〕王瑞國：《琅琊鳳麟兩公年譜合編》，《北京圖書館藏珍本年譜叢刊》第 50 冊，北京：北京圖書館出版社，1999 年。
7. 〔清〕谷應泰：《明史紀事本末》，臺北：華世出版社，1976 年。
8. 〔清〕張廷玉等：《明史》，臺北：鼎文書局，1975 年。
9. 〔清〕黃宗義：《明儒學案》，收於《黃宗義全集》第七、八冊，臺北：里仁書局，1987 年。
10. 〔清〕鄒漪：《啓禎野乘》，臺北：明文書局，1991 年。
11. 〔清〕鄒漪：《啓禎野乘》，《四部盡燬書叢刊》史部第 40 冊，北京：北京出版社，2000 年。
12. 〔清〕錢大昕：《弇州山人年譜》，《北京圖書館藏珍本年譜叢刊》第 50 冊，北京：北京圖書館出版社，1999 年。

三、明人別集（含今人點校本，依作者姓名筆劃排列）

1. 文徵明著、周道振輯校：《文徵明集》，上海：上海古籍出版社，1987 年。
2. 王世貞：《弇州四部稿》，《景印文淵閣四庫全書》第 1455～1460 冊，臺北：臺灣商務印書館，1986 年。
3. 王世貞：《弇州山人續稿》，臺北：文海出版社，1970 年。
4. 王世懋：《王奉常集》，《四庫全書存目叢書》集部第 133 冊，臺南：莊嚴文化事業公司，1997 年。
5. 江盈科撰，黃仁生輯校：《江盈科集》，長沙：岳麓書社，1997 年。
6. 汪道昆：《太函集》，《續修四庫全書》第 1346～1348 冊，上海，上海古籍出版社，2002 年。
7. 李夢陽：《空同集》，《景印文淵閣四庫全書》第 1262 冊，臺北：臺灣商務印書館，1986 年。
8. 李攀龍著，包敬第校：《滄溟先生集》，上海，上海古籍出版社，1992 年。
9. 李贄：《李贄文集》，北京：社會科學文獻出版社，2000 年。
10. 何景明：《大復集》，《景印文淵閣四庫全書》第 1267 冊，臺北：臺灣商務印書館，1986 年。
11. 何景明：《何大復先生集》，鄭州：中州古籍出版社，1989 年。
12. 佘安期：《翏翏集》，《四庫全書存目叢書》集部第 143 冊，臺南：莊嚴文化事業公司，1997 年。
13. 邢侗：《來禽館集》《四庫全書存目叢書》集部第 161 冊，臺南：莊嚴文化事業公司，1997 年。
14. 卓明卿：《卓光祿集》，《四庫全書存目叢書》集部第 158 冊，臺南：莊嚴文化事業公司，1997 年。
15. 高棅：《唐詩品彙》，臺北：臺灣商務印書館，1976 年。
16. 孫齊之：《松韻堂集》，《四庫全書存目叢書》集部第 142 冊，臺南：莊嚴文化事業公司，1997 年。
17. 袁中道著，錢伯城點校：《珂雪齋集》，上海：上海古籍出版社，1989 年。
18. 袁宏道：《袁中郎全集》，臺北，世界書局，1964 年。
19. 袁宏道著，錢伯城箋校：《袁宏道集箋校》，上海：上海古籍出版社，1981 年。

20. 袁宗道：《白蘇齋類集》，臺北：偉文圖書出版社，1976 年。
21. 徐中行：《天目先生集》，《續修四庫全書》第 1349 冊，上海：上海古籍出版社，1995 年。
22. 徐渭：《徐渭集》，北京：中華書局，1983 年第 1 版，1999 年第 2 次印刷。
23. 梁有譽：《蘭汀存藁》，《續修四庫全書》第 1348 冊，上海：上海古籍出版社，1995 年。
24. 許學夷著，杜維沫校點：《詩源辨體》，北京：人民文學出版社，1987 年。
25. 陳文燭：《二酉園文集》，《四庫全書存目叢書》集部第 139 冊，臺南：莊嚴文化事業公司，1997 年。
26. 屠隆：《白榆集》，《四庫全書存目叢書》集部第 180 冊，臺南：莊嚴文化事業公司，1997 年。
27. 屠隆：《由拳集》，《四庫全書存目叢書》集部第 180 冊，臺南：莊嚴文化事業公司，1997 年。
28. 屠隆：《栖眞館集》，《續修四庫全書》第 1360 冊，上海：上海古籍出版社，1995 年。
29. 湯顯祖：《玉茗堂全集》，《四庫全書存目叢書》集部第 181 冊，臺南：莊嚴文化事業公司，1997 年。
30. 湯顯祖著，徐朔方箋校：《湯顯祖全集》，北京：北京古籍出版社，1999 年。
31. 鄒迪光：《調象庵集》，《四庫全書存目叢書》集部第 159～160 冊，臺南：莊嚴文化事業公司，1997 年。
32. 鄒迪光：《石語齋集》，《四庫全書存目叢書》集部第 159 冊，臺南：莊嚴文化事業公司，1997 年。
33. 鄒迪光：《始青閣稿》，《四部禁燬書叢刊》集部第 103 冊，北京：北京出版社，2000 年。
34. 潘之恒：《涉江集》，《四庫全書存目叢書》集部第 142 冊，臺南：莊嚴文化事業公司，1997 年。
35. 錢謙益：《牧齋初學集》，上海：上海古籍出版社，1985 年。
36. 謝榛著，李慶立校箋：《謝榛全集校箋》，南京：江蘇古籍出版社，2003 年。
37. 謝肇淛：《小草齋文集》，《續修四庫全書》第 1360 冊，上海：上海古籍出版社，1995 年。
38. 謝肇淛：《小草齋集續集》，《續修四庫全書》第 1360 冊，上海：上海古籍出版社，1995 年。
39. 鍾惺著，李先耕、崔重慶標校：《隱秀軒集》，上海：上海古籍出版社，

1992 年。

40. 譚元春著，陳杏珍標校：《譚元春集》，上海：上海古籍出版社，1998 年。
41. 顧璘：《憑几集續編》，《景印文淵閣四庫全書》第 1263 冊，臺北：臺灣商務印書館，1986 年。

四、詩文評

1. 周維德集校：《全明詩話》，濟南：齊魯書社，2005 年。

本文主要參考諸家如下：

第一冊

李東陽《麓堂詩話》

徐禎卿：《談藝錄》

第二冊

楊慎：《升庵詩話》

謝榛：《四溟詩話》

徐師曾：《詩體明辯》

第三冊

王世貞：《藝苑卮言》

王世貞：《國朝詩評》

王世貞：《明詩評》

王世懋：《藝圃擷餘》

胡應麟：《少室山房詩評》

胡應麟：《詩藪》

第四冊

郝敬：《藝圃傖談》

謝肇淛：《小草齋詩話》

第五冊

胡震亨：《唐音癸籤》

第六冊

陸時雍：《詩鏡總論》

1. 〔清〕錢謙益：《列朝詩集小傳》，臺北：世界書局，1985 年三版。
2. 〔清〕朱彝尊：《靜志居詩話》，北京：人民文學出版社，1990 年第 1 版，2006 年第 3 刷。

3. 〔清〕陳田著、周駿富輯：《明詩紀事》，臺北：明文書局，1991。

五、今人文學專著（依作者姓名筆劃排列，遇多人合著者，以版本項次序爲主）

1. 尹恭弘：《小品高潮與晚明文化》，北京：華文出版社，2001 年。
2. 王忠林、邱燮友等：《增訂中國文學史初稿》（修訂三版），臺北：福記文化圖書有限公司，1985 年。
3. 王運熙、顧易生：《中國文學批評史》，臺北：五南圖書出版有限公司，1991 年。
4. 左東嶺：《王學與中晚明士人心態》，北京：人民出版社，2000 年。
5. 史小軍：《復古與新變——明代文人心態史》，石家莊：河北教育出版社，2001 年。
6. 成復旺、蔡鍾翔、黃保眞：《中國文學理論史》，北京：北京出版社，1991 年。
7. 成復旺：《中國文學理論史簡編》，北京：中國人民大學出版社，2003 年。
8. 朱易安：《中國詩學史．明代卷》，廈門：鷺江出版社，2002 年。
9. 徐朔方、孫秋克：《明代文學史》，浙江：浙江大學出版社，2006 年。
10. 吳承學、李光摩編：《晚明文學思潮研究》（武漢：湖北教育出版社，2002 年。
11. 吳新苗：《屠隆研究》，北京：文化藝術出版社，2008 年。
12. 何宗美：《明末清初文人結社研究》，天津：南開大學出版社，2003 第 1 版，2004 年第 2 刷。
13. 何宗美：《公安派結社考論》，重慶：重慶出版社，2005 年 4 月。
14. 余英時：《士與中國文化》，上海：上海人民出版社，2003 年。
15. 余英時：《中國歷史轉型時期的知識份子》，臺北：聯經出版社，1992 年。
16. 易聞曉：《公安派的文化闡釋》，濟南：齊魯書社，2003 年。
17. 吳承學：《晚明小品研究》，南京：江蘇古籍出版社，1999 年。
18. 李聖華：《晚明詩歌研究》，北京：人民文學出版社，2002 年。
19. 周志文：《晚明學術與知識分子論叢》，臺北：大安出版社，1999 年。
20. 周明初：《晚明士人心態及文學個案》，北京：東方出版社，1997 年。
21. 周質平：《公安派的文學批評及其發展——兼論袁宏道的生平及其風格》，臺北：臺灣商務印書館，1986 年。
22. 周群：《儒釋道與晚明文學思潮》，上海：上海書店出版社，2000 年。
23. 胡雲翼：《增訂本中國文學史》，臺北：三民書局，1979 年。

24. 查清華：《明代唐詩接受史》，上海：上海古籍出版社，2006 年。
25. 孫立：《明末清初詩論研究》，廣州：廣東高等教育出版社，2003 年。
26. 孫克強：《雅俗之辨》，北京：華文出版社，1997 年。
27. 孫青春：《明代唐詩學》，上海：上海古籍出版社，2006 年。
28. 孫學堂：《崇古理念的淡退——王世貞與十六世紀文學思想》，天津：天津古籍出版社，2004 年。
29. 袁行霈：《中國文學史》(上、下冊)，臺北：五南圖書出版有限公司，2003 年初版 1 刷，2009 年初版 3 刷
30. 徐朔方，孫秋克：《明代文學史》，杭州：浙江大學出版社，2006 年。
31. 徐復觀：《中國文學論集》，臺北：臺灣學生書局，2001 年 12 月五版三刷。
32. 章培恒、駱玉明主編：《中國文學史》(全三冊)，上海：復旦大學出版社，1997 年第 1 版，1998 年第 2 次印刷。
33. 張少康：《中國古代文學創作論》，臺北：文史哲出版社，1991 年。
34. 張建：《中國文學批評論集》，臺北：天華出版事業公司，1979 年。
35. 張健：《明清文學批評》，臺北：國家出版社，1983 年。
36. 曹淑娟：《晚明性靈小品研究》，臺北：文津出版社，1988 年。
37. 郭紹虞：《中國文學批評新論》，臺北：元山書局，1985 年。
38. 郭紹虞：《照隅室古典文學論集》，臺北：丹青圖書出版公司，1985 年。
39. 郭紹虞：《中國文學批評史》，臺北市：藍燈文化事業，1992 年。
40. 郭紹虞：《中國詩的神韻格調及性靈說》，臺北：華正書局，1975 年初版，2005 年二版 1 刷。
41. 陳文新：《明代詩學的邏輯進程與主要理論問題》，武漢：武漢大學出版社，2007 年。
42. 陳文新：《中國文學流派意識的發生和發展》，武漢：武漢大學出版社，2007 年。
43. 陳斌：《明代中古詩歌接受與批評研究》，上海：上海三聯書店，2009 年。
44. 陳廣宏：《竟陵派研究》，上海：復旦大學出版社，2006 年。
45. 陳國球：《鏡花水月》，臺北：東大圖書公司，1987 年。
46. 陳國球：《文學史書寫型態與文化政治》，北京：北京大學出版社，2004 年。
47. 陳國球：《明代復古派唐詩論研究》，北京：北京大學出版社，2007 年。
48. 陳國球：《唐詩的傳承——明代復古詩論研究》臺北：臺灣學生書局，1990 年。

49. 陳萬益：《晚明小品與明季文人生活》，臺北：大安出版社，1988 年第 1 版第 1 刷，1997 年第 2 版第 3 刷。
50. 敏澤：《中國文學理論批評史》，吉林：吉林教育出版社，1993 年。
51. 馮小祿：《明代詩文論爭研究》，昆明：雲南人民出版社，2006 年。
52. 費振鐘：《墮落時代——明代文人的集體墮落》，臺北：立緒文化出版社，2002 年。
53. 黃保眞、成復旺、蔡鍾翔著：《中國文學理論史：明代時期》，臺北：洪葉文化事業公司，1993 年。
54. 黃卓越：《佛教與晚明文學思潮》，北京：東方出版社，1997 年。
55. 黃卓越：《明永樂至嘉靖初詩文觀研究》，北京：北京師範大學出版社，2001 年。
56. 黃卓越：《明中後期文學思想研究》，北京：北京大學出版社，2005 年。
57. 黃毅：《明代唐宋派研究》，上海：上海古籍出版社，2008 年。
58. 傅璇琮、蔣寅主編：《中國古代文學通論．明代卷》（郭英德分卷主編），瀋陽：遼寧文學出版社，2004 年。
59. 楊松年：《中國文學批評史編寫問題析論》，臺北：文史哲出版社，1988 年。
60. 葉慶炳、邵紅編：《明代文學批評資料彙編》，臺北：成文出版社，1978 年。
61. 雷磊：《楊愼詩學研究》，北京：中國社會科學出版社，2006 年。
62. 鄔國平：《竟陵派與明代文學批評》，上海：上海古籍出版社，2004 年。
63. 廖可斌：《復古派與明代文學思潮》（1989 年杭州大學博士論文），臺北：文津出版社，1994。
64. 趙偉：《晚明狂禪思潮與文學思想研究》，成都：巴蜀書社，2007 年。
65. 趙園：《明清之際士大夫研究》，北京：北京大學出版社，2004 年。
66. 熊禮匯：《明清散文流派論》，武漢：武漢大學出版社，2003 年第 1 版，2004 年第 2 次印刷。
67. 鄭利華：《明代中期文學演進與城市型態》，上海：復旦大學出版社，1995 年。
68. 鄭利華：《王世貞研究》，上海：學林出版社，2002 年。
69. 鄭培凱：《湯顯祖與晚明文化》，臺北：允晨文化實業公司，1995 年。
70. 蔣鵬舉：《復古與求眞：李攀龍研究》，北京：中國社會科學出版社，2008 年。
71. 蔡景康編選：《明代文論選》，北京：人民文學出版社，1993 年。

72. 鄧新躍：《明代前中期詩學辨體理論研究》，上海：上海古籍出版社，2007年。
73. 稽文甫：《晚明思想史論》，北京：東方出版社，1996年。
74. 劉大杰：《中國文學發展史》，臺北：華正書局，1999年。
75. 簡錦松：《明代文學批評研究》，臺北：學生書局，1989年。
76. 羅宗強：《明代後期士人心態研究》，天津：南開大學出版社，2006年。
77. 羅時進：《明清詩文研究新視野》，臺北：文史哲出版社，2004年。
78. 嚴明：《中國詩學與明清詩話》，臺北：文津出版社，2003年。
79. 龔鵬程：《詩史本色與妙悟》，臺北：臺灣學生書局，1986年初版，1993年增訂版一刷。
80. 龔鵬程：《晚明思潮》（北京：商務印書館，2005年8月）
81. 龔鵬程：《才》，臺北：臺灣學生書局，2006年。
82. 龔鵬程：《六經皆文：經學史／史學史》，臺北：臺灣學生書局，2008年。
83. 龔顯宗：《歷朝詩話析探》，高雄：復文圖書出版社，1990年。

六、論　文（依出刊時間排列）

（一）單篇論文

【臺灣地區】

1. 簡錦松：〈胡應麟詩藪的辯體論〉，《古典文學》第一集，（臺北：臺灣學生書局，1979年12月），頁327～353。
2. 簡錦松：〈論明代文學思潮中的學古與求眞〉，《古典文學》第八集，（臺北：臺灣學生書局，1986年4月），頁313～356。
3. 簡錦松：〈論明代嘉靖以前之臺閣體與臺閣文權之下移〉，《古典文學》第九集，（臺北：臺灣學生書局，1987年），頁289～354。
4. 簡錦松：〈李夢陽詩論之「格調」新解〉，《古典文學》第十五集，（臺北：臺灣學生書局，2000年9月），頁1～45。
5. 嚴志雄：〈錢謙益攻排竟陵鍾、譚側議〉，《中國文哲所通訊》第14卷，第2期，收錄於《錢謙益文學研究專輯》，2004年6月，頁93～119。
6. 簡錦松：〈論錢謙益《列朝詩集小傳》之批評立場〉，南華大學，《文學新論》，第2期，2004年7月，頁127～157。

【大陸地區】

1. 李慶立：〈明「後七子」結社始末考〉，《山東師大學報》（社會科學版）1996年第3期，頁86～92。

2. 史小軍：〈試論明代七子派的詩歌意象理論〉，《陝西師範大學學報》（哲學社會科學版）第25卷第3期，1996年9月，頁54～59。
3. 劉守安、張玉璞：〈論錢謙益對明代文學的評價和總結〉，《學習與探索》，總第110期，1997年第3期，頁105～112。
4. 史小軍：〈論「末五子」對「前後七子」格調理論的發展與突破〉，《學術研究》1998年第十一期，頁79～83。
5. 史小軍：〈試論明代七子派的詩歌格調理論〉，《陝西師範大學學報》（哲學社會科學版）第28卷第2期，1999年6月，頁132～137。
6. 查清華：〈李維楨對明代格調論的突破與創新〉，《中國韻文學刊》2000年第1期，頁69～73。
7. 趙克生：〈錢謙益反復古思想與《明史・文苑傳》〉，《六安師專學報》，第16卷第1期，2000年2月，頁45～47。
8. 鄭志良：〈潘之恒家世考〉，《藝術百家》，2000年第3期，頁61～65，46。
9. 周群：〈屠隆的文學思想及其「性靈」論的學術淵源〉，《南京師大學報》（社會科學版）第6期，2000年11月，頁119～124。
10. 酈波：〈論王世貞詩文主張的形成與後七子的結盟〉，《徐州師範大學學報》（哲學社會科學版）第27卷第3期，2001年9月，頁114～117。
11. 李聖華：〈略論後七子派後期詩歌運動〉，《鄭州大學學報》（哲學社會科學版）第35卷第2期，2002年3月，頁111～115。
12. 林啓柱：〈謝榛、王世貞詩論比較〉，《求索》，2003年3月，頁184～186。
13. 李慶立、崔建利：〈試析錢謙益對胡應麟的評價〉，《山東師範大學學報》（人文社會科學版），2003年，第47卷第1期（總第186期），頁18～23。
14. 李慶立、崔建利：〈胡應麟的文學生涯及詩歌創作〉，《蘇州大學學報》（哲學社會科學版）第1期，2004年1月，頁69～73。
15. 李聖華：〈鍾惺與李維楨詩歌之比較研究〉，《鄭州大學學報》（哲學社會科學版）第37卷第1期，2004年1月，頁126～130。
16. 查清華：〈從「末五子」到許學夷：格調論唐詩學的深化與蛻變〉，《上海師範大學學報》（哲學社會科學版）第33卷第3期，2004年5月，頁93～97。
17. 鄭幸雅：〈除心不除境，眞性自若——論屠隆《清言》中淡適的生命情境〉，《文學新鑰》第3期（南華大學文學系：2005年7月），頁67～81。
18. 孫學堂：〈隆慶萬曆間文壇風氣及文學思想的變化〉，《廈門教育學院學報》第7卷第3期，2005年9月，頁8～13。
19. 陳斌：〈許學夷的漢魏詩史觀〉，《福建師範大學學報》（哲學社會科學版），2006年第4期（總第139期），頁52～56。

20. 耿傳友：〈汪道昆與明代隆慶、萬曆間的詩壇〉，《中國文化研究》2006年冬之卷，頁100～109。
21. 鄧新躍：〈王世懋對後七子格調論的修正〉，《湖南工程學院學報》第15卷第1期，2005年3月，頁25～27。
22. 李義天：〈謝榛：復古在承前啓後之間〉，《雲夢學刊》第27卷第5期，2006年9月，頁84～88。
23. 陳廣宏：〈竟陵派文學的發端及其早期文學思想趨向〉，《復旦學報》（社會科學版）2007年第1期，頁96～108。
24. 耿傳友：〈白榆社述略〉，《黃山學院學報》第9卷第1期，2007年2月，頁29～33。
25. 鄭利華：〈汪道昆與嘉、萬時期文壇的復古活動——以汪道昆與七子派關係考察爲中心〉，《求是學刊》第35卷第2期，2008年3月，頁95～103。
26. 王遜、周群：〈論李維楨詩論的「折衷」特色〉，《長江論壇》2009年第4期（總第97期），頁76～80。
27. 徐利英：〈李維楨生平志趣述考〉，《作家雜誌》，2009年第11期，頁132～134。

（二）學位論文

【臺灣地區】

1. 周志文：《屠隆文學思想研究》，臺灣大學博士論文，1981年。
2. 吳瑞泉：《明清格調詩説研究》，東吳大學博士論文，1988年。
3. 朴均雨：《王世貞詩文論研究》，政治大學碩士論文，1989年。
4. 陳錦盛：《徐禎卿之詩論研究》，政治大學碩士論文，1990年。
5. 陳成文：《明代復古派與公安派詩史觀之比較》，政治大學碩士論文，1993年。
6. 謝明陽：《許學夷《詩源辯體》研究》，政治大學碩士論文，1995年。
7. 李欣潔：《明代復古詩論重探》，清華大學碩士論文，2001年。
8. 邵曼珣：《明代中期蘇州文人生活研究》，東吳大學博士論文，2001年。
9. 卓福安：《王世貞詩文論研究》，東海大學博士論文，2003年。
10. 李興源：《晚明心學思潮與士風變異研究》，高雄師範大學博士論文，2005年。
11. 江翊君：《鍾惺、譚元春詩論研究——以《詩歸》爲核心的探討》，臺灣大學碩士論文，2006年。
12. 蕭敏才：《晚明吳中布衣文人王百穀新探》，中央大學博士論文，2007年。

【大陸地區】

1. 左東嶺：《李贄與晚明文學思想》，南開大學博士論文，1995 年。
2. 酈波：《王世貞文學研究》，南京師範大學博士論文，2003 年。
3. 焦中棟：《論錢謙益的明代文學批評》，浙江大學博士論文，2005 年。
4. 蔣鵬舉：《李攀龍研究》，陝西師範大學博士論文，2005 年。
5. 李樹軍：《明代詩歌文體批評研究》，遼寧大學博士論文，2008 年。
6. 劉易：《屠隆研究》，華東師範大學博士論文，2008 年。